MARY E. PEARSON
Morrighan
Wie alles begann

Weitere Titel der Autorin:

Der Kuss der Lüge
Das Herz des Verräters
Der Glanz der Dunkelheit
Klang der Täuschung
Ruf der Rache

MARY E. PEARSON

MORRIGHAN

WIE ALLES BEGANN

Übersetzung aus dem amerikanischen Englisch
von Barbara Imgrund

Die Bastei Lübbe AG verfolgt eine nachhaltige Buchproduktion. Wir verwenden Papiere aus nachhaltiger Forstwirtschaft und verzichten darauf, Bücher einzeln in Folie zu verpacken. Wir stellen unsere Bücher in Deutschland und Europa (EU) her und arbeiten mit den Druckereien kontinuierlich an einer positiven Ökobilanz.

Titel der englischsprachigen Originalausgabe:
Morrighan – The Beginning of the Remnant Universe

Für die Originalausgabe:
Copyright © 2022 by Mary E. Pearson
Copyright Illustrationen © 2022 by Kate O'Hara
Published by Arrangement with Mary E. Pearson

Dieses Werk wurde vermittelt durch die Literarische Agentur
Thomas Schlück GmbH, Hannover.

Für die deutschsprachige Ausgabe:
Copyright © 2024 by
Bastei Lübbe AG, Schanzenstraße 6–20, 51063 Köln
Überarbeitete und erweiterte Neuausgabe

Vervielfältigungen dieses Werkes für das
Text- und Data-Mining bleiben vorbehalten.

Textredaktion: Julia Przeplaska, Ingolstadt
Umschlaggestaltung: Jeannine Schmelzer unter Verwendung eines
Designs von: Mallory Grigg; Illustration: © 2022 by Kate O'Hara
Satz: two-up, Düsseldorf
Gesetzt aus der Caslon
Druck und Verarbeitung: GGP Media GmbH, Pößneck

Printed in Germany
ISBN 978-3-8466-0231-7

1 3 5 4 2

Sie finden uns im Internet unter one-verlag.de
Bitte beachten Sie auch luebbe.de

Für Ava, Emily, Leah und Riley
und die Reisen, die noch vor uns liegen

*Bevor man Grenzen zog,
bevor man Vereinbarungen unterzeichnete,
bevor man Kriege führte – ja,
bevor die großen Reiche der Verbliebenen
entstanden und als die alte Welt längst nur
noch eine verschwommene Erinnerung war,
von der Geschichten und Legenden erzählten,
kämpften ein Mädchen
und seine Familie ums Überleben.
Dieses Mädchen hieß*

MORRIGHAN

Sie bittet um eine weitere Geschichte, eine, die ihr die Zeit vertreibt und sie satt macht.

Ich suche nach der Wahrheit, den Einzelheiten einer Welt, die nun schon so lange vergangen ist, dass ich mir nicht mehr sicher bin, ob es sie je gegeben hat.

Es war einmal vor sehr, sehr langer Zeit,

in einer Zeit, bevor Ungeheuer und Dämonen die Erde heimsuchten,

einer Zeit, in der Kinder frei über die Wiesen liefen

und Früchte schwer von den Bäumen hingen.

Es gab Städte, groß und schön, mit funkelnden Türmen, die den Himmel berührten.

Hat Zauberei sie erschaffen?

Ich war selbst noch ein Kind. Ich dachte, sie könnten eine ganze Welt stützen. Für mich waren sie aus ...

Ja, sie waren gesponnen aus Zauberei und Licht und den Träumen der Götter.

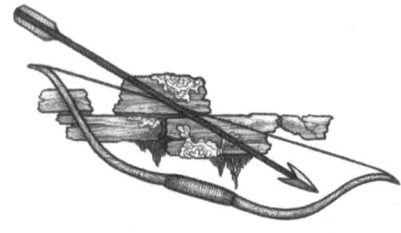

Und gab es auch eine Prinzessin?

Ich lächle.

Ja, mein Kind, eine edle Prinzessin. Genau wie du. Sie hatte einen Garten voller Bäume, von denen Früchte so groß wie Männerfäuste hingen.

Die Kleine sieht mich zweifelnd an.

Sie hat nie einen Apfel gesehen, nur Männerfäuste.

Gibt es wirklich solche Gärten, Ama?

Jetzt nicht mehr.

Ja, mein Kind, irgendwo schon. Und eines Tages wirst du sie finden.

Gaudrels Vermächtnis

Kapitel 1

Morrighan

Ich war acht Jahre alt, als ich ihn zum ersten Mal sah. In diesem entsetzlichen Augenblick war ich überzeugt, dass ich nun sterben würde. Er war ein Plünderer, und ich war noch nie einem von ihnen so nahe gekommen. Ich war allein. Und hatte nichts, um mich zu verteidigen, nur ein paar Steine, die vor meinen Füßen herumlagen, aber ich war zu gebannt von der Angst, um mich zu bücken und sie aufzuheben. Eine Handvoll Steine hätte mir ohnehin nicht viel genutzt. Ich sah das Messer, das in der Scheide an seiner Seite steckte.

Er stand auf einem Felsen und blickte neugierig zu mir herab, musterte mich. Mit nackter Brust und wüst verfilztem Haar verkörperte er jene Wildheit, vor der man mich gewarnt hatte, auch wenn er selbst dem Kindesalter kaum entwachsen war. Seine Brust war schmal, man konnte seine Rippen zählen.

Ich hörte das ferne Donnern von Hufen und erbebte vor Furcht. Weitere Plünderer kamen, es gab keine Möglichkeit zu fliehen. Zwischen zwei Felsen in einer dunklen Spalte unter ihm kauernd, saß ich in der Falle. Ich atmete nicht. Rührte mich nicht. Ich konnte nicht einmal den Blick von ihm abwenden. Ich war nur noch Beute, ein stummes Kaninchen, gestellt und in die Enge getrieben. Ich würde sterben. Er fasste den Beutel mit Samenkörnern ins Auge, die ich den ganzen Morgen über gesammelt hatte. In all der Hast, all dem Schrecken hatte ich ihn fallen lassen, und nun lagen die Körner zwischen den Felsen verstreut.

Der Junge riss den Kopf hoch, und das Getöse von Pferden und Rufen drang an mein Ohr.

»Hast du etwas gefangen?« Eine laute Stimme. Die, die Ama so hasste. Die, von der sie und die anderen nur flüsterten. Sie gehörte *ihm*. Dem, der Venda geraubt hatte.

»Sie sind in alle Richtungen auseinandergelaufen. Ich konnte sie nicht einholen!«, rief der Junge.

Noch eine entrüstete Stimme. »Und sie haben nichts zurückgelassen?«

Der Junge schüttelte den Kopf.

Weitere unzufriedene Rufe wurden laut, dann wieder das Donnern von Hufen. Fort. Sie ritten fort. Der Junge kletterte von seinem Felsen herunter und ging mit ihnen, ohne mich noch einmal anzuschauen oder mich anzusprechen; das Gesicht wandte er absichtlich ab, fast als würde er sich schämen.

Ich sah ihn zwei Jahre lang nicht wieder. Dass ich nur mit knapper Not entkommen war, hatte mir bleibende Angst eingeflößt, und ich entfernte mich nie mehr weit von meinem Stamm. Wenigstens nicht bis zu einem warmen Frühlingstag. Die Plünderer schienen weitergezogen zu sein. Seit den ersten Herbstfrösten hatten wir keine Spur mehr von ihnen gesehen.

Aber da war er wieder, einen Kopf größer nun; er versuchte gerade, Rohrkolben aus meinem Lieblingsteich zu ziehen. Sein Haar war noch wilder, seine Schultern ein

wenig in die Breite gegangen, während sich seine Rippen noch immer zählen ließen. Ich sah, wie seine Enttäuschung wuchs, als die Stängel einer nach dem anderen abbrachen und er nur die unbrauchbaren Halme in den Händen hielt.

»Du bist zu ungeduldig.«

Er fuhr herum und zückte sein Messer.

Selbst im zarten Alter von zehn Jahren wusste ich, dass ich ein Risiko einging, indem ich mich zeigte. Ich war mir nicht sicher, warum ich es tat, vor allem als ich seine eisblauen Augen sah, ungezähmt und hungrig wie

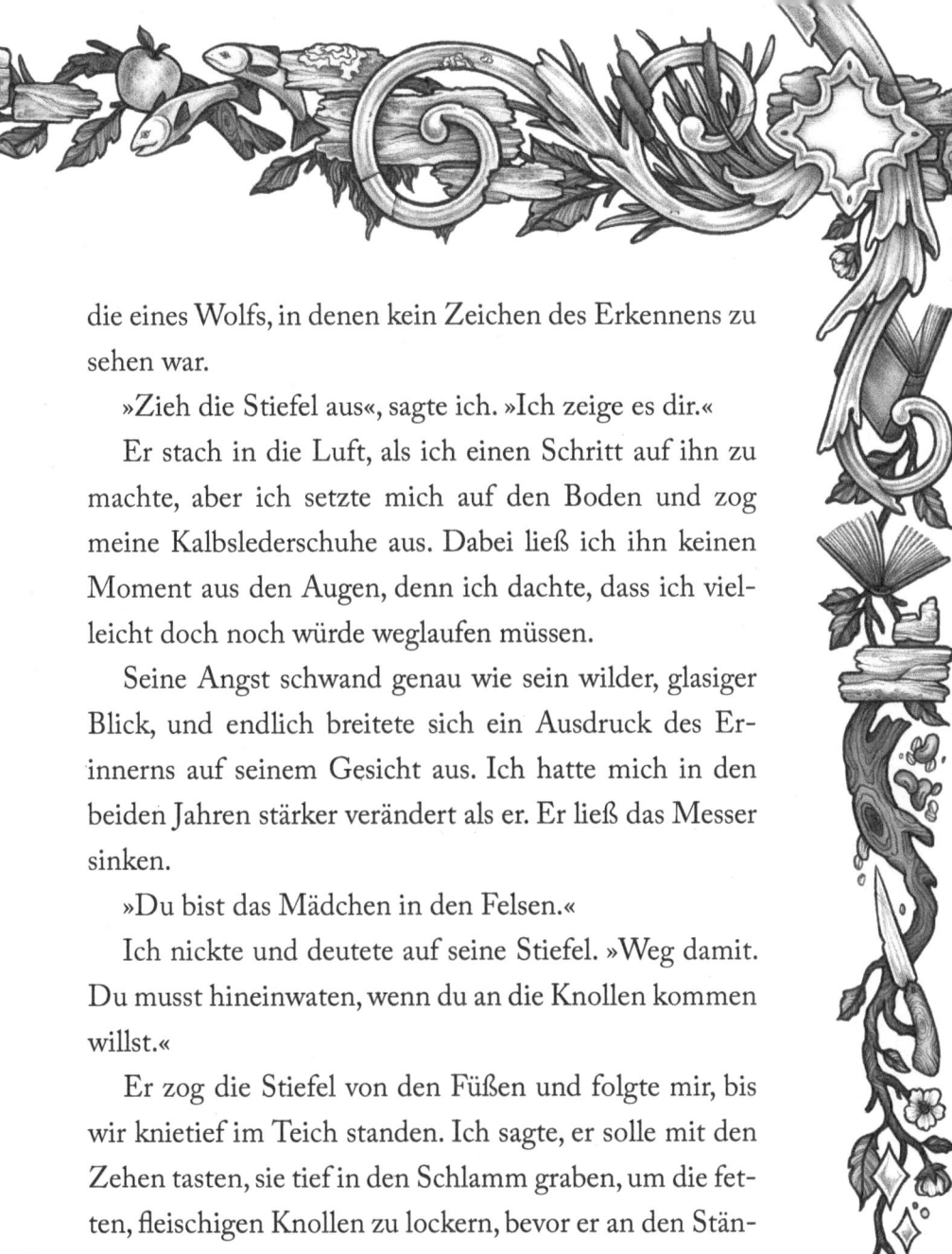

die eines Wolfs, in denen kein Zeichen des Erkennens zu sehen war.

»Zieh die Stiefel aus«, sagte ich. »Ich zeige es dir.«

Er stach in die Luft, als ich einen Schritt auf ihn zu machte, aber ich setzte mich auf den Boden und zog meine Kalbslederschuhe aus. Dabei ließ ich ihn keinen Moment aus den Augen, denn ich dachte, dass ich vielleicht doch noch würde weglaufen müssen.

Seine Angst schwand genau wie sein wilder, glasiger Blick, und endlich breitete sich ein Ausdruck des Erinnerns auf seinem Gesicht aus. Ich hatte mich in den beiden Jahren stärker verändert als er. Er ließ das Messer sinken.

»Du bist das Mädchen in den Felsen.«

Ich nickte und deutete auf seine Stiefel. »Weg damit. Du musst hineinwaten, wenn du an die Knollen kommen willst.«

Er zog die Stiefel von den Füßen und folgte mir, bis wir knietief im Teich standen. Ich sagte, er solle mit den Zehen tasten, sie tief in den Schlamm graben, um die fetten, fleischigen Knollen zu lockern, bevor er an den Stän-

geln zog. Unsere Zehen mussten genauso viel arbeiten wie unsere Hände. Wir wechselten nur wenige Worte. Was hatten sich ein Plünderer und ein Kind der Verbliebenen auch schon zu sagen? Alles, was wir gemeinsam hatten, war der Hunger. Aber er schien zu verstehen, dass ich mich für die Gnade bedanken wollte, die er mir gegenüber vor zwei Jahren hatte walten lassen.

Als wir uns trennten, war sein Beutel voller fleischiger Knollen.

»Das ist jetzt mein Teich«, sagte er scharf, während er den Beutel an seinem Sattel festband. »Komm nicht wieder her.« Er spuckte auf den Boden, um deutlich zu machen, dass er es ernst meinte.

Ich wusste, was er mir in Wahrheit sagen wollte. Die anderen würden jetzt auch hierherkommen. Es war nicht mehr sicher für mich.

»Wie heißt du?«, fragte ich, als er sich in den Sattel schwang.

»Du bist nichts!«, antwortete er, als hätte er eine andere Frage gehört. Er setzte sich zurecht, dann sah er mich widerstrebend an. »Jafir de Aldrid«, erwiderte er.

»Und ich bin …«

»Ich weiß, wer du bist. Morrighan.« Und er galoppierte davon.

Es dauerte weitere vier Jahre, bis ich ihn wiedersah, und während dieser ganzen Zeit fragte ich mich, woher er meinen Namen kannte.

Kapitel 2

Morrighan

Ich war an diesem Tag argwöhnisch ins Lager zurückgekehrt. Es hatte den Anschein, als würde mir die Angst im Blut liegen. Sie sorgte dafür, dass meine Sinne geschärft blieben, aber schon mit zehn Jahren war ich ihrer müde. Von Kindesbeinen an hatte ich gewusst, dass wir anders waren. Das war es, was uns überleben half. Aber es bedeutete auch, dass den anderen nur wenig entging, nicht einmal das Verborgene und Ungesagte. Ama, Rhiann, Carys, Oni und Nedra waren diejenigen, bei denen das Wissen am stärksten war. Und Venda, aber sie war nun fort. Wir erwähnten sie nicht mehr.

Ama sprach, ohne den Blick von dem Korb mit den Bohnen abzuwenden. Ihr grauschwarzes Haar war ordentlich zu einem Zopf zurückgebunden. »Pata hat mir erzählt, dass du das Lager verlassen hast, während ich fort war.«

»Nur bis zum Teich hinter der Felswand, Ama. Ich bin nicht weit weg gegangen.«

»Weit genug. Ein Plünderer braucht nur einen Augenblick, um dich zu schnappen.«

Wir hatten dieses Gespräch schon viele Male geführt. Die Plünderer waren grausam und rücksichtslos, Diebe und Wilde, die anderen die Früchte ihrer Arbeit raubten. Und manchmal waren sie auch Mörder, je nach Laune. Wir versteckten uns in den Hügeln und Ruinen, liefen lautlos, sprachen leise, wo die Mauern einer leeren Welt uns Deckung gaben. Und wo die Mauern zu Staub zerfallen waren, verbargen wir uns im hohen Gras.

Aber manchmal genügte selbst das nicht.

»Ich habe aufgepasst«, flüsterte ich.

»Was hat dich denn an den Teich getrieben?«, fragte sie.

Meine Hände waren leer – ich hatte nichts als Grund für meinen Ausflug vorzuweisen. Nachdem Jafir davongeritten war, war auch ich gegangen. Ich konnte Ama nicht anlügen. In ihren Worten lagen genauso viele Fragen wie in ihrem Schweigen. Sie wusste es.

»Ich habe einen Plündererjungen gesehen. Er hat Rohrkolben ausgerissen.«

Ihr Blick flog zu mir. »Du hast doch nicht –«

»Er heißt Jafir.«

»Du kennst seinen Namen? Du hast mit ihm *gesprochen*?« Ama sprang auf, sodass die Bohnen von ihrem Schoß fielen. Zuerst packte sie mich an den Schultern, dann strich sie mir das Haar zurück und musterte prüfend mein Gesicht. Auf der Suche nach Verletzungen fuhr sie hektisch mit den Händen über meine Arme. »Geht's dir gut? Hat er dir wehgetan? Hat er dich angefasst?« Ihre Augen waren groß vor Angst.

»Ama, er hat mir nichts getan«, erwiderte ich fest, um ihr die Sorge zu nehmen. »Er hat nur gesagt, dass ich nicht mehr zum Teich gehen soll. Dass es jetzt sein Teich ist. Und dann ist er mit einem Beutel Knollen davongeritten.«

Ihr Gesicht wurde hart. Ich wusste, was sie jetzt dachte – *Sie nehmen sich alles* –, und es stimmte. Das taten sie. Immer wenn wir uns am anderen Ende eines Tals oder einer Wiese eingerichtet hatten, fielen sie über uns

her, raubten uns aus und verbreiteten Angst und Schrecken. Ich ärgerte mich inzwischen selbst darüber, dass ich Jafir gezeigt hatte, wie man die Knollen erntete. Wir schuldeten den Plünderern gar nichts, denn sie hatten uns schon so viel genommen.

»War es schon immer so, Ama? Gehören sie nicht auch zu den Verbliebenen?«

»Es gibt zwei Sorten von Überlebenden – die einen, die beharrlich weitermachen, und die anderen, die Beute machen.«

Sie ließ den Blick über den Horizont schweifen, und ihre Brust hob sich in einem müden Atemzug. »Komm, hilf mir, die Bohnen aufzusammeln. Morgen brechen wir in ein anderes Tal auf. Eines, das weit weg ist.«

Es gab kein Tal, das weit genug von den Plünderern entfernt war. Sie vermehrten sich so zahlreich wie Kletten, die sich im Gras versteckten.

Nedra, Oni und Pata murrten, sagten aber nichts weiter dazu. Sie fügten sich Ama, weil sie die Älteste und das Oberhaupt unseres Stammes war und die Einzige unter uns, die sich noch an die Zeit früher, das Davor, erinnerte.

Außerdem waren wir es gewohnt, weiterzuziehen, und nach einem friedlichen Tal des Überflusses zu suchen. Irgendwo musste es eines geben. Ama hatte das gesagt. Sie hatte es mit ihren eigenen Augen gesehen, bevor die Grundfesten der Welt erschüttert worden und die Sterne vom Himmel gefallen waren. Irgendwo musste es einen Ort geben, an dem wir vor ihnen sicher waren.

Kapitel 3

Jafir

Ich wischte mir das Blut von der Nase und hütete mich, mein Messer zu zücken – aber ich würde nicht immer einen Kopf kleiner sein als Steffan. Auch er schien das zu wissen. Ich bekam seinen Handrücken in letzter Zeit seltener zu spüren.

»Du warst den ganzen Tag weg und hast nur einen Beutel voller Unkraut vorzuweisen?!«, schrie er.

Piers zog an seiner Pfeife, während er Steffans Vorstellung zusah. »Das ist mehr, als du vorzuweisen hast.«

Die anderen lachten; sie hofften, die Beleidigung würde Steffan zu einer wütenden Prügelei verleiten, doch er tat Piers' Bemerkung mit einer verächtlichen Handbewegung ab. »Ich kann nicht jeden Tag ein Spanferkel heimbringen. Wir müssen alle etwas beitragen.«

»Du hast das Schwein gestohlen. Fünf Minuten Anstrengung«, entgegnete Piers.

»Was willst du von mir, alter Mann? Es hat dich doch satt gemacht, oder?«

Liam schnaubte. »Mich nicht. Du hättest zwei stehlen sollen.«

Fergus warf einen Stein und sagte, sie alle sollten still sein. Er hatte Hunger.

So ging es jeden Abend – in unserem Lager drohten ständig hitzige Worte und Fäuste zu fliegen, doch wir schenkten uns gegenseitig auch Kraft. Wir waren stark. Aus Angst vor den Folgen vermieden es alle anderen, sich mit unserer Sippe anzulegen. Wir hatten Pferde. Wir hatten Waffen. Wir hatten uns das Recht erstritten, andere kleinzuhalten.

Laurida winkte mich heran, und ich leerte meinen Beutel vor ihr aus. Wir beide begannen, die zarten Knollen aufzuschneiden, dann schälten wir die harten Stängel. Ich hatte gewusst, dass sie zufrieden sein würde.

Sie bevorzugte die grünen Sprossen – sie briet sie in Schweinefett und mahlte die längeren Stängel zu Mehl. Brot war eine Seltenheit für uns – es sei denn, wir stahlen es ebenfalls.

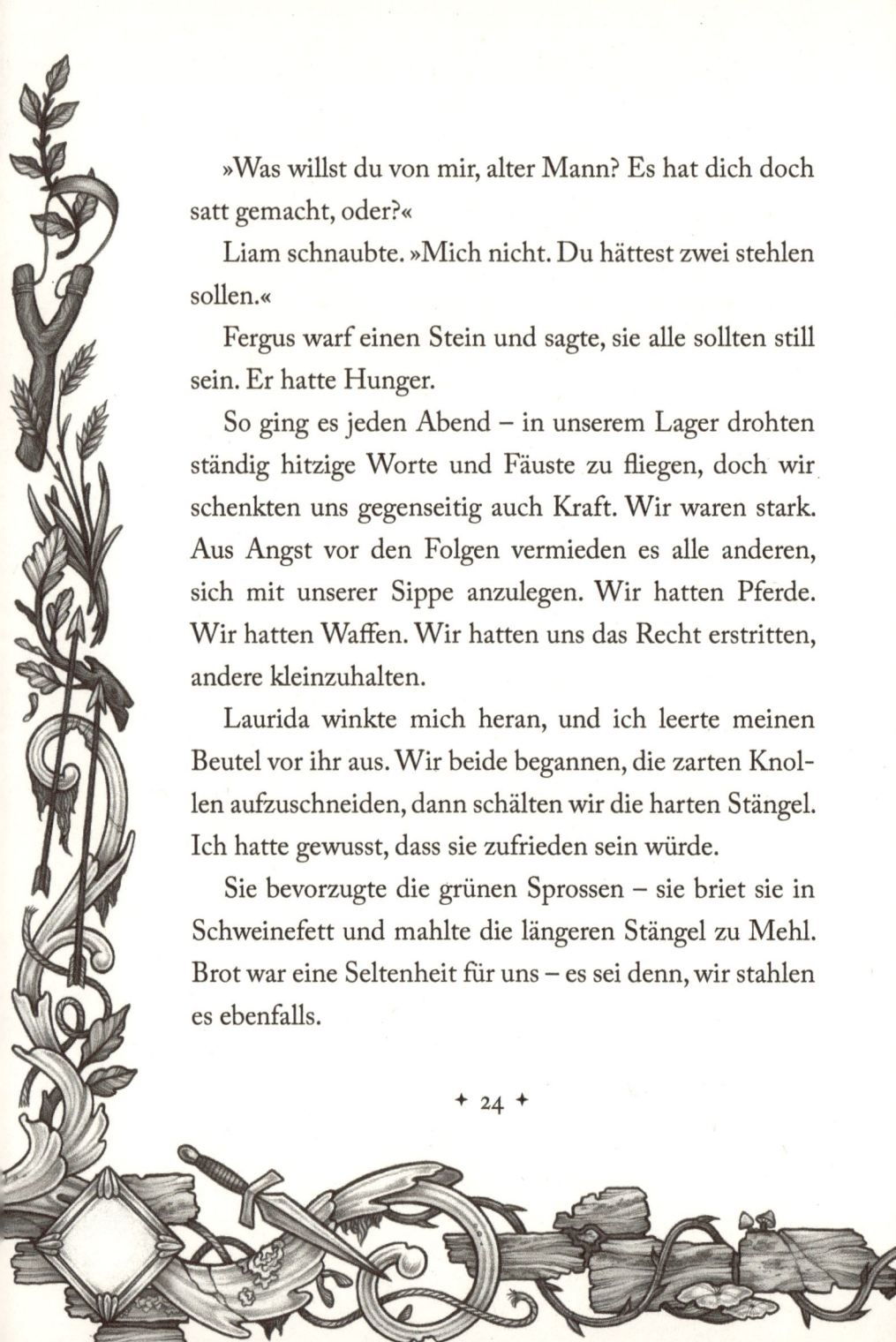

»Wo hast du sie gefunden?«, fragte Laurida.

Ich sah sie verwundert an. »Was gefunden?«

»Die hier?« Sie hielt eine Handvoll kleingeschnittene Stängel hoch. »Was ist denn mit dir los? Hat dir die Sonne das Hirn ausgedörrt?«

Die Stängel. Natürlich. Nichts anderes meinte sie. »In einem Teich. Warum ist das so wichtig?«, blaffte ich zurück.

Sie versetzte mir einen Schlag auf den Hinterkopf, dann beugte sie sich vor, um meine blutige Nase zu untersuchen. »Er wird sie dir eines Tages noch brechen«, knurrte sie. »Besser so. Du bist sowieso zu hübsch.«

Der Teich war bereits vergessen. Ich konnte ihnen nicht sagen, dass das Mädchen vom Teich mich heute ohne jede Vorwarnung überrumpelt hatte, und nicht andersherum. Ich hätte mehr als eine blutige Nase davongetragen. Es war eine Schande, sich überraschen zu lassen, besonders von ihresgleichen. Ihresgleichen war dumm. Langsam. Schwach. Das Mädchen hatte seine Dummheit bewiesen, indem es mir zeigte, wie ich ihm das Essen wegnehmen konnte.

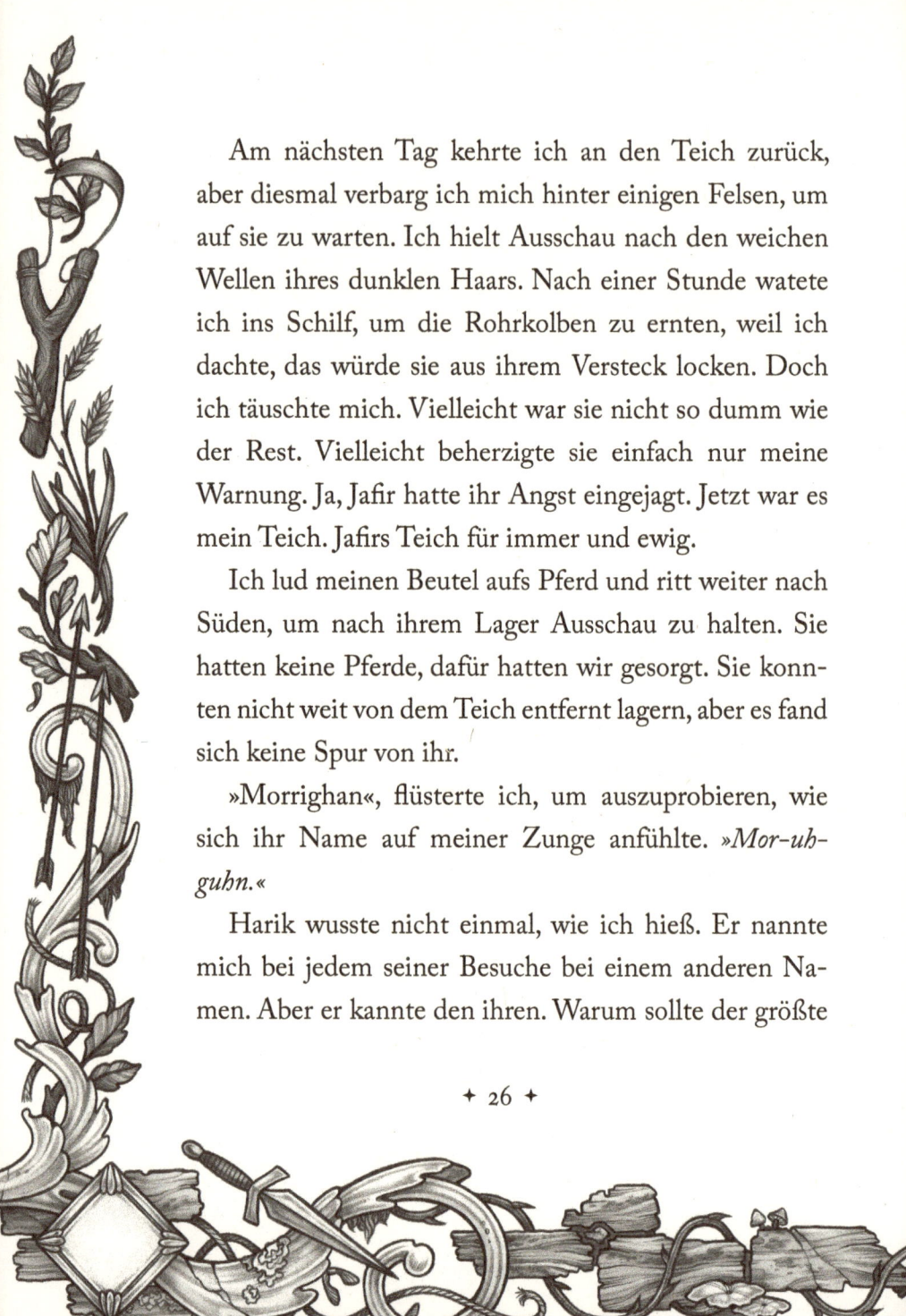

Am nächsten Tag kehrte ich an den Teich zurück, aber diesmal verbarg ich mich hinter einigen Felsen, um auf sie zu warten. Ich hielt Ausschau nach den weichen Wellen ihres dunklen Haars. Nach einer Stunde watete ich ins Schilf, um die Rohrkolben zu ernten, weil ich dachte, das würde sie aus ihrem Versteck locken. Doch ich täuschte mich. Vielleicht war sie nicht so dumm wie der Rest. Vielleicht beherzigte sie einfach nur meine Warnung. Ja, Jafir hatte ihr Angst eingejagt. Jetzt war es mein Teich. Jafirs Teich für immer und ewig.

Ich lud meinen Beutel aufs Pferd und ritt weiter nach Süden, um nach ihrem Lager Ausschau zu halten. Sie hatten keine Pferde, dafür hatten wir gesorgt. Sie konnten nicht weit von dem Teich entfernt lagern, aber es fand sich keine Spur von ihr.

»Morrighan«, flüsterte ich, um auszuprobieren, wie sich ihr Name auf meiner Zunge anfühlte. »*Mor-uh-guhn.*«

Harik wusste nicht einmal, wie ich hieß. Er nannte mich bei jedem seiner Besuche bei einem anderen Namen. Aber er kannte den ihren. Warum sollte der größte

Krieger des Landes den Namen eines mageren, schwachen Mädchens kennen? Noch dazu eines Mädchens von denen.

Wenn ich sie fand, würde ich sie dazu bringen, es mir zu sagen. Und dann würde ich ihr mein Messer an die Kehle halten, bis sie weinte und darum bettelte, dass ich sie gehen ließ. Genau wie es Fergus und Steffan mit den Stammesleuten machten, die Essen vor uns versteckten.

Von einem Hügel aus sah ich über die leeren Täler, in denen nur der Wind übers Gras strich.

Das Mädchen verbarg sich gut. Die nächsten vier Jahre fand ich sie nicht wieder.

KAPITEL 4

Morrighan

»HIER«, SAGTE PATA. »Das ist ein guter Platz.«

Ein gewundener Pfad hatte uns hierhergebracht, einer, dem man nicht leicht folgen konnte, ein Pfad, den zu finden ich geholfen hatte. Das Wissen schlug Wurzeln in mir und wurde stärker.

Ama betrachtete das Dickicht aus Bäumen. Sie suchte die schiefen Ruinen nach einem potenziellen Unterschlupf ab und nahm die Hügel und felsigen Klippen, die uns vor fremden Blicken verbargen, in Augenschein. Aber vor allem betrachtete sie den Stamm. Alle waren müde. Alle hatten Hunger. Alle trauerten. Rhiann war von der Hand eines Plünderers gestorben, als sie sich geweigert hatte, das Zicklein in ihren Armen loszulassen.

Ama sah wieder in das kleine Tal und nickte. Ich konnte den Herzschlag des Stammes so deutlich hören wie sie. Sein Takt war schwach. Es tat weh.

»Hier«, nickte Ama, und die Stammesmitglieder legten ihre Bündel ab.

Ich besah mir unser neues Heim, wenn man es denn so nennen konnte. Die Gebäude befanden sich in einem erbärmlichen Zustand. Sie waren hauptsächlich aus Holz gebaut und durch Vernachlässigung, den Lauf der Jahrzehnte und natürlich den großen Sturm dem Verfall preisgegeben. Sie konnten jederzeit zusammenbrechen – die meisten hatten das schon getan –, aber wir konnten aus den Trümmern unsere eigenen Unterstände bauen. Wir konnten uns ein Dach über dem Kopf schaffen, das länger als ein paar Tage hielt. Ich hatte es nie anders gekannt, war immer weitergezogen, aber ich wusste, dass es eine Zeit geben würde, in der die Menschen bleiben konnten, wo sie waren; eine Zeit, in der es einen Ort gab, an den man für immer gehörte. Ama hatte es mir erzählt, und manchmal träumte ich mich dorthin. Ich träumte mich an Orte, die ich noch nie gesehen hatte, in gläserne Türme, von Wolken bekrönt, in ausgedehnte Obstgärten mit roten Früchten, in warme, weiche Betten, umgeben von Fenstern mit Vorhängen.

Dies waren die Orte, die Ama in ihren Geschichten beschrieb, Orte, an denen alle Kinder des Stammes Prinzen und Prinzessinnen mit immer vollen Mägen wären. Es war eine längst vergangene Welt von früher.

Im letzten Monat, seit Rhianns Tod, waren wir nirgends länger als einen Tag oder zwei geblieben. Immer wieder nahmen uns Plündererbanden das Essen ab und jagten uns dann davon. Der Zusammenstoß, den Rhiann mit ihnen gehabt hatte, war der schlimmste gewesen. Wir waren wochenlang unterwegs gewesen und hatten nur wenig Nahrung gesammelt. Der Süden hatte sich als gefährlicher als der Norden erwiesen, im Osten herrschte Harik, und sein Herrschaftsbereich wurde jeden Tag größer. Im Westen, jenseits der Berge, lauerte noch immer das Übel des Sturms, und dahinter streiften wilde Tiere umher. Wie wir waren auch sie hungrig und fielen über jeden her, der dumm genug war, sich dorthin zu verirren. Zumindest war es das, was man mir gesagt hatte – niemand, den ich kannte, hatte die trostlosen Berge je überquert. Wir wurden von allen Seiten bedrängt und waren immer auf der Suche nach einem verborgenen Winkel,

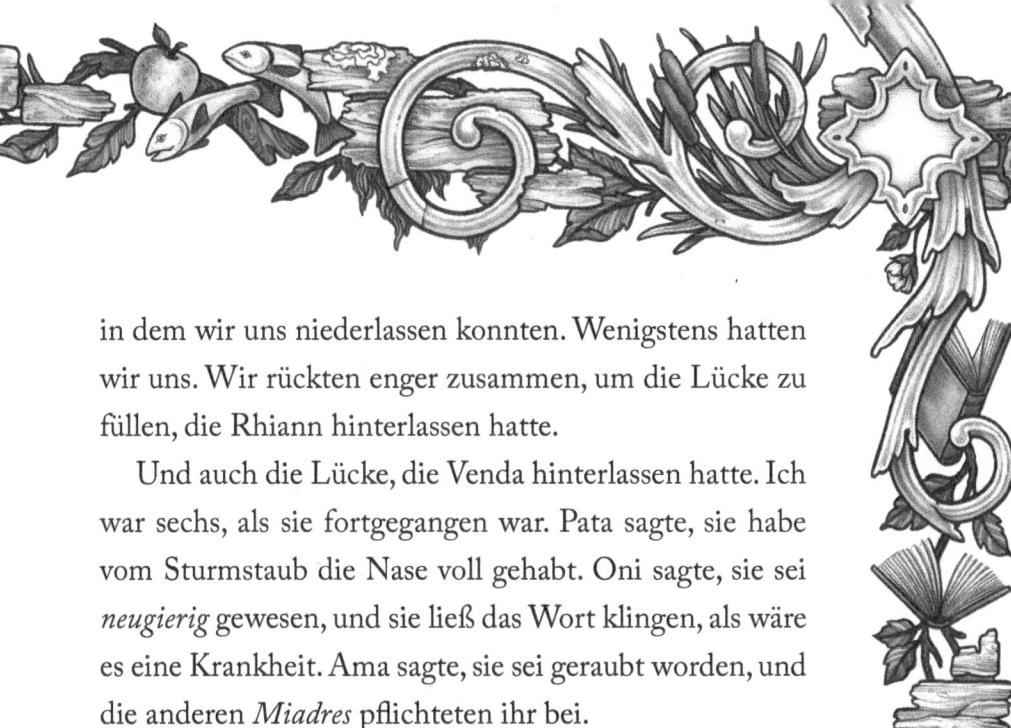

in dem wir uns niederlassen konnten. Wenigstens hatten wir uns. Wir rückten enger zusammen, um die Lücke zu füllen, die Rhiann hinterlassen hatte.

Und auch die Lücke, die Venda hinterlassen hatte. Ich war sechs, als sie fortgegangen war. Pata sagte, sie habe vom Sturmstaub die Nase voll gehabt. Oni sagte, sie sei *neugierig* gewesen, und sie ließ das Wort klingen, als wäre es eine Krankheit. Ama sagte, sie sei geraubt worden, und die anderen *Miadres* pflichteten ihr bei.

Wir schickten uns an, das Lager aufzuschlagen. Die Hoffnungen waren groß. Dieses kleine Tal fühlte sich richtig an. Niemand würde sich hierherwagen, und es gab genügend Wasser in der Nähe. Oni berichtete, dass gleich hinter dem Hügel eine Wiese mit Maigras lag, an deren anderen Ende sie ein Eichenwäldchen entdeckt hatte.

Wir waren neunzehn Personen. Elf Frauen, drei Männer und fünf Kinder. Ich war drei Jahre älter als die anderen Kinder, und ich weiß noch, dass mir die anderen in jenem Frühling fremd wurden. Ihre Spiele nervten mich. Ich wusste, dass ich auf der Schwelle zu etwas anderem stand, aber da unser Alltag immer gleich ablief, konnte

ich mir nicht vorstellen, was dieses andere sein könnte. Jeder Tag war wie der davor. Wir überlebten. Wir hatten Angst. Und manchmal lachten wir. Was war dieses neue Gefühl, das sich in mir regte? Ich war mir nicht sicher, ob ich es mochte. Es rumorte in mir wie der Hunger.

Wir halfen alle zusammen, um Holz herbeizuschaffen, auf dem zuweilen große Buchstaben prangten, die einst Teil von etwas gewesen waren, Reste einer Botschaft, die keine Bedeutung mehr hatte. Andere fanden rostige Metallplatten, die wir gegen aufgeschichtete Steine lehnten. Ich griff mir eine lange Planke mit blauen Farbresten. Ama sagte, die Welt sei früher mit allen möglichen Farben bemalt gewesen. Jetzt fand sich Blau nur noch am Himmel oder in einem klaren See, der ihn widerspiegelte, so wie jener Teich, an dem ich Jafir getroffen hatte. Vier Winter waren vergangen, seitdem ich ihn zum letzten Mal gesehen hatte. Ich fragte mich, ob er noch am Leben war. Obwohl unser Stamm ständig darum kämpfte, nicht zu verhungern, drohten die Plünderer an etwas Schlimmerem zugrunde zu gehen. Sie sorgten nicht für ihre eigenen Leute, wie wir es taten.

KAPITEL 5

Morrighan

DAS TAL NAHM uns freundlich auf. Die Samenkörner, die wir pflanzten, keimten in dem felsigen Boden, ohne dass wir groß nachhelfen mussten. Die fernen Felder, Schluchten und Berge schenkten uns Kleinwild, Grashüpfer und Frieden. In meiner Erinnerung waren dies die ruhigsten Monate, die wir je erlebt hatten, und obwohl ich mich immer nach einem Ort gesehnt hatte, an dem wir bleiben konnten, wuchs seltsamerweise meine Rastlosigkeit. Ich besänftigte meine innere Unruhe, indem ich mich beim Pflanzen- und Samensammeln jeden Tag weiter vom Lager weg wagte.

Eines Tages, als ich gerade dahockte und die kleinen schwarzen Samen des Burzelkrauts aufsammelte, hörte ich eine Stimme, so deutlich wie meine eigene: *Dort entlang*. Ich sah auf, aber es gab kein »dort entlang«. Nur eine undurchdringliche Mauer aus Felsen und Kletter-

pflanzen lag vor mir. Doch die Worte tanzten in mir, *dort entlang*, begeistert und aufgeregt – bestimmt und sicher. Ich hörte Amas Anweisung: *Vertrau der Stärke in dir.* Ich ging näher heran, untersuchte die Felsen und fand einen verborgenen Durchschlupf. Felsbrocken schienen dort miteinander zu verwachsen, um den Zugang zu tarnen. Der Pfad führte in eine abgeschlossene Schlucht – und zu einem versteckten Schatz, den ich ehrfürchtig aus der Ferne betrachtete. Ich eilte durch das knietiefe Gras, um aus der Nähe einen Blick darauf zu werfen. Obwohl das Dach größtenteils eingestürzt war, standen von dem einstmals bedeutenden Gebäude, das sich mir offenbart

hatte, noch die Seitenflügel, und in diesen Flügeln entdeckte ich *Bücher.* Nicht viele. Die meisten waren schon vor langer Zeit geplündert oder verbrannt worden. Sogar unser Stamm hatte das trockene Papier aus Büchern an feuchten Winterabenden verbrannt, wenn nichts anderes mehr Feuer fing. Diese paar Bücher lagen zwischen Trümmern und dicken Lagen Staub auf dem Boden verstreut. Bücher mit Bildern – farbigen Bildern.

Von da an wurde dieses verlassene Gebäude zum Ziel meiner täglichen Ausflüge. Ich sammelte Nahrung auf dem Weg dorthin; anschließend ruhte ich mich aus und las auf der ausladenden Treppe der vergessenen Ruine. Allein. Ich stellte mir eine andere Zeit vor, lange bevor die sieben Sterne auf die Erde geschleudert worden waren, eine Zeit, in der ein Mädchen genau wie ich auf diesen Stufen gesessen und in den endlosen blauen Himmel hinaufgesehen hatte. Die schiere Möglichkeit verwandelte sich in ein geflügeltes Geschöpf, das mich überall hinbringen konnte, wenn ich es darum bat. Ich wurde übermütig und waghalsig in meinen Fantasiereisen.

Tag für Tag war es dasselbe. Bis zu diesem Tag.

Ich sah ihn aus dem Augenwinkel. Zuerst erschrak ich; dann wurde ich ärgerlich, weil ich glaubte, Micah oder Brynna wären mir heimlich gefolgt. Doch schließlich begriff ich, wer das war. Sein wildes blondes Haar war dasselbe, nur noch länger als früher, es schimmerte aus dem Dickicht hervor wie goldenes Getreide. *Dummer Junge,* dachte ich, dann küsste ich meine Finger und erhob sie als Buße zu den Göttern. Ama war sich nicht ganz sicher, wie viele Götter es gab. Manchmal sprach sie von einem, es konnten aber auch drei oder vier sein – ihre Eltern hatten keine Zeit gehabt, sie in diesen Dingen zu unterweisen. Aber wie viele es auch geben mochte, ich wusste, dass man sie lieber nicht erzürnte. Sie herrschten über die Sterne am Himmel und die Winde auf der Erde und wachten über unsere Tage hier in der Wildnis. Irgendwo in ihrem Gedächtnis hatte Ama das Wissen bewahrt, dass die Götter die Stirn darüber runzelten, wenn man jemanden *dumm* nannte. Diesem Jemand den Tod zu wünschen war noch eine andere Sache.

Sind die Götter nicht weise?, hatte ich sie gefragt. *Warum haben sie auch die Plünderer gerettet?*

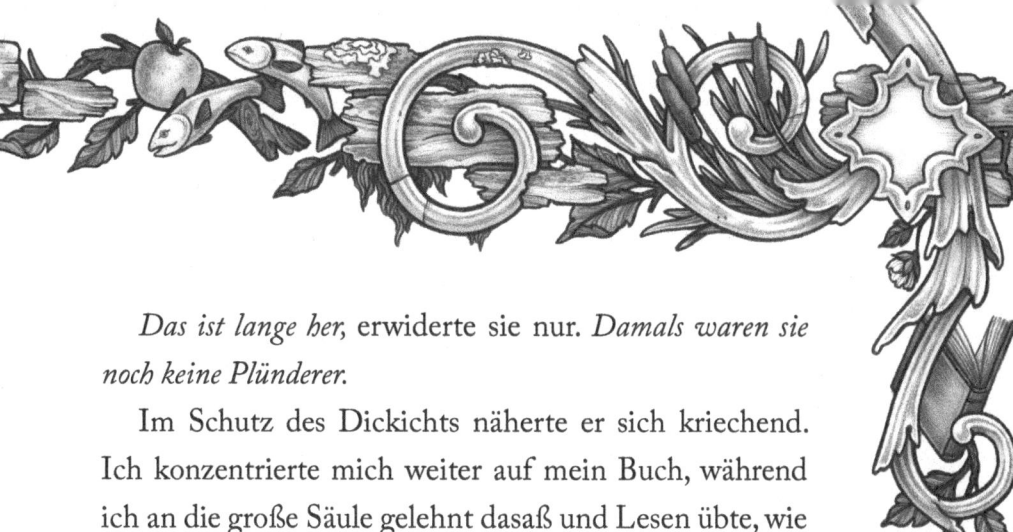

Das ist lange her, erwiderte sie nur. *Damals waren sie noch keine Plünderer.*

Im Schutz des Dickichts näherte er sich kriechend. Ich konzentrierte mich weiter auf mein Buch, während ich an die große Säule gelehnt dasaß und Lesen übte, wie Ama es mir beigebracht hatte; doch unter den Wimpern hervor warf ich ihm verstohlene Blicke zu. Trotz seiner gebückten Haltung bemerkte ich, dass er gewachsen war, seitdem ich ihn zum letzten Mal gesehen hatte. Auch seine Schultern waren noch breiter geworden. Die Fetzen eines Hemdes bedeckten mit Mühe und Not seine Brust.

Ich hörte Amas Warnung. *Lauf, so schnell du kannst, wenn du überrascht wirst.* Aber ich war gar nicht überrascht. Ich beobachtete ihn schon eine ganze Weile und fragte mich, warum er sich versteckte; und ziemlich schlecht noch dazu.

Ich wusste, dass es passieren würde, und als er schreiend und mit dem Messer herumfuchtelnd aus dem Gebüsch brach, zuckte ich nicht einmal mit der Wimper, sondern blätterte langsam um und richtete meine Aufmerksamkeit auf die nächste Seite.

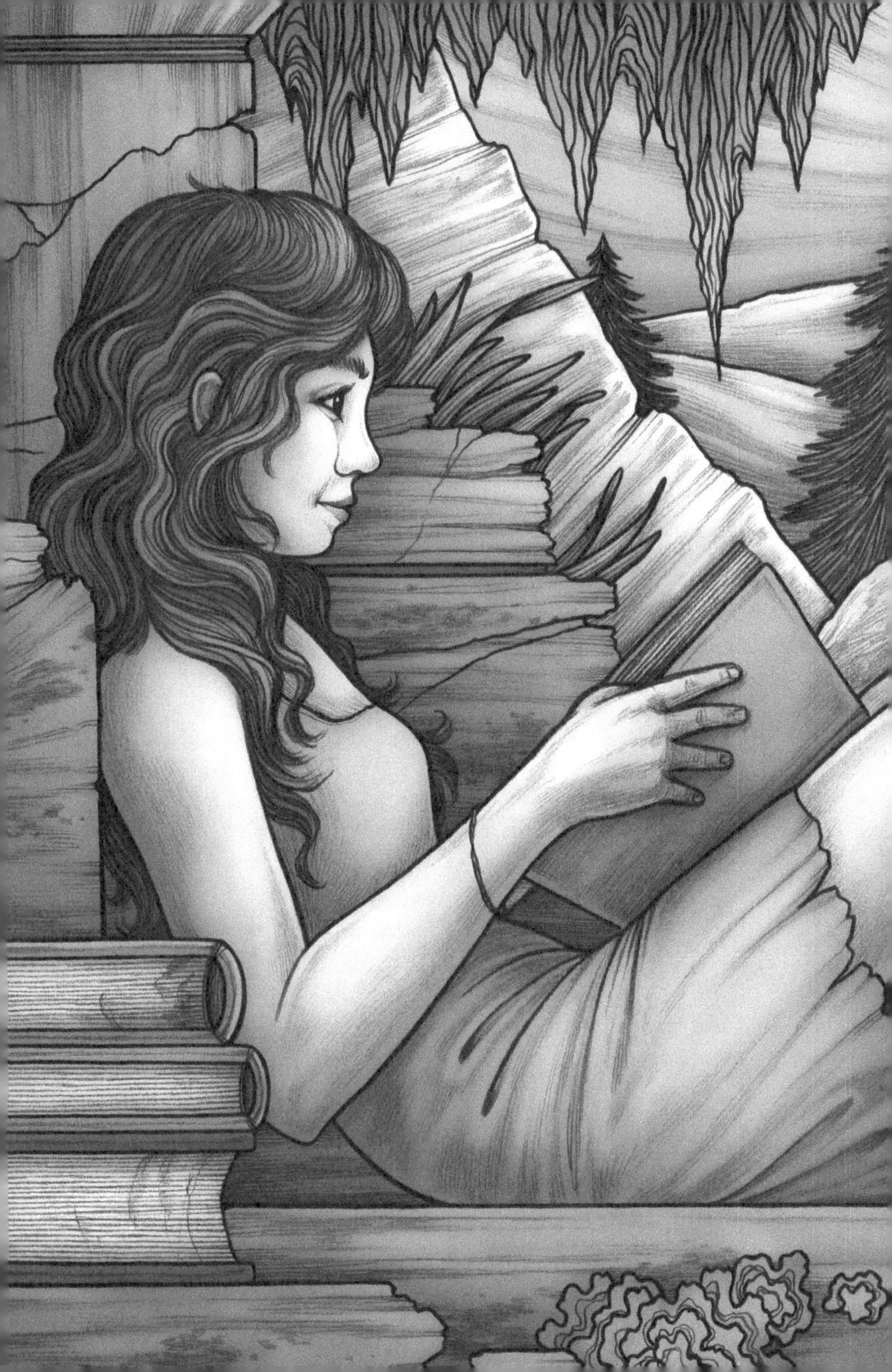

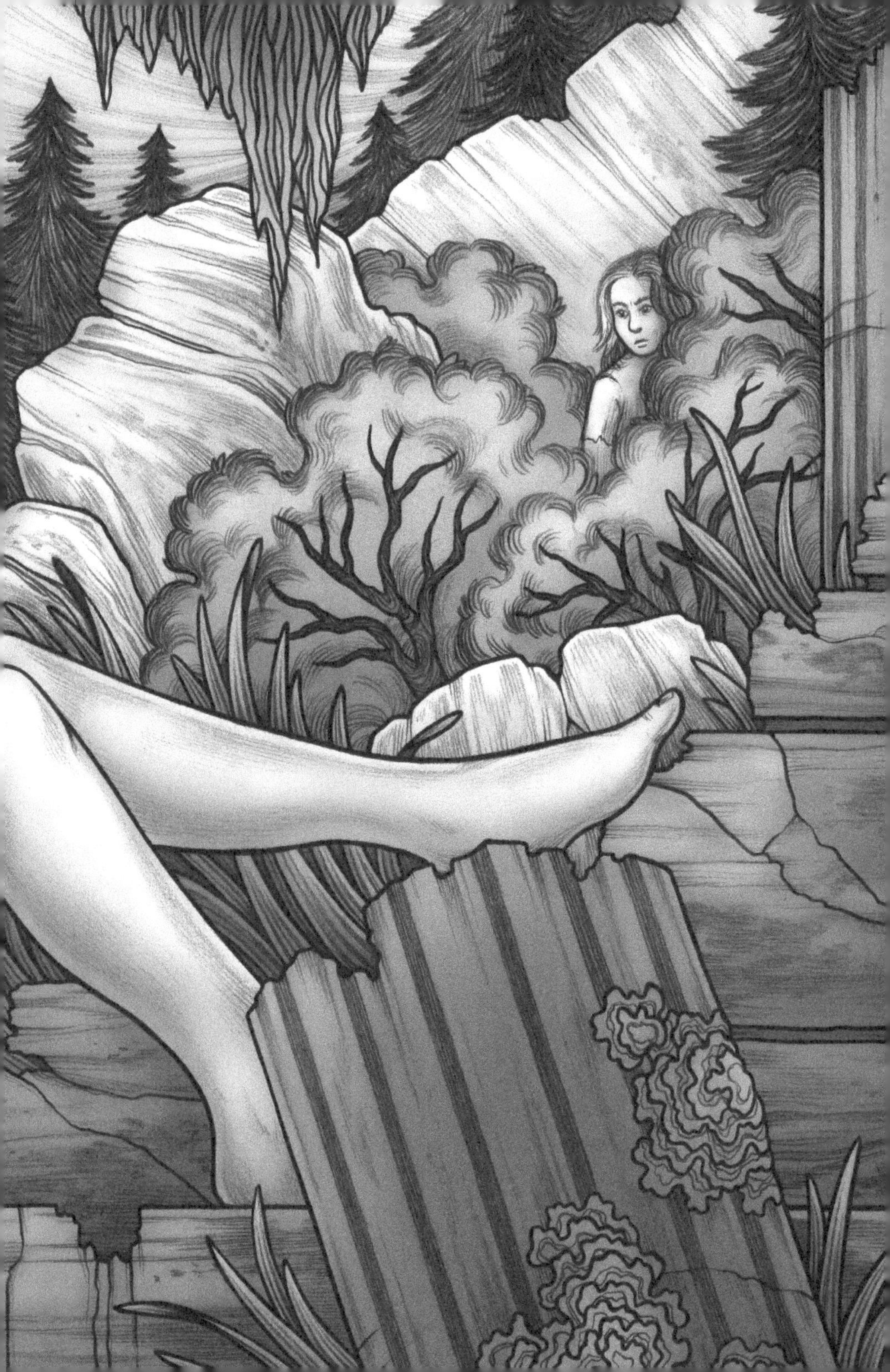

»Was ist bloß los mit dir?«, rief er. »Hast du keine Angst?«

Ich hob den Blick und sah ihn an. »Wovor? Ich denke, du bist es, der Angst hat und sich seit fast einer ganzen Stunde im Gebüsch versteckt.«

»Vielleicht habe ich mir ja überlegt, wie ich dich umbringen soll.«

»Wenn du mich umbringen wolltest, hättest du es schon bei unserer ersten Begegnung getan. Oder bei der zweiten. Oder –«

»Was machst du da?«, unterbrach er mich mit Blick auf mein Buch. Er stand auf der Treppe, als gehörte sie ihm. Er war genau wie all die anderen Plünderer – fordernd, ungebildet –, und er stank.

»Badest du eigentlich nie?«, fragte ich mit gerümpfter Nase.

Er sah mich erst verwirrt, dann neugierig an, während sein finsterer Blick sich aufhellte.

Ich schlug das Buch zu. »Du brauchst gar nicht so feindselig zu sein, weißt du. Ich tue dir nichts.«

»Du? Mir?« Er warf den Kopf zurück und lachte.

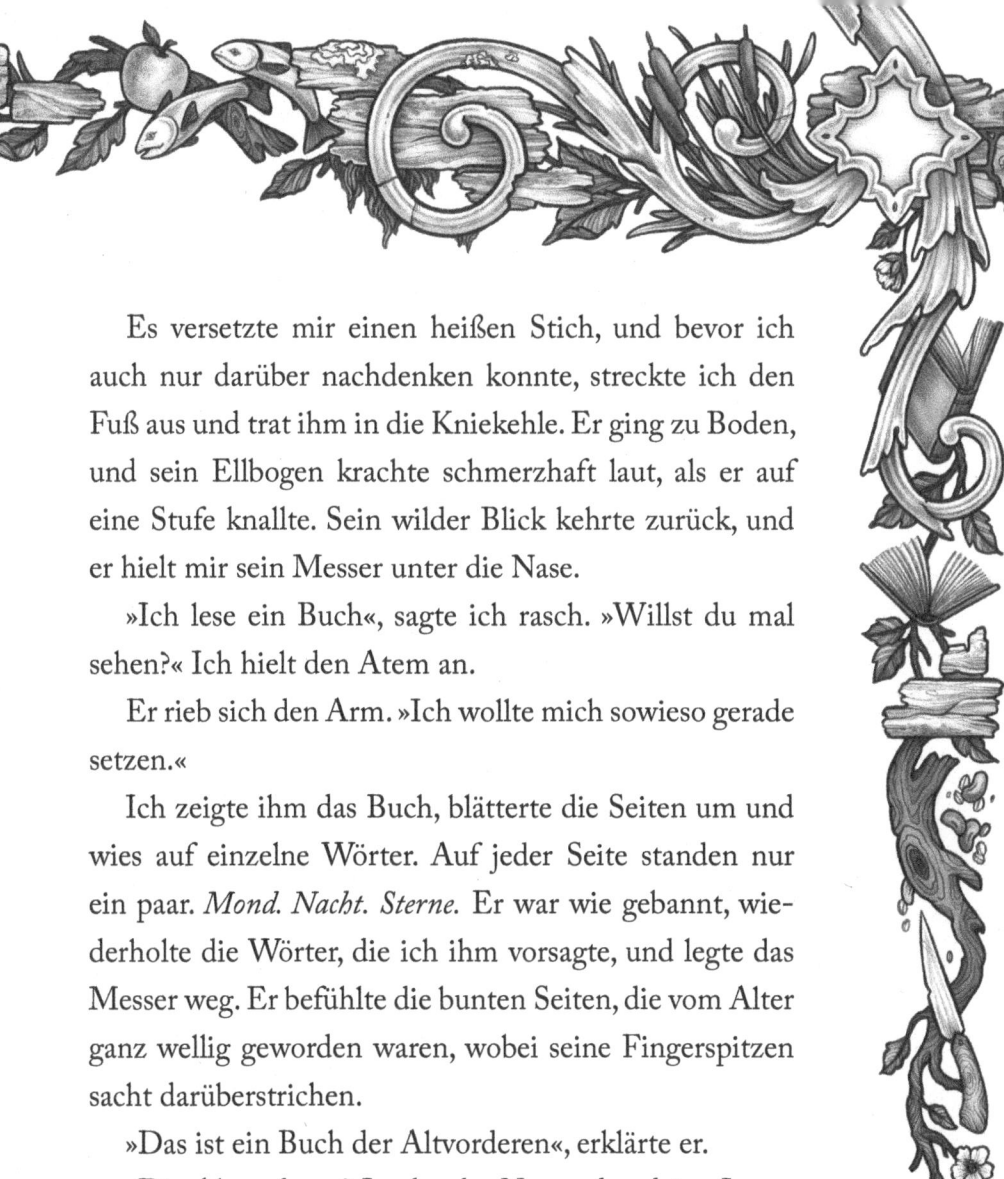

Es versetzte mir einen heißen Stich, und bevor ich auch nur darüber nachdenken konnte, streckte ich den Fuß aus und trat ihm in die Kniekehle. Er ging zu Boden, und sein Ellbogen krachte schmerzhaft laut, als er auf eine Stufe knallte. Sein wilder Blick kehrte zurück, und er hielt mir sein Messer unter die Nase.

»Ich lese ein Buch«, sagte ich rasch. »Willst du mal sehen?« Ich hielt den Atem an.

Er rieb sich den Arm. »Ich wollte mich sowieso gerade setzen.«

Ich zeigte ihm das Buch, blätterte die Seiten um und wies auf einzelne Wörter. Auf jeder Seite standen nur ein paar. *Mond. Nacht. Sterne.* Er war wie gebannt, wiederholte die Wörter, die ich ihm vorsagte, und legte das Messer weg. Er befühlte die bunten Seiten, die vom Alter ganz wellig geworden waren, wobei seine Fingerspitzen sacht darüberstrichen.

»Das ist ein Buch der Altvorderen«, erklärte er.

»Die Altvorderen? Ist das der Name, den deine Leute ihnen gegeben haben?«

Er sah mich unsicher an und stand auf. »Warum stellst

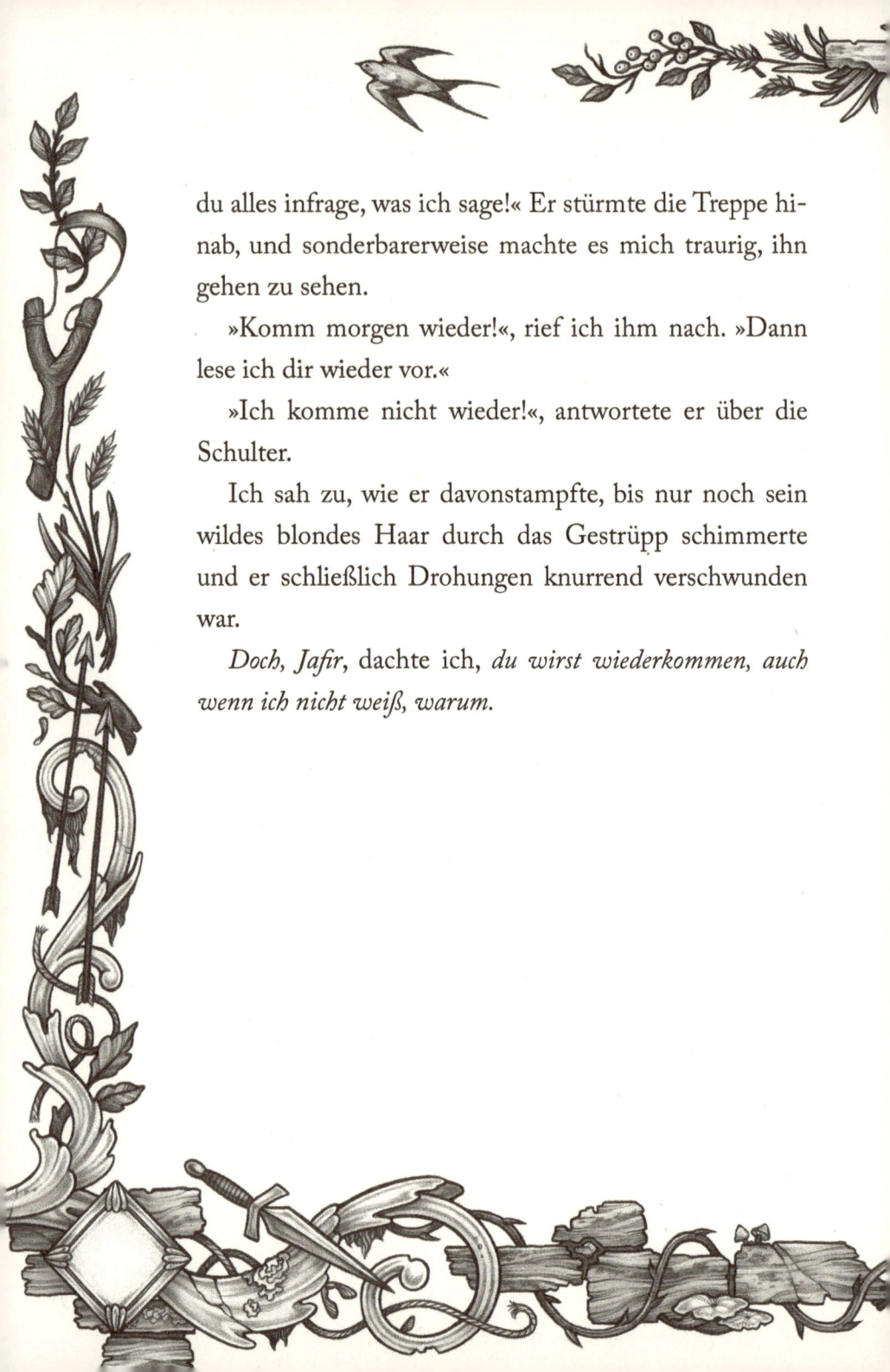

du alles infrage, was ich sage!« Er stürmte die Treppe hinab, und sonderbarerweise machte es mich traurig, ihn gehen zu sehen.

»Komm morgen wieder!«, rief ich ihm nach. »Dann lese ich dir wieder vor.«

»Ich komme nicht wieder!«, antwortete er über die Schulter.

Ich sah zu, wie er davonstampfte, bis nur noch sein wildes blondes Haar durch das Gestrüpp schimmerte und er schließlich Drohungen knurrend verschwunden war.

Doch, Jafir, dachte ich, *du wirst wiederkommen, auch wenn ich nicht weiß, warum.*

Kapitel 6

Jafir

Ich trennte den Rest des Fleischs von der Haut – ein hübscher fetter Hase, bei dessen Anblick Laurida zu schnurren begann, als ich ins Lager zurückkehrte. Ich hängte das ausgeweidete Tier an einen Baum. Wir hatten nun vier Tage lang kein Fleisch für den Eintopf gehabt, und jeden Tag wurde Fergus übellauniger angesichts der Wurzeln und Markknochen, die dem Wasser wenigstens ein bisschen Geschmack gaben.

»Wo hast du ihn erwischt?«, fragte Laurida.

Ich hatte ihn in einer Schlucht nicht weit von der Stelle erlegt, wo ich auf das Mädchen Morrighan gestoßen war, aber das musste Laurida nicht wissen. Sie könnte es Steffan erzählen, und er würde sich mein Jagdrevier unter den Nagel reißen, wie er es mit allem tat.

»In der Senke hinter dem Schlickwatt«, antwortete ich.

»Hmm«, brummte sie argwöhnisch.

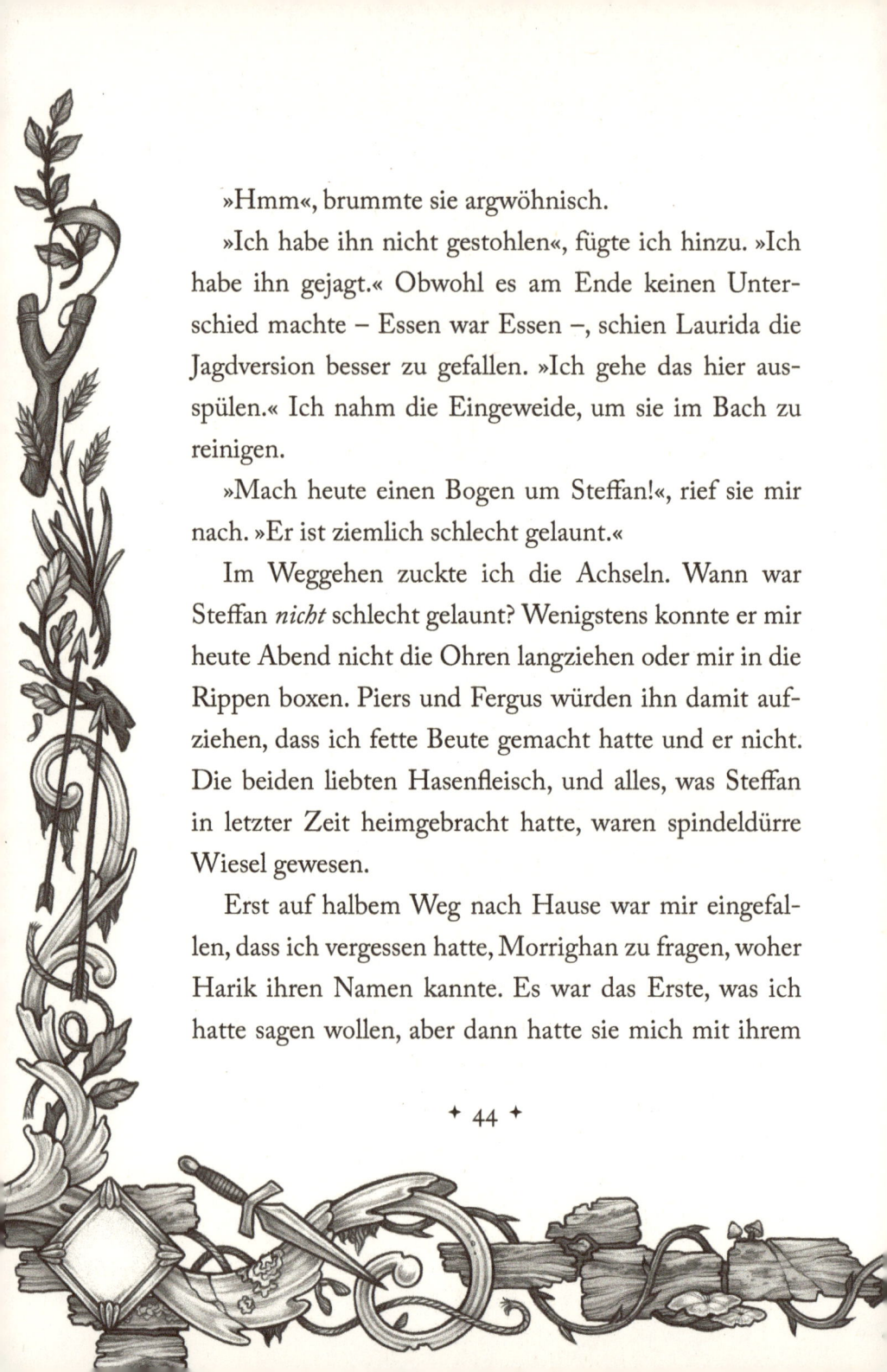

»Ich habe ihn nicht gestohlen«, fügte ich hinzu. »Ich habe ihn gejagt.« Obwohl es am Ende keinen Unterschied machte – Essen war Essen –, schien Laurida die Jagdversion besser zu gefallen. »Ich gehe das hier ausspülen.« Ich nahm die Eingeweide, um sie im Bach zu reinigen.

»Mach heute einen Bogen um Steffan!«, rief sie mir nach. »Er ist ziemlich schlecht gelaunt.«

Im Weggehen zuckte ich die Achseln. Wann war Steffan *nicht* schlecht gelaunt? Wenigstens konnte er mir heute Abend nicht die Ohren langziehen oder mir in die Rippen boxen. Piers und Fergus würden ihn damit aufziehen, dass ich fette Beute gemacht hatte und er nicht. Die beiden liebten Hasenfleisch, und alles, was Steffan in letzter Zeit heimgebracht hatte, waren spindeldürre Wiesel gewesen.

Erst auf halbem Weg nach Hause war mir eingefallen, dass ich vergessen hatte, Morrighan zu fragen, woher Harik ihren Namen kannte. Es war das Erste, was ich hatte sagen wollen, aber dann hatte sie mich mit ihrem

Gerede durcheinandergebracht. *Ob ich badete?* Ich spülte die Eingeweide im Wasser aus. Welchen Unterschied machte das? Aber dann dachte ich wieder an ihre Haut, die von der Wärme eines dunstigen Sonnenuntergangs zu glühen schien. Ich hatte sie berühren wollen, um zu sehen, wie sie sich anfühlte. Ob sie diese Farbe wohl auch hatte, bevor sie ein Bad nahm? Es gab keine Mädchen in unserem Lager – nur Jungen, Männer und drei Frauen wie Laurida, und ihre Gesichter waren hart und runzelig von all den Jahren. Morrighans Wangen waren so weich wie ein Blatt im Frühling. Und ihr langes dunkles Haar schimmerte unter der Sonne, als wären bronzene Fäden darin eingewoben.

Ein Tumult riss mich aus meinen Gedanken, die ich mir übers Baden machte, dann hörte ich das Wiehern von Pferden. Steffan verkündete laut rufend, dass die anderen zurück seien – als wäre das nicht ohnehin klar. Ich schüttelte die Eingeweide aus und trottete die Böschung hoch zurück ins Lager. Meine Schritte gerieten ins Stocken, als ich Harik bei den Ältesten des Clans sah. Er schaute derzeit nicht oft bei uns vorbei und blieb stattdessen in seiner gewaltigen Festung am anderen Ufer des Flusses, der er den Namen Venda gegeben hatte nach seiner Braut, der *Siarrah*. Doch das Wasser war im Steigen begriffen, und die Brücke geriet in Schräglage. Es würde nicht mehr lange dauern, bis seine Festung von uns abgeschnitten wäre. Dann würde er gar nicht mehr kommen. Fergus sagte, der Fluss werde die Brücke bald verschlucken. Harik widersprach, dann werde er eben eine neue bauen, was unmöglich schien, aber er war stärker und gieriger als die meisten, und man munkelte, dass sein Vater einer der mächtigsten Altvorderen gewesen war. Vielleicht konnte er Dinge, von denen wir nichts wussten.

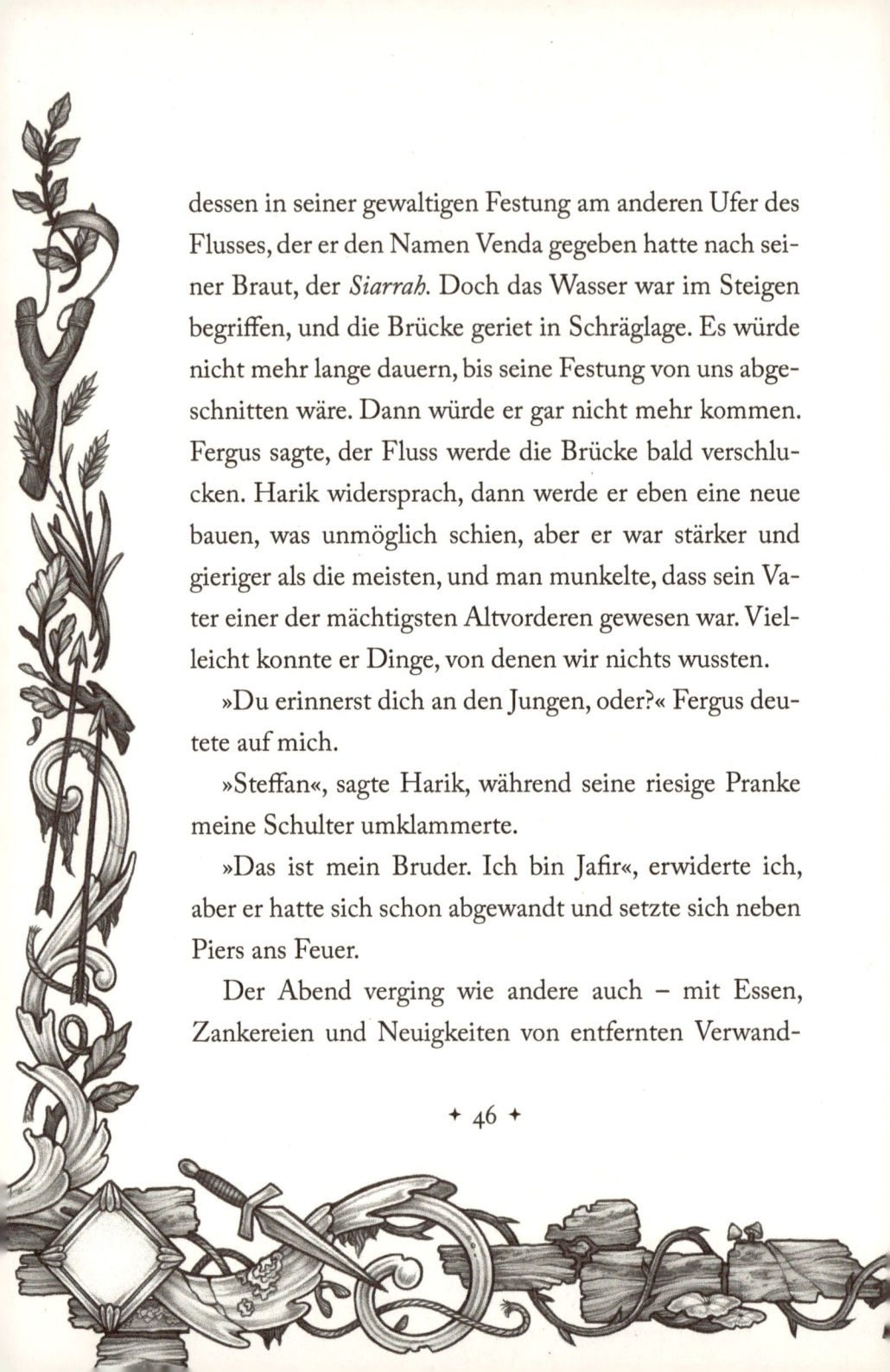

»Du erinnerst dich an den Jungen, oder?« Fergus deutete auf mich.

»Steffan«, sagte Harik, während seine riesige Pranke meine Schulter umklammerte.

»Das ist mein Bruder. Ich bin Jafir«, erwiderte ich, aber er hatte sich schon abgewandt und setzte sich neben Piers ans Feuer.

Der Abend verging wie andere auch – mit Essen, Zankereien und Neuigkeiten von entfernten Verwandten. Fergus sagte, dass sich der Zweig unserer Sippe im Norden erneut den Kopf darüber zerbrach, was wohl jenseits der Berge im Westen liegen mochte. Sie dachten darüber nach, sich in unbekanntes Gelände vorzuwagen und zu sehen, ob sie dort mehr Glück hatten als hier. Sie hatten Fergus gefragt, ob er sich ihnen anschließen wolle. Ich verdrehte die Augen. Sie planten immer irgendetwas, aber dabei kam nichts heraus. In den Bergen wohnte das Übel. Nichts wuchs dort. Sich dorthin zu begeben hieß zu sterben. Selbst die mächtigen Clans hegten Furcht in ihren Herzen. Es gab noch einige wie Piers unter uns, die schon auf der Welt gewesen waren, als die Wolke des Todes übers Land gerollt war. Er war damals erst sechs Jahre alt gewesen, aber er erinnerte sich noch gut an den Schrecken.

Nach dem Abendessen ließ Harik eine Flasche mit Branntwein herumgehen, die er mitgebracht hatte. Während Essen knapp war, gelang es ihnen am anderen Flussufer noch, dieses stinkende Getränk zu brauen. Obwohl ich wie alle anderen im Kreis saß, boten sie mir nichts davon an; Piers reichte die Flasche an mir vorbei an Reeve weiter, der auf der anderen Seite neben mir saß. Ich versuchte, so zu tun, als hätte ich es nicht bemerkt, als Harik die Flasche Steffan gab. Er trank und hustete, und alle lachten. Ich auch, aber Steffan hörte mein Lachen aus dem der anderen heraus. Er drehte sich zu mir und sandte mir einen finsteren Blick – die Art von Blick, die besagte, dass ich später dafür bezahlen würde.

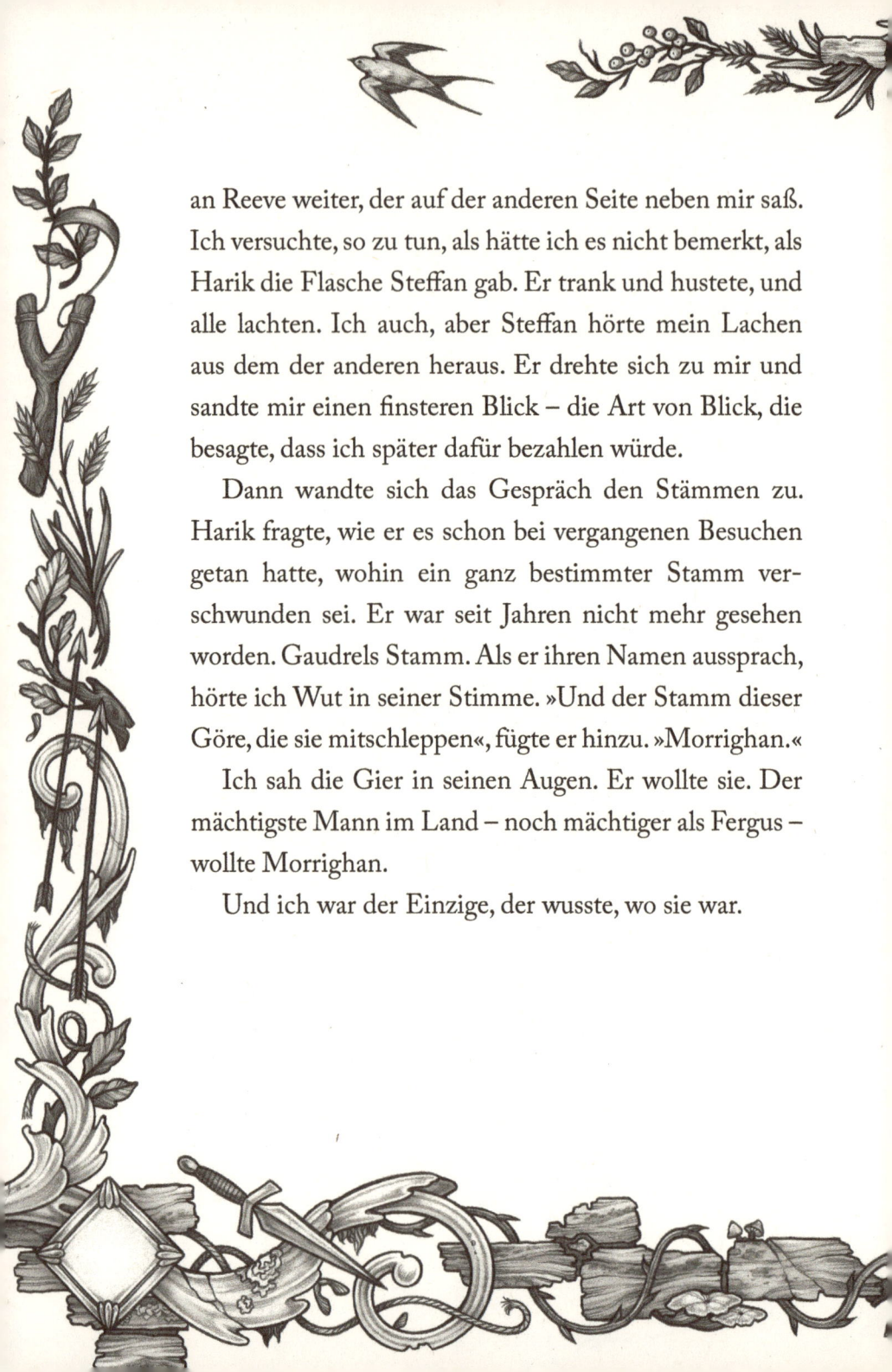

Dann wandte sich das Gespräch den Stämmen zu. Harik fragte, wie er es schon bei vergangenen Besuchen getan hatte, wohin ein ganz bestimmter Stamm verschwunden sei. Er war seit Jahren nicht mehr gesehen worden. Gaudrels Stamm. Als er ihren Namen aussprach, hörte ich Wut in seiner Stimme. »Und der Stamm dieser Göre, die sie mitschleppen«, fügte er hinzu. »Morrighan.«

Ich sah die Gier in seinen Augen. Er wollte sie. Der mächtigste Mann im Land – noch mächtiger als Fergus – wollte Morrighan.

Und ich war der Einzige, der wusste, wo sie war.

Kapitel 7

Morrighan

Diesmal versteckte er sich nicht im Gestrüpp. Er nahm die Marmorstufen auf beeindruckende Art. Als würden sie ihm gehören. Warum war dieser Plünderer so schwer zu durchschauen? Seine Brust war nackt, und sein Gesicht glänzte. Er hatte gebadet. Nun, da der Schmutz abgewaschen war, hatte seine Haut einen goldenen Farbton, und sein dickes, langes Haar war noch heller. Unter den breiten Schultern wirkte sein magerer Brustkorb recht jämmerlich. Aber der Ausdruck in seinen Augen war wild.

»Ich dachte, du wolltest nicht mehr kommen«, sagte ich und stand zur Begrüßung auf, als er vor mir stehen blieb.

Er betrachtete mich einen langen Augenblick, bevor er antwortete. »Ich komme und gehe, wann und wo es mir gefällt. Warum kennt Harik der Große deinen Namen?«

Es fühlte sich an, als hätte man mir einen Schlag versetzt. Ich hörte im Lager immer wieder Flüstern zwischen den *Miadres*. Ama und die anderen hassten ihn. Sein Name war wie Gift und durfte nicht in den Mund genommen werden. Der Gedanke, dass er meinen Namen kennen könnte, machte mir Angst. Jafir musste sich irren.

»Er kennt meinen Namen nicht«, widersprach ich. »Er kennt nicht einmal mich. Ich habe ihn nur aus der Ferne gesehen, als er vor langer Zeit unser Lager überfallen hat.« Ich wich zurück. »Und zu deiner Information, Plünderer: Er ist nicht groß. Er ist ein Feigling wie alle –« Ich sprach das Wort, das mir auf der Zunge lag, nicht aus, weil ich fürchtete, dass er wieder davonlaufen oder Schlimmeres tun könnte.

»Wie wir alle?«, beendete er den Satz. »Wolltest du das sagen?«

Warum sind wir hier?, dachte ich. Wir stritten jedes Mal, und doch kreuzten sich unsere Wege immer wieder. *Nein, Morrighan, sie kreuzen sich nicht zufällig. Du hast ihn eingeladen, wiederzukommen. Du wolltest dieses Treffen.* Ich verstand mich selbst nicht, ebenso wenig wie das, worauf zu vertrauen man mir beigebracht hatte. Die Plünderer waren gefährlich für unseresgleichen, aber ich war ungeheuer neugierig auf diesen hier, der mich vor sechs Jahren verschont hatte, als er selbst kaum mehr als ein Kind gewesen war.

»Jafir«, sagte ich und sprach seinen Namen dabei voller Respekt aus. »Möchtest du etwas lesen?« Und dann, zum Zeichen des Waffenstillstands, verwendete ich das Wort, das er selbst gebraucht hatte. »Ein Buch der *Altvorderen*?«

Wir lasen eine Stunde lang, bevor er gehen musste. Es war nicht unser letztes Treffen. Die nächsten waren weiterhin holprig und zaghaft. Plünderer und diejenigen, die von ihnen gejagt wurden, besaßen keine Gemeinsamkeiten. Aber hier, verborgen durch lange Wege und abgeschiedene Schluchten, lernten wir, zumindest einen Teil der Personen, die wir waren, hinter uns zu lassen. Unser Vertrauen wuchs und schwand in stürmischen Wellen, aber es gab immer eine wortlose Übereinkunft, dass unsere Treffen ein Geheimnis bleiben würden. Wenn er jemandem davon erzählte, konnte ich sterben. Wenn ich jemandem davon erzählte, würde man mir verbieten, wiederzukommen.

Ich hätte nie gedacht, dass es andauern würde. Schließlich blieb unser Stamm nie länger an einem Ort. Weiterzuziehen war unsere Art zu leben. Bald würden wir das Tal wieder verlassen, in die Ferne aufbrechen, und diese Tage würden gezählt sein. Aber der Stamm brach nicht auf. Es war nicht notwendig. Das Tal lag vollkommen versteckt, und wir konnten Nahrung sammeln und anbauen, ohne uns ständig Sorgen machen zu müssen. Niemanden verschlug es hierher. Aus Tagen wurden Wochen, Jahreszeiten, und aus Jahreszeiten wurden Jahre.

Ich brachte Jafir erst die einzelnen Buchstaben bei und dann ganze Wörter. Bald las auch er mir vor. Er übte Schreiben, indem er mit dem Finger Buchstaben in den Sand malte. »Wie schreibt man Morrighan?«, fragte er. Buchstabe für Buchstabe wiederholte er, während er ihn auf den Boden malte. Ich weiß noch, dass mein Blick lange auf den Buchstaben verweilte, nachdem er sie hingeschrieben hatte. Ich bewunderte die Schwünge und

Linien, die sein Finger gezeichnet hatte, und staunte darüber, dass mein Name anders aussah, wenn er ihn schrieb.

Im Laufe der Zeit teilten wir alles miteinander. Seine Neugier war so groß wie meine. Er lebte mit elf anderen Menschen zusammen. Sie waren mit ihm verwandt, er hatte bei den meisten nur keine Ahnung, wie. Fergus erklärte ihm solche Dinge nicht. Sie waren nicht wichtig. Eine Frau namens Laurida behauptete, er sei ihr Sohn, aber er wusste, dass das nicht stimmte. Sie war Fergus' Frau und erst zum Clan gestoßen, als Jafir schon sieben Jahre alt war – woher sie kam, konnte er nicht sagen. Eines Tages war sie einfach mit Fergus ins Lager geritten und geblieben. Er hatte eine verschwommene Erinnerung an eine Frau, die vielleicht seine Mutter gewesen sein könnte, aber es war nur ihre Stimme, die ihm im Gedächtnis geblieben war, nicht ihr Gesicht.

Er fragte, ob Gaudrel meine Mutter sei. Ich erwiderte, sie sei meine Großmutter – ein Wort, das er nicht kannte. »Die Mutter meiner Mutter«, erklärte ich. »Ama hat mich aufgezogen. Meine Mutter ist bei meiner Geburt gestorben.«

»Und dein Vater?«

»Ich habe ihn nie kennengelernt. Ama sagt, dass er auch tot ist.«

Jafir presste die Lippen zusammen. Vielleicht fragte er sich gerade, ob mein Vater von den Händen eines seiner Verwandten gestorben war. Wahrscheinlich war es so. Ama würde es mir nie verraten, aber in ihren Augen funkelte immer Zorn, bevor sie das Thema wechselte.

Ich zeigte Neugier in Bezug auf seinen Bruder, aber Jafir zuckte nur die Achseln, als ich nach ihm fragte. Er wies auf eine Narbe an seinem Arm. »Steffan lässt öfter seine Fäuste sprechen als seinen Mund.«

»Dann würde es mir nicht gefallen, ihn kennenzulernen.«

»Mir würde es auch nicht gefallen, wenn du ihn kennenlernst«, gab Jafir zurück. Er machte sich immer lustig darüber, dass ich die Dinge ganz anders ausdrückte als er. Wir lachten beide.

Ich wusste nicht, dass es Freundschaft war, was da zwischen uns entstand. Es schien ganz und gar unmöglich zu sein. Aber ich fand heraus, dass der Junge, der mich einst vor seinen Plündererkameraden versteckt gehalten hatte, zu weiteren Freundlichkeiten fähig war – einem Armband aus Wiesengras, einem angeschlagenen Teller mit goldenem Rand, den er in einer Ruine gefunden hatte. Eines Tages schenkte er mir sogar eine Handvoll Himmel, als ich die Wolken betrachtete, nur um mich lächeln zu sehen. Ein anderes Mal wiederum brachten wir uns gegenseitig zur Raserei, weil wir einfach nicht dieselbe Sprache sprachen, aber wir fingen uns immer wieder und vergaßen den Streit. Wir veränderten uns gemeinsam, unmerklich, jeden Tag mehr, so langsam wie ein Baum, der im Frühling Knospen treibt.

Aber dann, eines Tages, veränderte sich schlagartig alles, auf immer und ewig.

Er hatte an diesem Morgen aus zehn Schritt Entfernung ein Eichhörnchen mit seiner Steinschleuder bewusstlos geschossen und versuchte nun, es auch mir beizubringen, aber Schuss für Schuss verfehlte ich das Ziel um Längen. Er tadelte mich wegen meiner mangelnden Treffsicherheit, und ich warf ihm frustrierte Blicke zu.

»Nein, doch nicht so!«, schimpfte er. Dort, wo er in

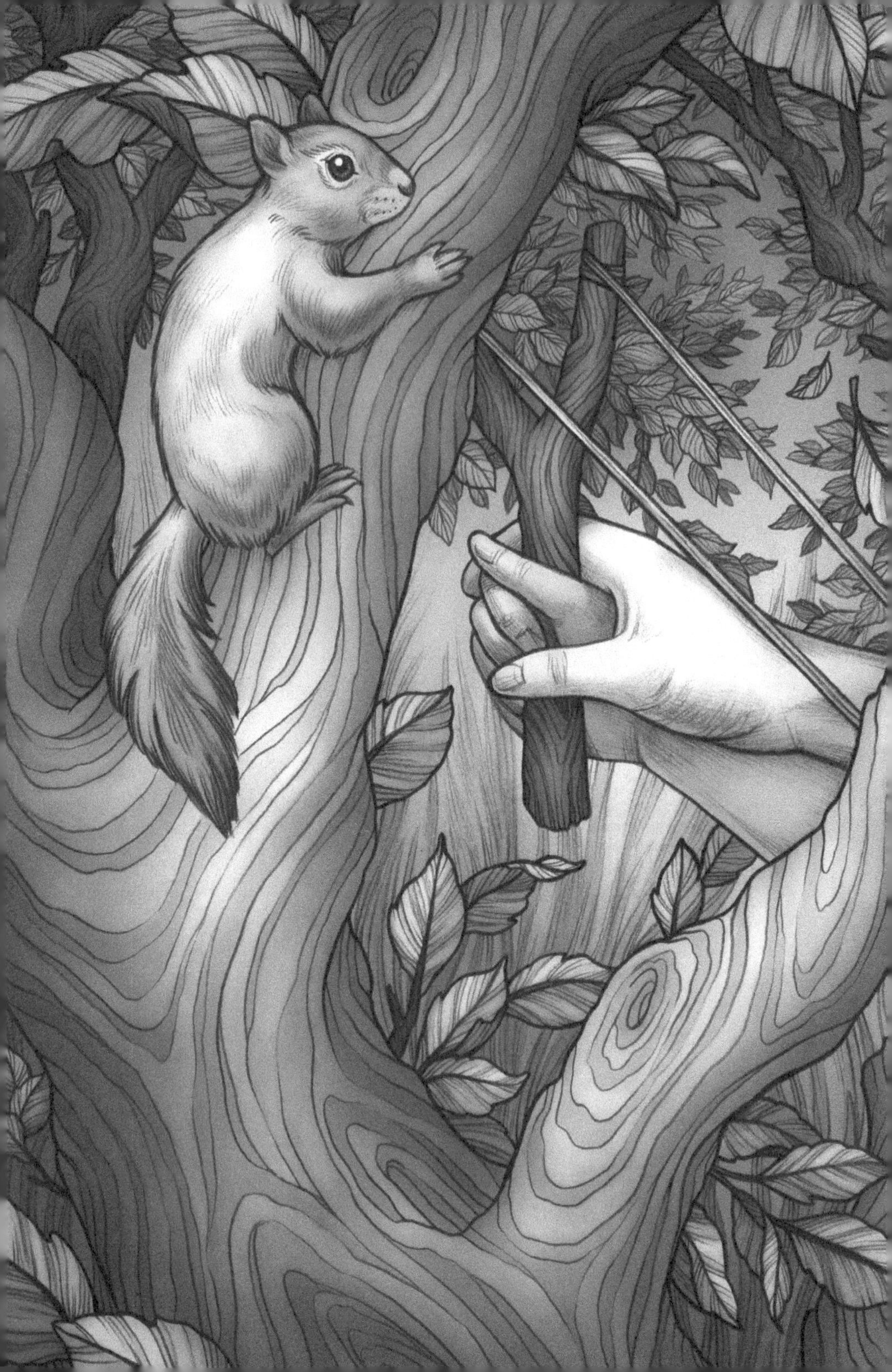

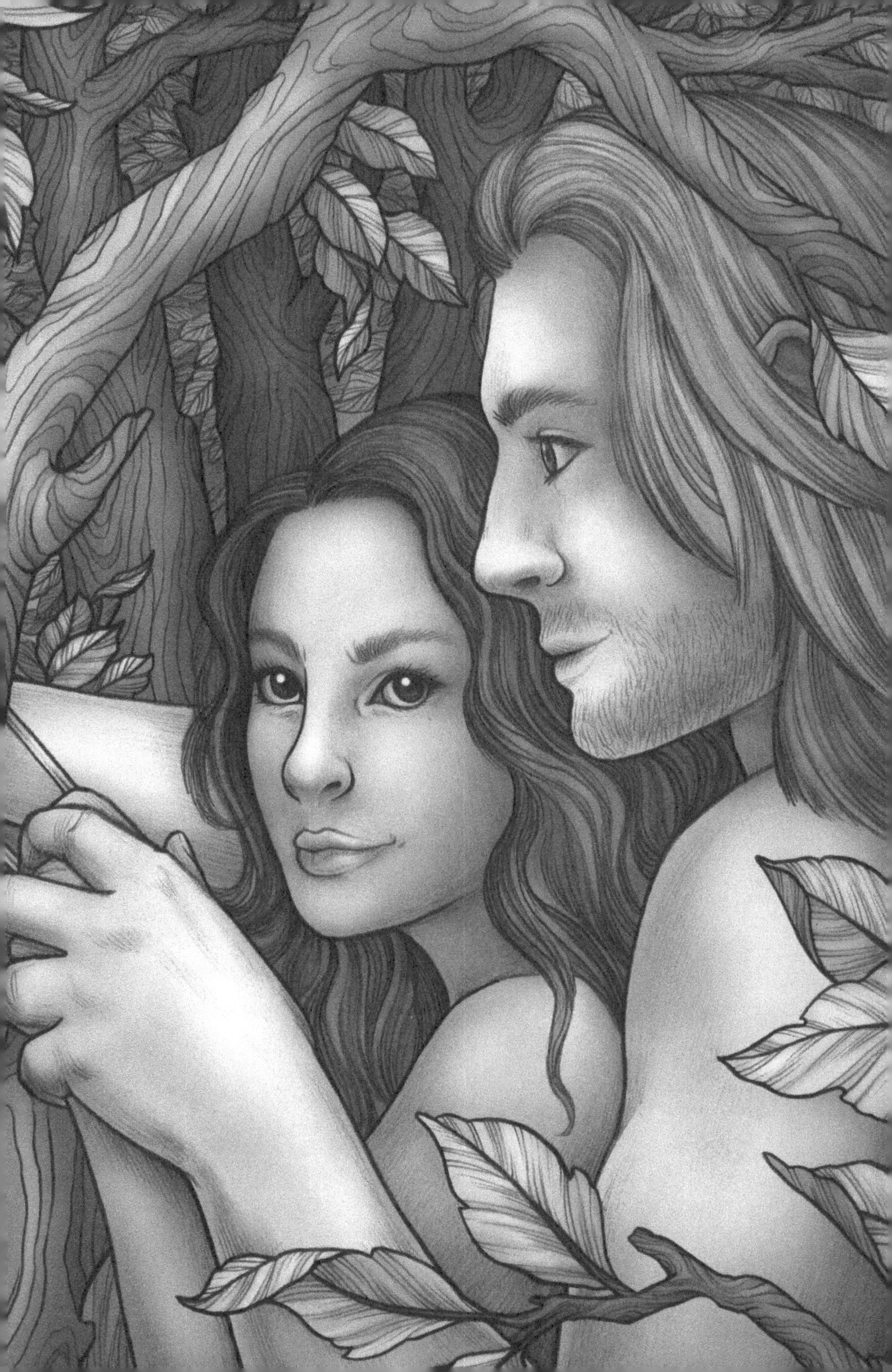

der Wiese gelegen hatte, sprang er auf und kam zu mir herüber. »So!«, rief er, stellte sich hinter mich und schlang seine Arme um meine. Dann, mit seiner Brust an meinem Rücken, nahm er meine Hände in seine und straffte die Sehne langsam. Er stockte, lange und unangenehm, und es schien ewig zu dauern, aber keiner von uns rührte sich. Ich versuchte zu begreifen, was plötzlich anders war. Sein warmer Atem traf mein Ohr, und ich spürte, wie mein Herz raste, spürte etwas zwischen uns, das vorher nicht da gewesen war. Etwas Starkes und Wildes und Unsicheres. Er ließ meine Hände plötzlich los und machte einen Schritt weg von mir. »Egal«, sagte er. »Ich muss jetzt fort.«

Er stieg auf sein Pferd und ritt grußlos davon. Ich sah ihm nach, bis er außer Sichtweite war.

Ich versuchte nicht, ihn aufzuhalten. Ich wollte, dass er ging.

Das Langhaus summte von Gesprächen, aber ich nahm nicht daran teil. Ich starrte auf die Stützpfosten und das Schilf und die Tierhäute, aus denen wir die Wände gefertigt hatten, während ich die sauberen Kürbisflaschen aufeinanderstapelte.

»Du hast den ganzen Abend kaum ein Wort gesagt. Was ist los, Kind?«

Ich fuhr herum. »Ich bin kein Kind, Ama!«, blaffte ich. »Siehst du das nicht?« Selbst von meinem Ausbruch überrascht, hielt ich die Luft an.

Ama nahm mir die Kürbisflaschen aus der Hand und legte sie beiseite. »Doch«, erwiderte sie sanft. »Das Kind in dir ist fort, und eine … junge Frau steht vor mir.« Ihre blassgrauen Augen glänzten. »Ich wollte es nur nicht sehen. Ich verstehe nicht, wie das so schnell gehen konnte.«

Ich fiel in ihre Arme und klammerte mich an sie. »Es tut mir leid, Ama. Ich wollte nicht gemein zu dir sein. Ich –«

Aber die richtigen Worte, um mich zu erklären, wollten mir nicht einfallen. In meinem Kopf ging es drunter und drüber, und mein Körper fühlte sich nicht mehr wie mein eigener an. Stattdessen brannte die Erinnerung an Jafirs warmen Atem auf meiner Haut heiß in meinem Bauch.

»Mir geht's gut«, sagte ich. »Die anderen warten.«

Ama zog mich in die Mitte des Langhauses, wo alle anderen sich schon rund ums Feuer niedergelassen hatten. Ich setzte mich zwischen Micah und Brynna. Er war dreizehn und sie zwölf, und die Zwillinge – Shay und Shantal, acht – ließen sich mir gegenüber nieder. Sie kamen mir alle so jung vor. *Kinder.* Es lagen nur einige Jahre zwischen uns, aber die hatten alles verändert. Ich war kein Kind mehr. Wie Ama gesagt hatte, war ich nun eine junge Frau. War es das, was mich so beunruhigte?

»Erzähl uns eine Geschichte, Ama«, bat ich. »Von Davor.« Ich brauchte eine Geschichte zur Beruhigung, denn mein Kopf war immer noch so aufgeschreckt wie ein Grashüpfer auf dem Feld.

Die Kinder riefen durcheinander, was für eine Geschichte sie sich wünschten: über die Türme, die Götter, den Sturm.

»Nein«, entschied ich. »Erzähl uns davon, wie du Baba getroffen hast.«

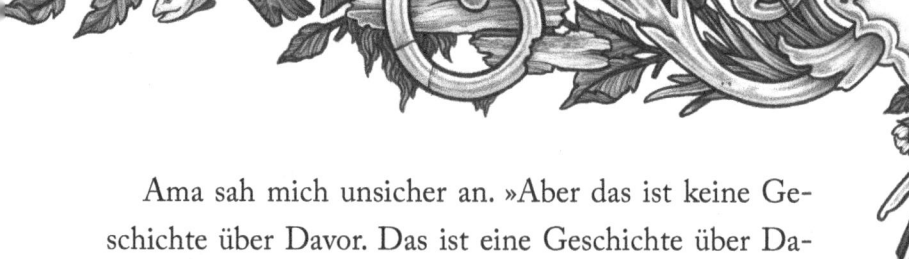

Ama sah mich unsicher an. »Aber das ist keine Geschichte über Davor. Das ist eine Geschichte über Danach.«

Ich schluckte, während ich versuchte, meine Qual zu verbergen. »Dann erzähl uns eine Geschichte über Danach.« Ich hatte die Geschichte schon einmal gehört, aber das war lange her. Ich musste sie noch einmal hören.

Ama setzte sich zurecht, wie sie es immer tat. Sie wiegte sich hin und wieder her, was das Signal für alle war, zu verstummen. Sie blickte kurz nach oben, wie um sich eine Geschichte in Erinnerung zu rufen, aber ich wusste, dass sie alle Geschichten parat hatte und in ihrem Herzen bewahrte. »Es war zwölf Jahre nach dem Sturm. Ich war ein Mädchen von siebzehn Jahren. Ich war mit den Verbliebenen, die überlebt hatten, weit gereist, aber jeder neue Ort war genauso trostlos wie der davor. Wir schlugen uns gerade so durch, und meine Mutter lehrte mich nebenbei, dass ich der Sprache des Wissens in mir vertrauen musste, denn kaum etwas anderes war wichtiger. Die Landkarten und Gerätschaften und Erfindungen der Menschen konnten uns nicht beim Überleben helfen; oder dabei, Nahrung zu finden. Jeden Tag machte ich Fortschritte in der Entschlüsselung der Fähigkeiten, die die Götter uns zu Anbeginn der Zeit geschenkt hatten. Ich dachte, dass dies alles war, worum es in meinem Leben je gehen würde, aber dann, eines Tages, sah ich ihn.«

»Sah er gut aus?«

»Oh ja.«

»War er stark?«

»Sehr.«

»War er –«

»Hört auf, sie ständig zu unterbrechen!«, befahl ich den Kindern. »Lasst sie ausreden!«

Ama warf mir einen Blick zu. Ich sah die Frage in ihren Augen, aber sie fuhr mit ihrer Erzählung fort.

»Aber das Wichtigste, was mir an ihm auffiel, war seine Freundlichkeit.« Sie unterbrach sich und verweilte stumm bei diesem Wort, während ihre Augen sich verschleierten. »Verzweiflung herrschte in der Welt, und Freundlichkeit war so selten wie blauer Himmel. Doch dann, an einem grauen, frostigen Tag, stieß unsere Gruppe auf einen Vorratskeller von früher. Damals konnte man immer wieder noch ein wenig Essen finden, Vorräte aus Speisekammern, die noch nicht verwüstet oder geplündert worden waren, aber es war gefährlich, sich dorthin zu wagen. Der Anführer sah uns kommen und scheuchte uns weg, aber dein Baba setzte sich für uns ein, und der Anführer gab nach. Sie gewährten uns Zutritt und teilten das wenige Essen mit uns. Es war das letzte Mal, dass ich eine Olive aß, aber dieser vergängliche Genuss war der Beginn von etwas, das viel ... befriedigender war.«

Pata verdrehte die Augen, und die anderen *Miadres* lachten. *Viel befriedigender.* Die versteckte Bedeutung, die oft in Amas Geschichten mitschwang, entging mir nun nicht mehr.

»Wohin willst du so eilig?«, wollte Ama wissen. »Als ob die Käfer auf dem Feld schimpfen würden, wenn du zu spät kommst!« Ihr Ton klang argwöhnisch. Ich hatte bemerkt, dass sie mich beobachtete, während ich meine morgendlichen Aufgaben hastig erledigte.

Ich verlangsamte meine Schritte. Ich war verlegen, weil ich Ama nicht vom Haus der Bücher erzählt hatte – oder von Jafir. Aber nicht so verlegen, dass ich mit der Wahrheit herausgerückt wäre. Eines hatte ich gelernt, und zwar, dass Ama wohl doch nicht meine Gedanken lesen konnte, obwohl ich das früher geglaubt hatte. Aber sie kannte mich. Sie roch es. Sie erfühlte es. Genau wie beim Rest des Stammes. Es war eine schwere Last, die sie da zu tragen hatte. Ein Teil der Last würde eines Tages auf mich übergehen.

»Brauchst du etwas, Ama?«

»Nein, Kind«, seufzte sie und streichelte meine Wange. »Geh Früchte sammeln. Ich verstehe, dass du allein sein willst. Pass einfach nur auf. Lass nicht zu, dass deine Wachsamkeit in diesen Augenblicken des Friedens nachlässt. Die Gefahr ist immer da.«

»Ich passe immer auf, Ama. Und ich denke immer an die Gefahr.«

Kapitel 8

Morrighan

Ich flog durch die Felder. Rannte atemlos durch die Schlucht. Es war schon heiß, und Schweiß rann meinen Rücken hinab. Ich hielt nirgendwo an, um etwas aufzusammeln, und der leere Beutel schwang heftig in meiner Faust hin und her. Als ich den Pfad erreichte, der zum Haus der Bücher führte, sah ich, dass sein Pferd am untersten Ast eines Baums angebunden war. Und dann sah ich ihn.

Er stand zwischen den beiden Säulen, die den Zugang zur Veranda flankierten, und beobachtete mich beim Näherkommen. Er war früh dran, genau wie ich. Am Fuß der Treppe wurde ich langsamer und atmete durch. Ich sah ihn an, wie ich ihn noch nie zuvor angesehen hatte – wie ich es mir noch nie gestattet hatte. Wie groß er geworden war, einen Kopf größer als ich. Man konnte seine Rippen nicht mehr zählen, und seine früher so verfilzte Mähne strahlte jetzt Schönheit aus. Sie fiel ihm sanft über die muskulösen Schultern. Mein Blick wanderte zu seiner starken Brust, die gestern meinen Rücken gestreift hatte.

Er sah zu, wie ich die Stufen heraufkam, sagte aber nichts. Genauso wenig wie ich. Aber ich wusste, dass heute nicht mehr wie gestern oder all unsere Tage zuvor sein würde. Als ich oben ankam, entschlüpfte mir ein kleinlautes »Hallo«.

Er trat zurück und schluckte. »Tut mir leid, dass ich gestern so schnell gegangen bin.«

»Du brauchst es nicht zu erklären.«

»Ich bin nur hier, um dir zu sagen, dass ich nicht mehr kommen werde. Anderswo gibt es bessere Jagdgründe.«

Mein Magen rutschte mir in die Kniekehle. In meinem Kopf wirbelten die Gedanken.

»Ich kann meine Zeit nicht hier mit dir verschwenden«, fügte er hinzu.

Binnen eines einzigen Atemzugs schlug meine Fassungslosigkeit in Wut um. Ich funkelte ihn an. »Weil es eine Sache ist, mit einem Mädchen der Verbliebenen befreundet zu sein, und eine andere –«

»Du kennst mich nicht!«, schrie er, während er an mir vorbeidrängte und dabei fast die Treppe hinunterstürzte.

»Geh, Jafir!«, rief ich ihm nach. »Geh und komm nicht wieder!«

Er band sein Pferd mit einem wütenden Ruck los.

»Geh schon!«, wiederholte ich, und meine Sicht verschwamm.

Er zögerte und starrte auf den Sattel, die Hände zornig zu beiden Seiten geballt.

Mein Herz hämmerte schmerzhaft und hoffnungsvoll, erwartungsvoll. Er schüttelte den Kopf, stieg aufs Pferd und ritt davon.

Mir blieb die Luft weg.

Ich suchte mit der Hand Halt an den Mauern und stolperte zurück in die Ruine. Die kühle Dunkelheit verschluckte mich. Ich erreichte eine Säule und glitt daran zu Boden; ich versuchte nicht länger, meine Tränen zurückzuhalten. Meine Gedanken irrlichterten zwischen Kummer, Verbitterung und Zorn hin und her. *Ich werde auch nicht wieder hierher zurückkehren, Jafir! Niemals! Ich werde alles an diesem Tal vergessen, dich eingeschlossen!*

Aber noch in meinem Zorn sehnte ich mich nach ihm. Ich sehnte mich nach jedem einzelnen Gestern mit ihm.

Eine Tür war geöffnet worden, die sich nun nicht wieder schließen ließ, gleichgültig, wie wütend er mich machte. Er war in meinen Gedanken, in meinem Haar, meinen Fingern, meinen Augen; die Erinnerung an ihn fand sich an Orten, wo noch nie jemand gewesen war, auf hundert Arten, die alle keinen Sinn ergaben. Ich starrte auf den leeren Beutel, den ich mit weißen Knöcheln umklammert hielt.

»Es gibt keine Zukunft für uns, Morrighan. Es kann nie eine geben.«

Ich zuckte zusammen und sah auf. Er stand in der Tür, ein großer Schattenriss vor dem hellen Tageslicht hinter ihm. Ich wusste, dass er recht hatte. Eine Zukunft war unmöglich. Ich würde niemals seine Heimat und seine Familie zu meiner machen können, und er umgekehrt genauso wenig. Was blieb uns da noch?

Ich stand auf. »Warum bist du zurückgekommen?«

Er trat ein in die Kühle. »Weil …« Er zog die Augenbrauen zusammen, sodass sie seine Augen wie dunkle Wolken überschatteten. Er war immer noch wütend. »Weil ich nicht gehen konnte.«

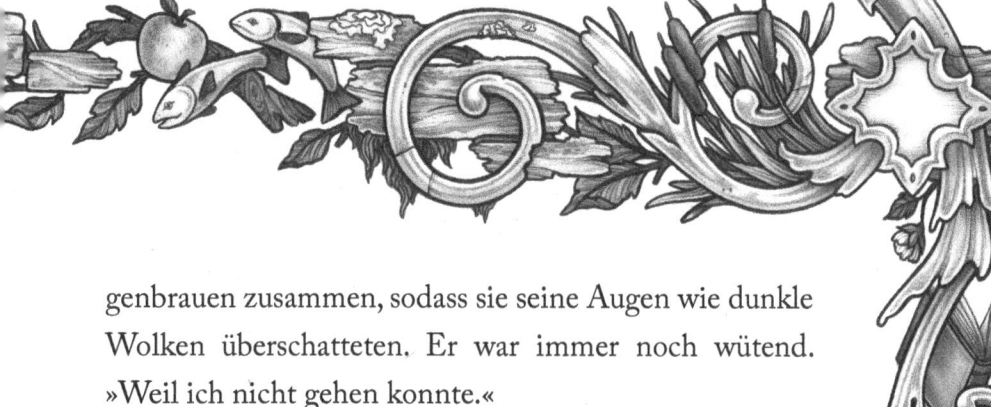

Er kam näher, bis uns nur noch Zentimeter trennten. Sein Blick war scharf und suchend. Es gab so vieles zwischen einem Mann und einer Frau, was ich nicht wusste, aber ich wusste, dass ich ihn wollte. Und ich wusste, dass er mich wollte.

»Fass mich an, Jafir«, sagte ich. »Fass mich an, wie du's gestern getan hast.«

Seine Brust hob sich in einem tiefen Atemzug, und er zögerte, aber dann hob er einen Finger und fuhr langsam meinen nackten Arm hinauf. Sein Blick folgte seiner Spur, als wollte er sie sich einprägen, und dann schwenkte die Spur zur Seite, und sein Finger strich über mein Schlüsselbein, bevor er in der kleinen Mulde unterhalb des Halses verharrte. Etwas Helles, Flüssiges, Heißes breitete sich auf meiner Haut und in meiner Brust aus. Meine Finger erschlafften, und der Beutel, den ich noch immer festhielt, entglitt mir.

Ich legte ihm die Hände auf die Schultern. Meine

Fingerspitzen zitterten, erkundeten, wie sich seine Brust anfühlte, den raschen Schlag seines Herzens, und ich atmete Jafir ein, alles, was er war – Erde und Luft und Schweiß. Meine Hände brannten, während sie langsam nach unten wanderten, seine Rippen und die harten Muskeln an seinem Bauch befühlten. Sein Atem stockte, seine Hände umfingen mein Gesicht, und er strich mit dem Daumen über meine Wange. Wir lehnten uns einander entgegen, unsere Lippen kamen sich näher, verfehlten ihr Ziel, und unsere Nasen stießen zusammen. Aber dann neigte ich den Kopf in die eine Richtung und er seinen in die andere. Mund traf auf Mund, Zunge auf Zunge, und es schien, als gäbe es keine andere Möglichkeit des Seins mehr für keinen von uns beiden, während wir einander erschmeckten, erforschten, wie wir uns anfühlten, auf Entdeckungsreise gingen, wie wir es noch nie getan hatten.

Seine Hand glitt meinen Rücken hinab, und sie zog mich voller Kraft an sich, seine Lippen streiften über meine Wangenknochen, meine Wimpern, meine Schläfen und all die leeren Stellen dazwischen.

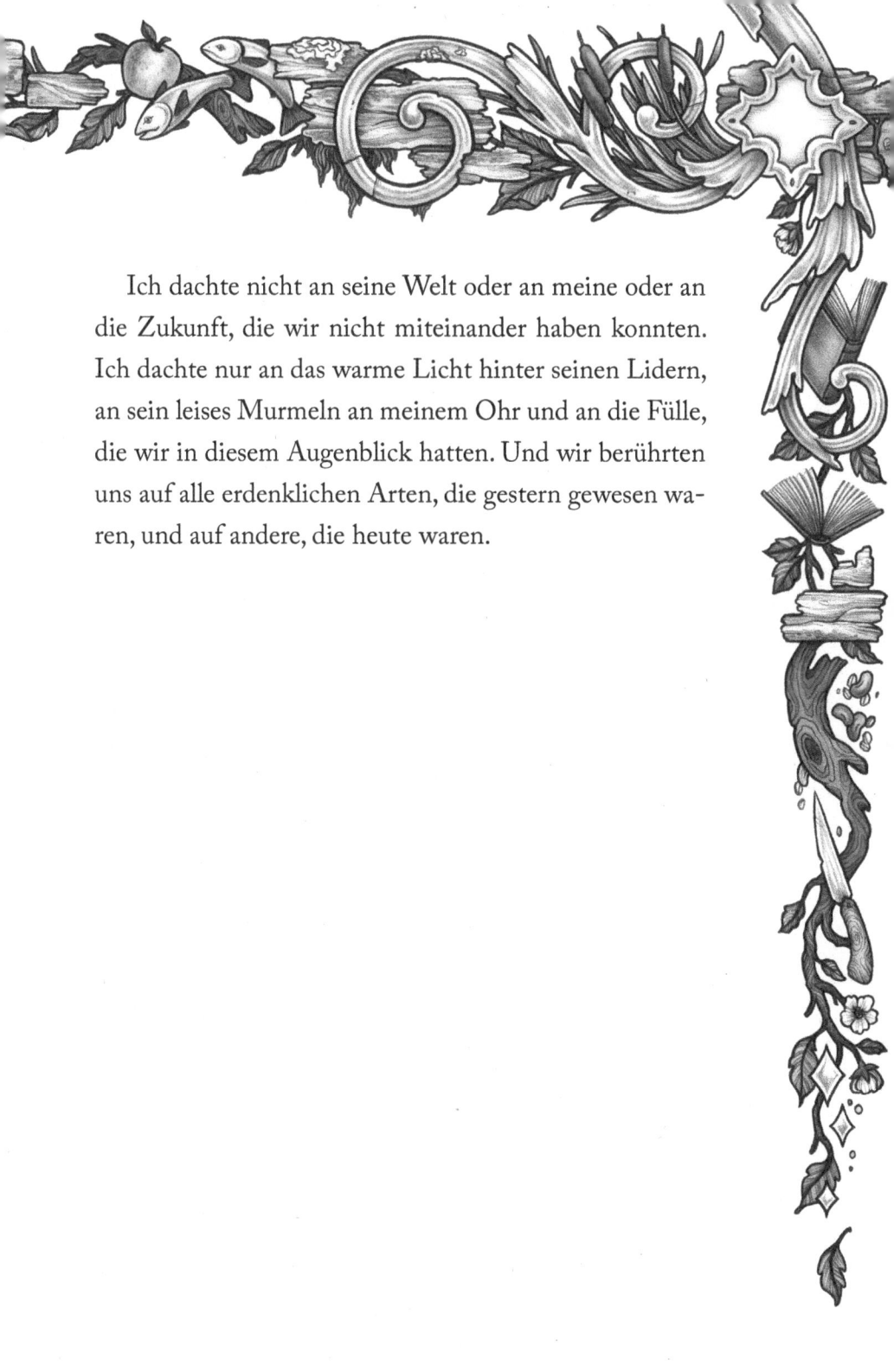

Ich dachte nicht an seine Welt oder an meine oder an die Zukunft, die wir nicht miteinander haben konnten. Ich dachte nur an das warme Licht hinter seinen Lidern, an sein leises Murmeln an meinem Ohr und an die Fülle, die wir in diesem Augenblick hatten. Und wir berührten uns auf alle erdenklichen Arten, die gestern gewesen waren, und auf andere, die heute waren.

KAPITEL 9

Jafir

Sie kniete sich hinter mich und legte mir die Hand über die Augen. »Nicht schauen!«

»Mach ich nicht«, versprach ich, während ich ihre eine Hand ergriff und sie an meine Lippen führte.

»Jafir, lenk nicht ab«, mahnte sie und nahm ihre Hand weg. Ich drehte mich um und zog sie zu mir herunter, ihr Gesicht an meines, um sie zu küssen und zwischen zwei Atemzügen zu flüstern: »Du bist alles, was ich schmecken will.«

Sie lächelte, während sie mit dem Finger meinen Mund nachzeichnete. »Aber eines Tages wirst du froh sein, eine Beere zu haben, um deinen Durst zu stillen.«

»Du bist –«

»Jafir!« Sie richtete sich auf, setzte sich rittlings auf meinen Schoß und legte mir einen Finger auf die Lippen, um mich zum Schweigen zu bringen.

Ich schloss gehorsam die Augen.

Ich hatte sie nach dem Wissen gefragt, der Gabe, von der Harik der Große behauptete, dass die *Siarrah* sie besäßen. Sie hatte die Stirn gerunzelt und gesagt, dass viele in den Stämmen der Verbliebenen diese Gabe hätten und dass sich eben nur einige ernsthafter damit beschäftigten als andere.

Hier, hatte sie zu mir gesagt und ihre Faust sanft gegen meine Rippen gedrückt.

Und hier, sagte sie wieder und drückte sie gegen mein Brustbein.

So hat es mir meine Ama beigebracht.
Es ist die Sprache des Wissens, Jafir.
Eine Sprache, so alt wie das Universum selbst.
Es ist Sehen ohne Augen
Und Hören ohne Ohren.
Es ist das, was mich hierher in dieses Tal geführt hat.
So haben die Altvorderen in den frühen Jahren überlebt.
So überleben wir jetzt.
Vertrau der Stärke in dir.

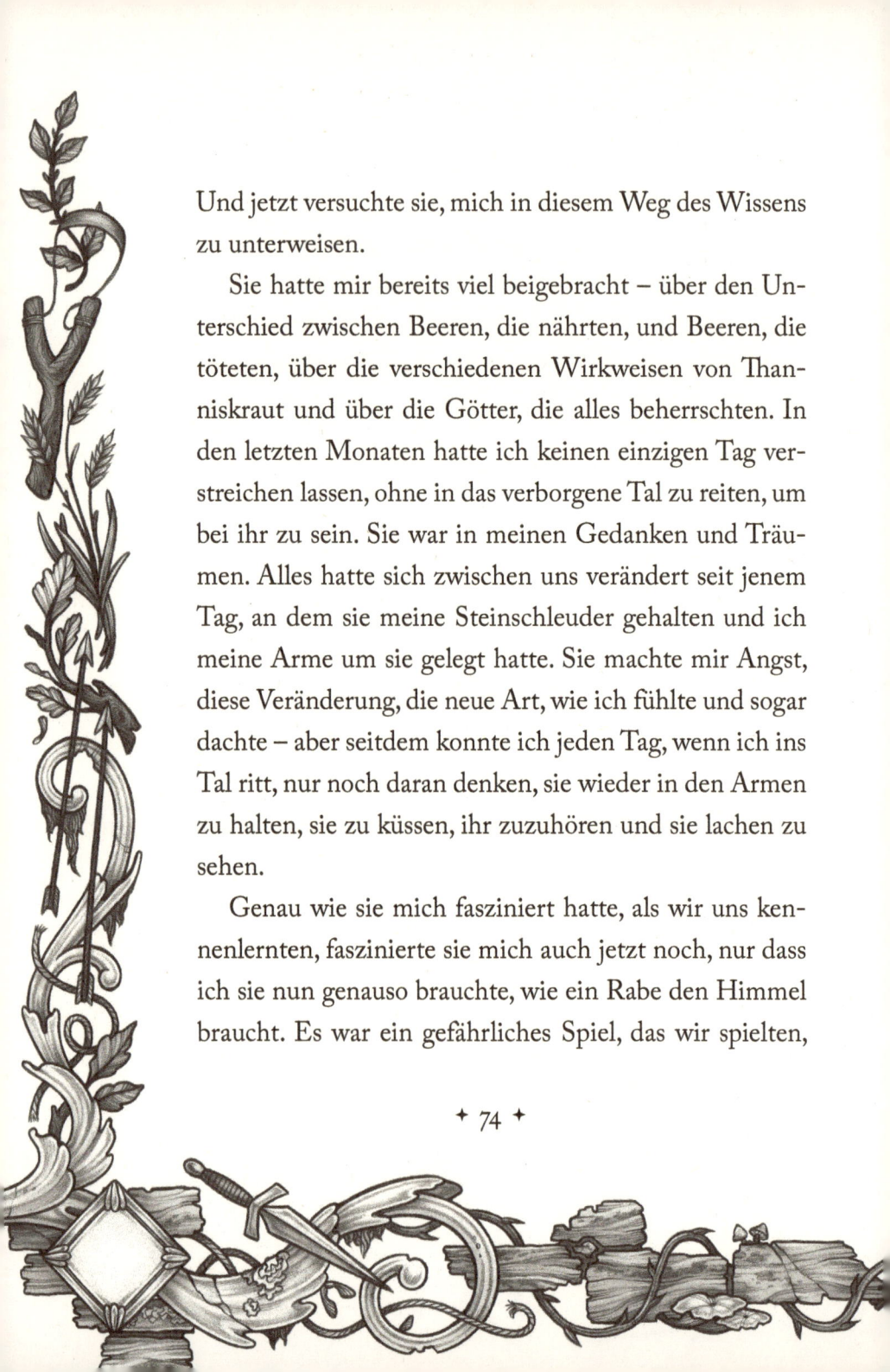

Und jetzt versuchte sie, mich in diesem Weg des Wissens zu unterweisen.

Sie hatte mir bereits viel beigebracht – über den Unterschied zwischen Beeren, die nährten, und Beeren, die töteten, über die verschiedenen Wirkweisen von Thanniskraut und über die Götter, die alles beherrschten. In den letzten Monaten hatte ich keinen einzigen Tag verstreichen lassen, ohne in das verborgene Tal zu reiten, um bei ihr zu sein. Sie war in meinen Gedanken und Träumen. Alles hatte sich zwischen uns verändert seit jenem Tag, an dem sie meine Steinschleuder gehalten und ich meine Arme um sie gelegt hatte. Sie machte mir Angst, diese Veränderung, die neue Art, wie ich fühlte und sogar dachte – aber seitdem konnte ich jeden Tag, wenn ich ins Tal ritt, nur noch daran denken, sie wieder in den Armen zu halten, sie zu küssen, ihr zuzuhören und sie lachen zu sehen.

Genau wie sie mich fasziniert hatte, als wir uns kennenlernten, faszinierte sie mich auch jetzt noch, nur dass ich sie nun genauso brauchte, wie ein Rabe den Himmel braucht. Es war ein gefährliches Spiel, das wir spielten,

und wir hatten von Anfang an gewusst, dass es nicht von Dauer sein konnte. Aber jetzt machte ich mir Gedanken darüber. Sie machte sich die gleichen Gedanken. Wir sprachen darüber. Liebe. War es das? *Ich liebe dich, Jafir*, sagte sie zu jeder beliebigen Tageszeit, nur um es laut ausgesprochen zu hören. Sie lachte dann immer und sagte es noch einmal, während ihr Blick feierlich den meinen suchte. *Ich liebe dich, Jafir de Aldrid.* Und es spielte keine Rolle, wie oft sie es sagte, ich wartete immer darauf, dass sie es wiederholte.

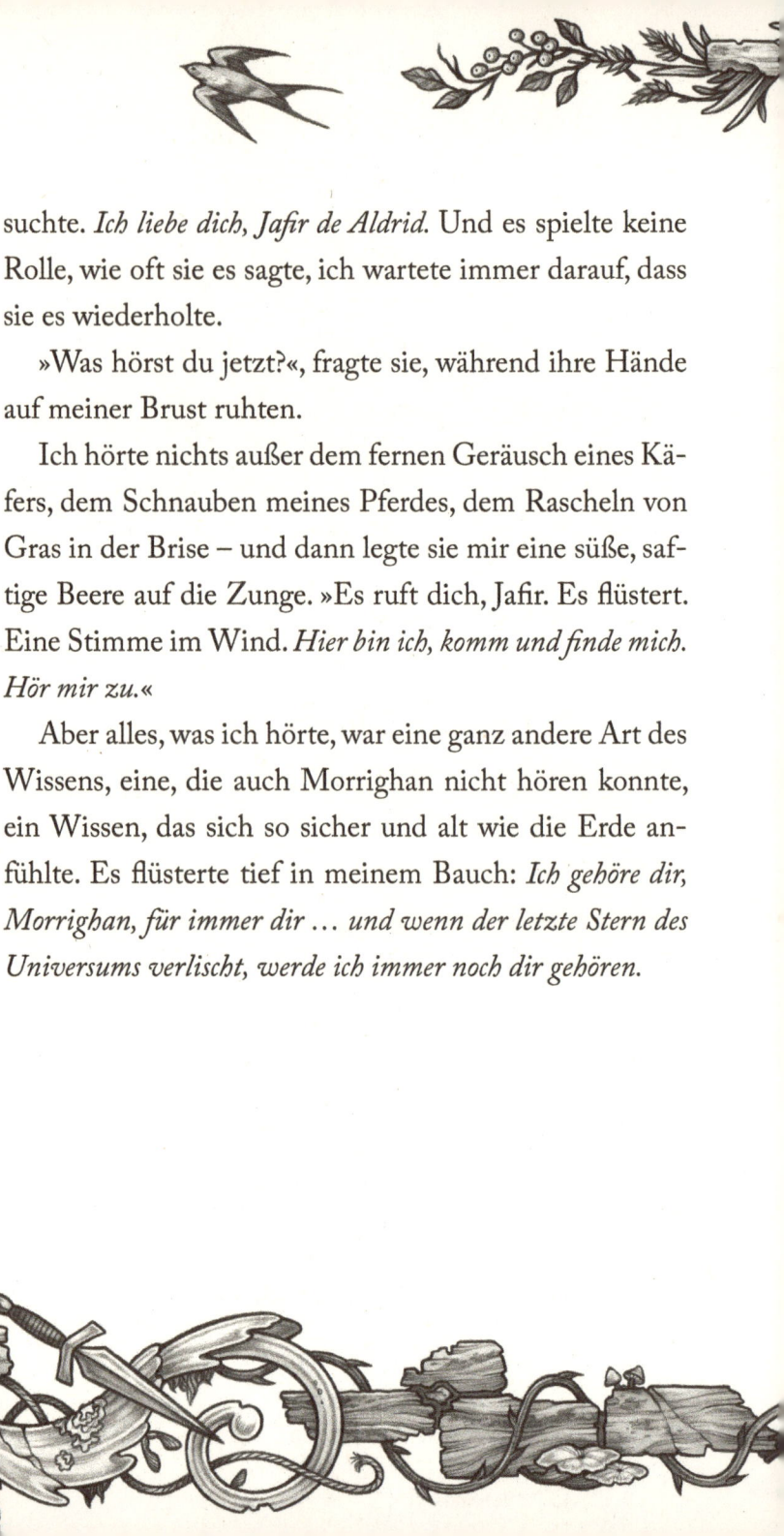

»Was hörst du jetzt?«, fragte sie, während ihre Hände auf meiner Brust ruhten.

Ich hörte nichts außer dem fernen Geräusch eines Käfers, dem Schnauben meines Pferdes, dem Rascheln von Gras in der Brise – und dann legte sie mir eine süße, saftige Beere auf die Zunge. »Es ruft dich, Jafir. Es flüstert. Eine Stimme im Wind. *Hier bin ich, komm und finde mich. Hör mir zu.*«

Aber alles, was ich hörte, war eine ganz andere Art des Wissens, eine, die auch Morrighan nicht hören konnte, ein Wissen, das sich so sicher und alt wie die Erde anfühlte. Es flüsterte tief in meinem Bauch: *Ich gehöre dir, Morrighan, für immer dir … und wenn der letzte Stern des Universums verlischt, werde ich immer noch dir gehören.*

Kapitel 10

Morrighan

Seit ich klein war, erzählte mir Ama Geschichten von Davor. Hunderte Geschichten. Manchmal, um mich vom Weinen abzuhalten, damit ich unser Versteck in der Dunkelheit nicht verraten konnte, wenn die Plünderer in der Nähe waren. Verzweifeltes Flüstern, das mir half, still zu sein. Doch noch häufiger erzählte sie ihre Geschichten am Ende eines Tages, um mich satt zu machen, wenn es nichts zu essen gab. *Geschichten sind Macht*, sagte sie zu mir. *Bewahre sie bei dir.*

Und das tat ich. Ich klammerte mich an ihre Geschichten, selbst wenn sie von einer Welt handelten, die ich nicht kannte, einer Welt aus funkelndem Licht und Türmen, die bis in den Himmel reichten, von Königen und Halbgöttern, die zu den Sternen flogen – und von Prinzessinnen. Ihre Geschichten machten mich reicher, als es der Herrscher über ein riesiges Reich war. Die Geschichten, die sie mir schenkte, waren das Einzige, das mir niemand nehmen konnte, nicht einmal die Plünderer.

Es war einmal, Kind,
vor langer, langer Zeit,
dass sieben Sterne vom Himmel gerissen wurden.
Einer, um die Berge erzittern zu lassen,
einer, um die Meere aufzuwühlen,
einer, um die Luft umzuwälzen,
und vier, um die Herzen der Menschen auf die Probe
zu stellen.
Tausend Messer aus Licht
wuchsen zu einer Wolkenwalze heran,
donnernd wie ein hungriges Ungeheuer.
Nur eine kleine Prinzessin fand Gnade,
eine Prinzessin genau wie du ...

Ama sagte, der Sturm habe drei Jahre gedauert. Als er vorüber war, gab es nur noch wenige, die davon berichten konnten. Noch weniger machten sich überhaupt die Mühe, darüber zu sprechen. Überleben war alles, was zählte. Sie war selbst noch ein kleines Mädchen, als der Sturm begann, mit unzuverlässigem Gedächtnis, doch sie verstaute alles darin, was sie im Laufe der Zeit darüber erfahren hatte, und später kamen weitere Teile hinzu, je nach Bedarf. Doch die Botschaft war immer dieselbe: Ein gesegneter Verbliebener überlebte – das war immer so –, egal wie schwer es auch war.

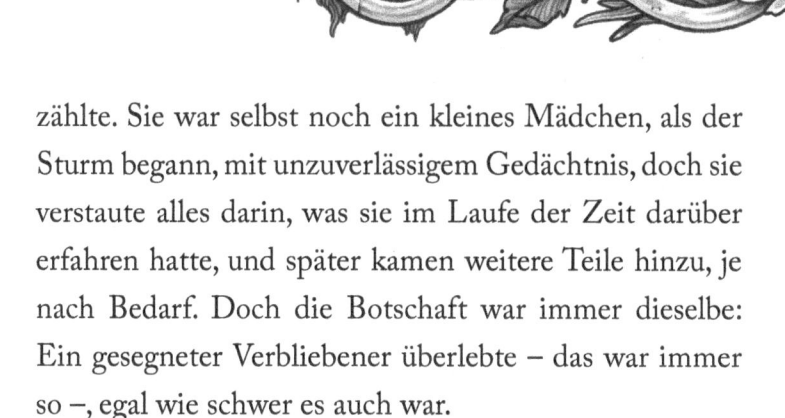

Aber andere Dinge überlebten ebenfalls. Dinge, vor denen wir uns hüten mussten. Dinge, die mich manchmal an ihren Worten und an unserem Überleben zweifeln ließen, als zum Beispiel Baba von einem Pferd niedergetrampelt wurde, als Venda entführt wurde, als Rhiann ein Zicklein und ihr eigenes Leben durch einen einzigen Schwertstreich verlor.

Auch daraus wurden Geschichten, und Ama trug uns auf, sie zu erzählen: *Wir haben schon zu viele verloren. Wir dürfen nie vergessen, woher wir gekommen sind, damit sich die Geschichte nicht wiederholt. Lasst uns unsere Geschichten weitergeben an unsere Töchter und Söhne, denn innerhalb einer einzigen Generation gehen Geschichte und Wahrheit für immer verloren.*

Und so erzählte ich Jafir all diese Geschichten, während wir die kleine Schlucht erkundeten, die unsere Welt geworden war.

»Ich habe noch nie von Glastürmen gehört«, sagte er, als ich ihm erzählte, wo Ama früher gelebt hatte.

»Aber du hast die Ruinen gesehen, oder? Die Gerüste, die einst die Glaswände gestützt haben?«

»Ich habe Gerüste gesehen. Das ist alles. Es gibt keine Geschichten dazu.« Ich konnte die Scham in seiner Stimme hören und den wehrhaften Jungen, den ich vor so langer Zeit kennengelernt hatte.

Ich legte ihm die Hände um die Hüfte und genoss die Wärme seines Rückens an meiner Wange. »Geschichten müssen irgendwo beginnen, Jafir«, sagte ich sanft. »Vielleicht können sie mit dir beginnen?«

Ich spürte, wie er die Schultern straffte. Ein Achselzucken. Er befreite sich aus meiner Umarmung und drehte sich um. »Lass uns losreiten. Ich will dir etwas zeigen.«

»Wohin?«, fragte ich argwöhnisch. Es gab keinen Winkel in dieser kleinen abgeschlossenen Schlucht, den wir nicht schon ausgekundschaftet hatten.

»Nicht weit«, erwiderte er, während er meine Hand nahm. »Versprochen. Es ist ein See, der –«

Ich runzelte die Stirn und entzog ihm meine Hand. Wir hatten dieses Gespräch bereits geführt. Die Grenzen des kleinen Tals schienen jeden Tag enger zu werden. Jafir störte sich daran. Er war es gewöhnt, frei über die Ebenen und Felder zu reiten – ein Risiko, das ich nicht eingehen konnte. »Jafir, wenn mich jemand sieht –«

Er zog mich an sich, und seine Lippen streiften über meine, um die Worte zu ersticken, bevor sie ausgesprochen werden konnten. »Morrighan«, flüsterte er. »Ich würde mir das Herz herausschneiden, bevor ich zulasse, dass dir ein Leid geschieht.« Er strich mir über den Kopf. »Ich würde nicht mal eine deiner Wimpern in Gefahr bringen.« Er küsste mich zart, und Hitze durchflutete mich.

Plötzlich wich er zurück und hob die Arme, um seine Muskeln zu zeigen. »Schau!«, sagte er grinsend. »Ich bin stark! Ich bin wild!«

»Du bist ein Dummkopf!«, lachte ich.

Er machte ein bestürztes Gesicht, täuschte Angst vor und sah gen Himmel. »Hüte dich vor der Götter Rache!«

Vielleicht hatte ich ihm zu viele Geschichten erzählt.

Sein Lächeln schwand. »Bitte, Morrighan«, sagte er ruhig. »Vertrau mir. Niemand wird uns sehen. Lass mich mit dir dorthin reiten und dir ein paar Dinge zeigen, die ich liebe.«

Mein Herz hämmerte das vertraute *Nein*, aber … Ich ritt so gern mit ihm. Zuerst hatte ich Angst gehabt, doch Jafir war ein guter Lehrer und brachte mich schmeichelnd dazu, auf den Rücken des riesigen Tiers zu steigen. Rasch entdeckte ich, dass ich es liebte, das Pferd unter uns zu spüren, dazu Jafirs starke Arme um mich und das sonderbare Gefühl beim Reiten, dass wir verbunden waren, für immer unzertrennlich. Ich liebte den leichten Schwindel, wenn die Wiese unter uns verschwamm, das Gefühl, dass wir Flügel hatten, dass wir schnell und stark waren und nichts auf der Welt uns aufhalten konnte.

Ich sah ihn an und nickte. »Nur dieses eine Mal.«

»Nur dieses eine Mal«, wiederholte er.

Aber ich wusste, dass ich wieder eine Tür öffnete, und wie schon einmal war auch dies eine Tür, die sich nie wieder schließen lassen würde.

Kapitel 11

Morrighan

»Was liegt hinter den Bergen, Ama?«

»Nichts für uns, Kind.«

Wir saßen im Schatten einer Platane, die voll im Sommersaft stand, und mahlten den letzten Rest unserer Amaranthsamen zu feinem Mehl.

»Bist du sicher?«, fragte ich.

»Ich habe dir die Geschichte schon erzählt. Von dort kam dein Baba. Nur er und eine Handvoll andere haben es hierhergeschafft. Dort war die Zerstörung noch größer. Sie war viel grausamer als alles, was diesseits der Berge passiert ist. Er hat viele sterben sehen.«

Sie hatte mir von den spuckenden Wolken, dem Feuer, der bebenden Erde, den wilden Tieren erzählt. Den Menschen. Von all den Dingen, die sie von Baba wusste.

»Aber er war noch ein Kind, und das ist schon lange her«, wandte ich ein.

»Nicht lange genug«, erwiderte sie. »Ich erinnere mich an die Angst in Babas Augen, immer wenn er davon sprach. Er war so froh, hier zu sein, wo wir jetzt sind, auf dieser Seite.«

Ich sah Ama die Jahre an. Sie war noch gesund und kräftig für eine Frau ihres Alters, aber die Erschöpfung hatte ihr Gesicht gezeichnet. Sie hatte so viel durchgemacht. Als Kind hatte sie ihren Vater und ihr Zuhause an die Verheerungen verloren, und kurze Zeit später, auf der Flucht, wurde ihre Freundin Mia bei einem Überfall von den Plünderern verschleppt. Traurigerweise verlor sie auch viele andere an die Plünderer, darunter ihre jüngere Schwester Venda und erst kürzlich Rhiann. Weiterzuziehen und für die Sicherheit des Stammes zu sorgen war eine endlose Reise für sie. Hier in diesem Tal fand sie nun schon seit fast zwei Jahren Ruhe, aber kürzlich hatte ich sie dabei ertappt, wie sie die umliegenden Hügel und Felsklippen mit wachsamerem Blick betrachtete. Spürte sie etwas? Oder war es nur eine alte Angewohnheit, die wieder ans Tageslicht kam? Hatte sie Angst, daran zu glauben, dass der Frieden von Dauer sein könnte?

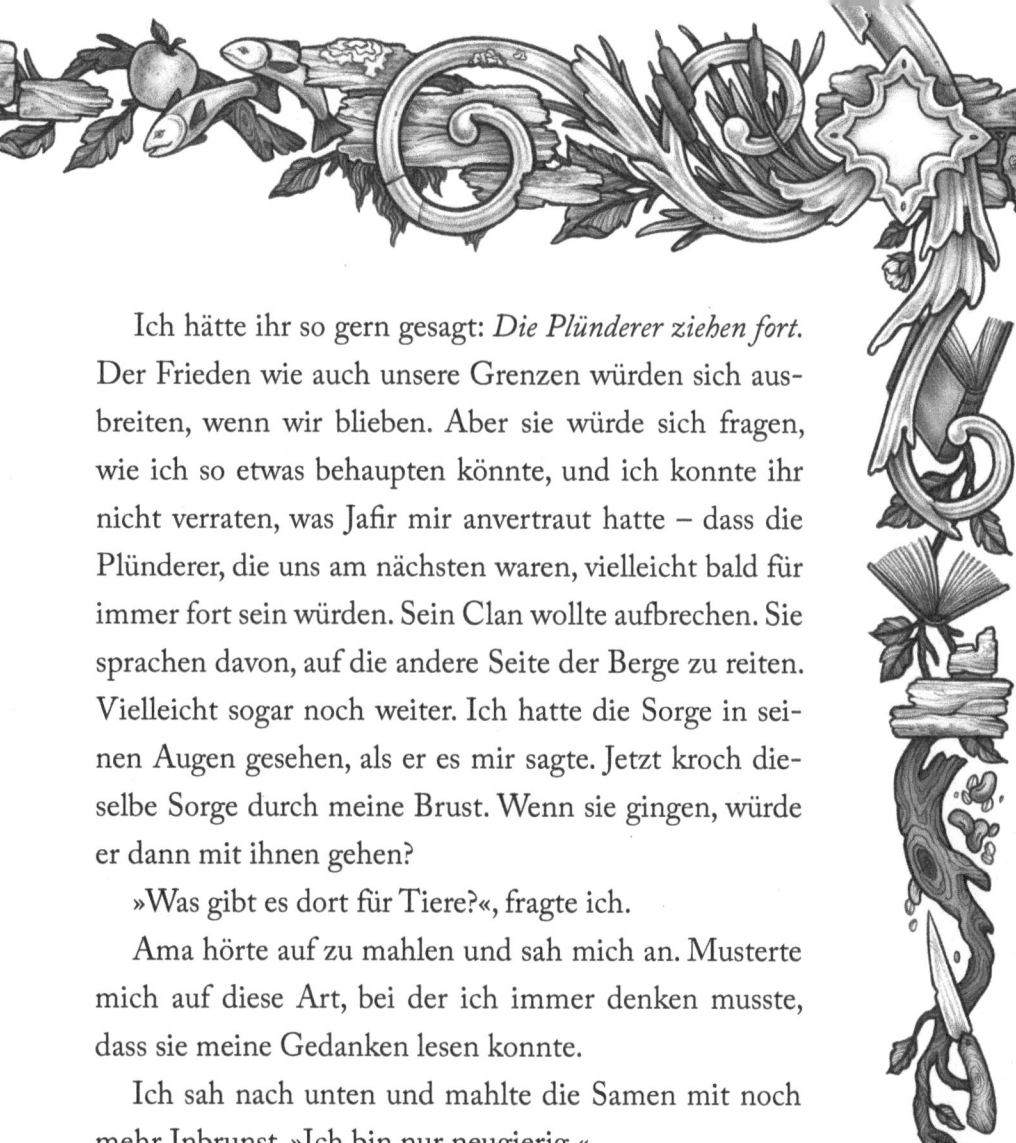

Ich hätte ihr so gern gesagt: *Die Plünderer ziehen fort.* Der Frieden wie auch unsere Grenzen würden sich ausbreiten, wenn wir blieben. Aber sie würde sich fragen, wie ich so etwas behaupten könnte, und ich konnte ihr nicht verraten, was Jafir mir anvertraut hatte – dass die Plünderer, die uns am nächsten waren, vielleicht bald für immer fort sein würden. Sein Clan wollte aufbrechen. Sie sprachen davon, auf die andere Seite der Berge zu reiten. Vielleicht sogar noch weiter. Ich hatte die Sorge in seinen Augen gesehen, als er es mir sagte. Jetzt kroch dieselbe Sorge durch meine Brust. Wenn sie gingen, würde er dann mit ihnen gehen?

»Was gibt es dort für Tiere?«, fragte ich.

Ama hörte auf zu mahlen und sah mich an. Musterte mich auf diese Art, bei der ich immer denken musste, dass sie meine Gedanken lesen konnte.

Ich sah nach unten und mahlte die Samen mit noch mehr Inbrunst. »Ich bin nur neugierig.«

»Ich weiß nicht, wie alle Tiere heißen«, antwortete sie. »Eines nannte er Tiger. Es war kleiner als ein Pferd, aber mit den Zähnen eines Wolfs und der Stärke eines Stiers.

Er hat mit eigenen Augen gesehen, wie eine dieser Kreaturen einen Mann am Bein weggezerrt hat, und niemand konnte etwas dagegen tun. Die Tiere hatten eben auch Hunger.«

»Wenn die Altvorderen wie Götter waren und Türme bis in den Himmel bauten und zu den Sternen flogen, warum gab es dann so gefährliche Tiere, die niemand beherrschen konnte? Hatten die Tiere keine Angst vor ihnen?«

Amas graue Augen wurden stählern. Sie wandte den Kopf leicht zur Seite. »Was hast du gerade gesagt?«

Ich sah sie an und fragte mich, woher die plötzliche Härte in ihrer Stimme kam.

»Du hast sie *die Altvorderen* genannt«, sagte sie. »Wo hast du diesen Ausdruck gelernt?«

Ich schluckte. Das war das Wort, das Jafir immer benutzte. »Ich weiß nicht genau. Ich glaube, ich habe es mir von Pata abgehört. Oder vielleicht von Oni? Es ist doch eine gute Umschreibung, oder? Sie sind ein Volk aus längst vergangenen Zeiten.«

Ich konnte sehen, wie meine Erklärung in ihr arbeitete.

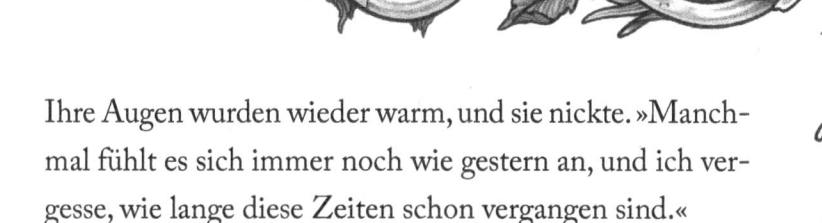

Ihre Augen wurden wieder warm, und sie nickte. »Manchmal fühlt es sich immer noch wie gestern an, und ich vergesse, wie lange diese Zeiten schon vergangen sind.«

Danach gab ich besser darauf acht, was ich sagte, weil mir klar geworden war, wie viele Ausdrücke ich von Jafir übernommen hatte. Nicht nur ich hatte ihm etwas beigebracht. *Mesa, Palisaden, Savanne.* Seine Worte waren die Worte einer offenen, freien Welt. Ich hatte gesehen, wie er auflebte, wenn wir durch eine Ebene ritten oder wenn er sein Pferd gekonnt einen felsigen Hang hinauflenkte. Dies war seine Welt, und er bewegte sich selbstsicher darin. Er war nicht mehr der etwas unbeholfene Junge, der mich in einer engen Schlucht küsste.

Ich lebte gemeinsam mit ihm auf und erlaubte mir selbst, zu glauben – wenn auch nur kurz –, dass dies ebenso meine Welt war. Dass unsere Träume gleich hinter dem nächsten Berg lagen oder dem dahinter, und dass wir Flügel besaßen, die uns dorthin trugen. Aber ich blickte immer über die Schulter zurück, vergaß nie, wer ich war und wohin ich zurückkehren würde – in eine verborgene Welt, in die er niemals passen würde.

Es gibt keine Zukunft für uns, Morrighan. Es kann nie eine geben.

Auch Jafir hatte ein Wissen. Es war ein Wissen, über das ich nicht nachdenken wollte.

Kapitel 12

Jafir

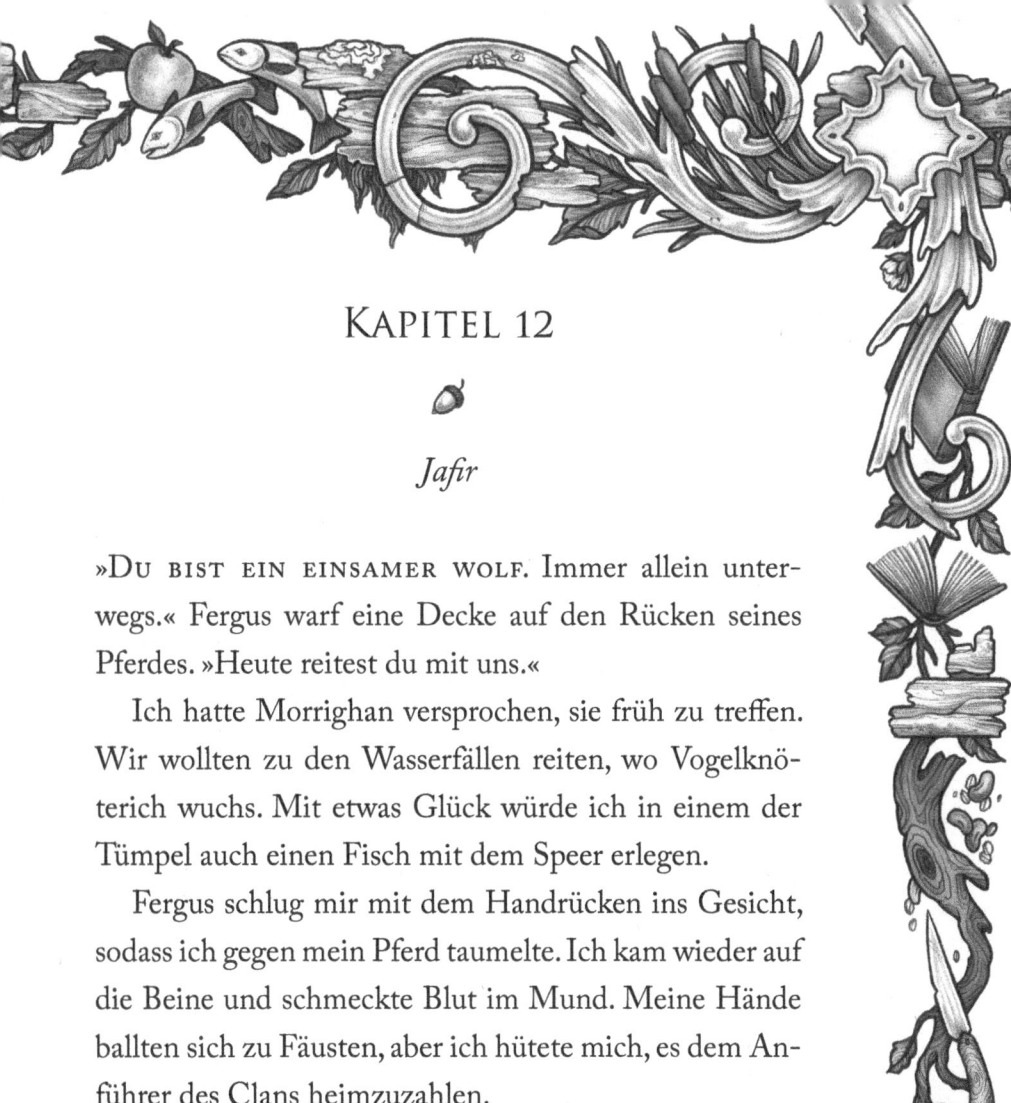

»Du bist ein einsamer Wolf. Immer allein unterwegs.« Fergus warf eine Decke auf den Rücken seines Pferdes. »Heute reitest du mit uns.«

Ich hatte Morrighan versprochen, sie früh zu treffen. Wir wollten zu den Wasserfällen reiten, wo Vogelknöterich wuchs. Mit etwas Glück würde ich in einem der Tümpel auch einen Fisch mit dem Speer erlegen.

Fergus schlug mir mit dem Handrücken ins Gesicht, sodass ich gegen mein Pferd taumelte. Ich kam wieder auf die Beine und schmeckte Blut im Mund. Meine Hände ballten sich zu Fäusten, aber ich hütete mich, es dem Anführer des Clans heimzuzahlen.

»Was ist los mit dir?«, rief er. »Hörst du mir überhaupt zu?«

»Es ist nichts Falsches daran, allein jagen zu gehen. Ich bringe immer Wild für alle mit.«

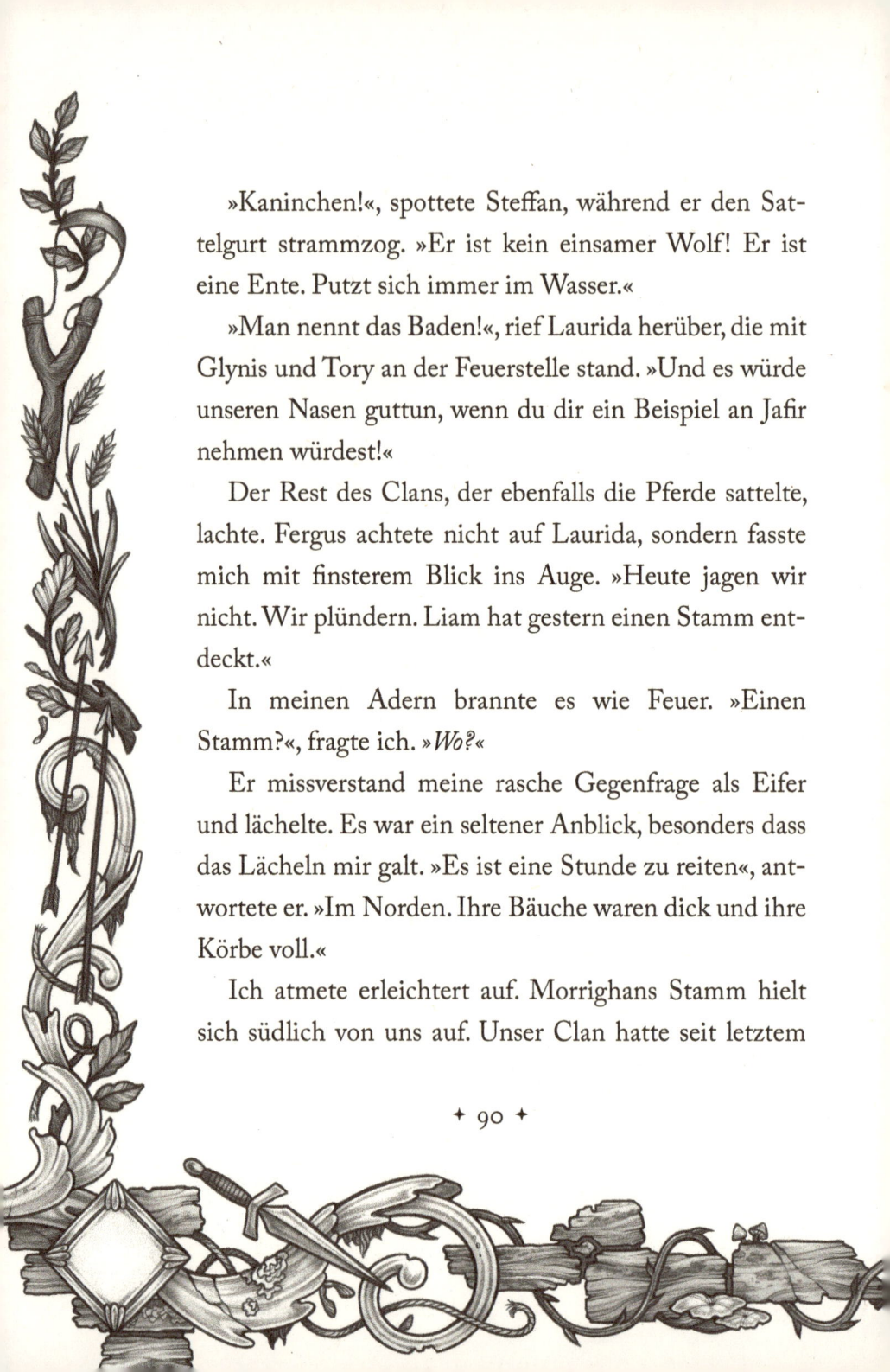

»Kaninchen!«, spottete Steffan, während er den Sattelgurt strammzog. »Er ist kein einsamer Wolf! Er ist eine Ente. Putzt sich immer im Wasser.«

»Man nennt das Baden!«, rief Laurida herüber, die mit Glynis und Tory an der Feuerstelle stand. »Und es würde unseren Nasen guttun, wenn du dir ein Beispiel an Jafir nehmen würdest!«

Der Rest des Clans, der ebenfalls die Pferde sattelte, lachte. Fergus achtete nicht auf Laurida, sondern fasste mich mit finsterem Blick ins Auge. »Heute jagen wir nicht. Wir plündern. Liam hat gestern einen Stamm entdeckt.«

In meinen Adern brannte es wie Feuer. »Einen Stamm?«, fragte ich. »*Wo?*«

Er missverstand meine rasche Gegenfrage als Eifer und lächelte. Es war ein seltener Anblick, besonders dass das Lächeln mir galt. »Es ist eine Stunde zu reiten«, antwortete er. »Im Norden. Ihre Bäuche waren dick und ihre Körbe voll.«

Ich atmete erleichtert auf. Morrighans Stamm hielt sich südlich von uns auf. Unser Clan hatte seit letztem

Frühling kein Lager mehr überfallen. Entweder waren sie besser darin geworden, sich zu verstecken, oder sie waren weit von uns weggezogen.

»Ihr braucht mich nicht«, sagte ich mit Blick auf Piers, Liam und die Übrigen. »Ihr habt genug –«

Fergus packte mich am Hemd und riss mich nah an sich. In seinem Gesicht braute sich ein Unwetter zusammen. »Du reitest mit uns. Du bist mein Sohn.«

Ich würde ihn nicht umstimmen können. Ich nickte, und er ließ mich los. Ich beobachtete starr, wie er auf sein Pferd stieg, während ich mich fragte, was an ihm nagte. Es sah ihm nicht ähnlich, mich daran zu erinnern, dass er mein Vater war.

Sie wehrten sich nicht. Es machte mich krank, wie leicht sie sich das Essen wegnehmen ließen. Es war ein kleiner Stamm, nur etwa neun Personen, aber keiner von ihnen verteidigte sich. Ein Eisenspieß lag neben der Feuerstelle, ein Messer auf einem roh gezimmerten Holztisch, Steine zu ihren Füßen, aber keiner erhob die Hand gegen uns. *Wehrt euch*, hätte ich am liebsten gerufen, aber ich wusste, dass wir sie niedermähen würden, wenn sie es versuchten. Nicht alle, aber genug, um eine Botschaft zu hinterlassen: *Nehmt den Kampf gegen uns nicht auf. Wir haben Hunger wie ihr, und wir haben dieses Essen genauso verdient wie ihr, auch wenn ihr es mit den eigenen Händen gesammelt habt.* Vorher hatte mir das immer eingeleuchtet, aber jetzt erschienen mir die Worte wirr, verändert, als wären sie neu angeordnet worden.

Entweder sie oder wir. Das Flüstern war nur noch ganz schwach, und ich grübelte, ob ich es überhaupt je gehört hatte. Ich konnte mich nicht mehr an das Gesicht meiner Mutter erinnern, nicht an die Farbe ihres Haars, doch ich spürte noch immer ihre Lippen an meinem Ohr, schon den sauren Gestank des Todes atmend, während sie mir zuflüsterte, wie unser Clan zu leben gewohnt war. *Die Stämme haben ein besonderes Wissen, wie sie dem trockenen Gras der Hügel Nahrung abringen können. Die Götter haben sie gesegnet, und so werden sie auch uns segnen.*

Ich band meinem Pferd einen Sack Eicheln auf den Rücken, während der Rest des Clans zu plündern begann und zur Abschreckung mit den Waffen herumfuchtelte. Ich hielt den Blick gesenkt, während ich mich ganz darauf konzentrierte, das Seil festzuzurren und nicht hinzusehen. Doch es gelang mir nicht, das Gewimmer der Überfallenen zu überhören. Diese Eicheln, die sie gesammelt hatten, waren für mich kein Segen, und mir kam die Galle hoch. Wieder vernahm ich die höhnische Frage meines Vaters: *Was ist los mit dir?* Ich bekam einmal mehr seinen Handrücken zu sehen, spürte den Bluterguss heiß in meinem Gesicht erblühen, das Fleisch innen in meinem Mund aufklaffen. Wie konnte ich erwarten, dass sie sich wehrten, wenn selbst ich mich weigerte, mich zu verteidigen?

Steffan fasste ein Mädchen ins Auge, das hinter den älteren Stammesfrauen kauerte.

»Komm her!«, rief er ihr zu.

Sie schüttelte heftig den Kopf, und ihre weit aufgerissenen Augen glänzten vor Angst. Die Frauen rückten dichter zusammen, Schulter an Schulter.

»Komm schon!«, befahl er.

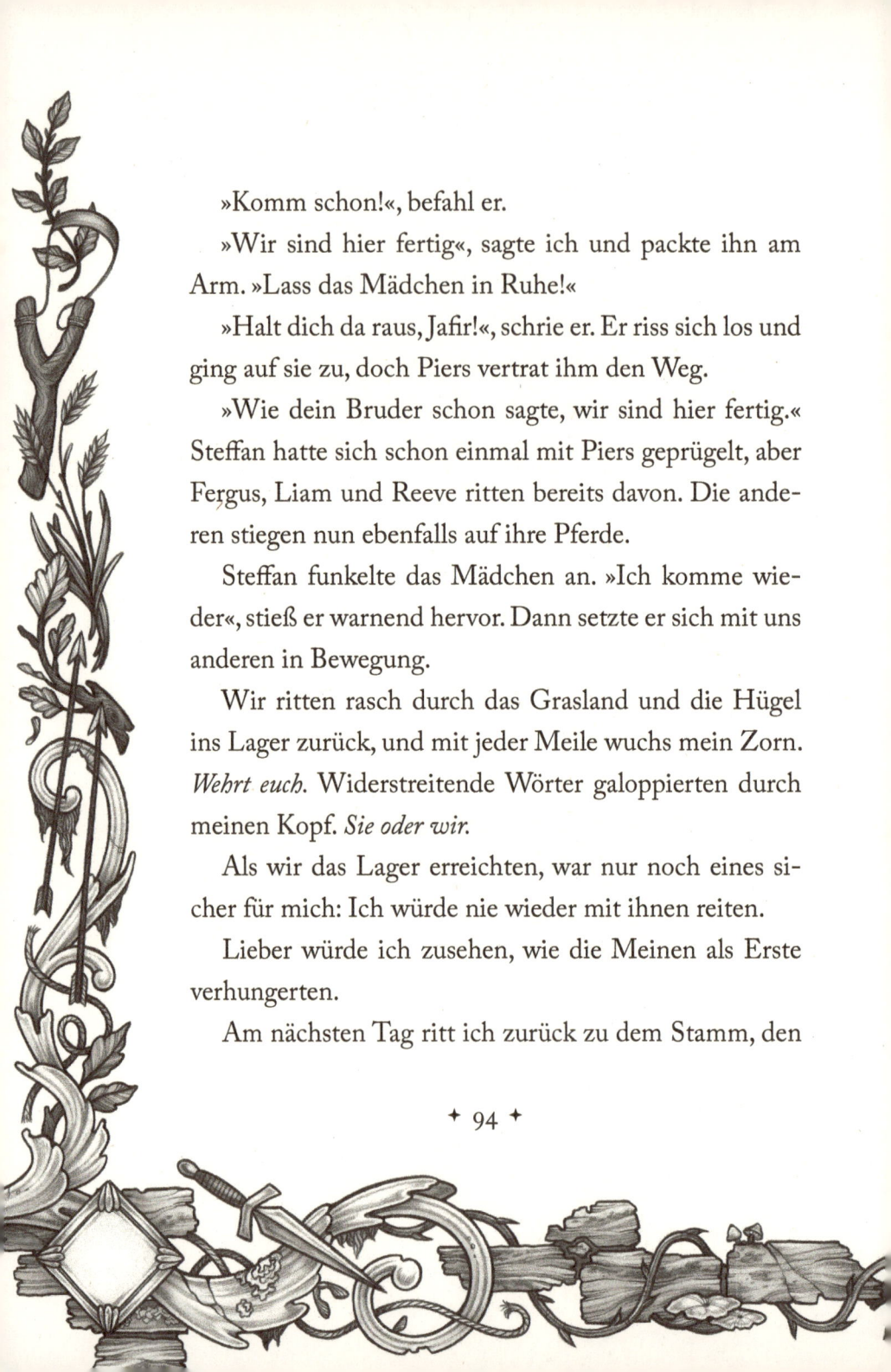

»Wir sind hier fertig«, sagte ich und packte ihn am Arm. »Lass das Mädchen in Ruhe!«

»Halt dich da raus, Jafir!«, schrie er. Er riss sich los und ging auf sie zu, doch Piers vertrat ihm den Weg.

»Wie dein Bruder schon sagte, wir sind hier fertig.« Steffan hatte sich schon einmal mit Piers geprügelt, aber Fergus, Liam und Reeve ritten bereits davon. Die anderen stiegen nun ebenfalls auf ihre Pferde.

Steffan funkelte das Mädchen an. »Ich komme wieder«, stieß er warnend hervor. Dann setzte er sich mit uns anderen in Bewegung.

Wir ritten rasch durch das Grasland und die Hügel ins Lager zurück, und mit jeder Meile wuchs mein Zorn. *Wehrt euch.* Widerstreitende Wörter galoppierten durch meinen Kopf. *Sie oder wir.*

Als wir das Lager erreichten, war nur noch eines sicher für mich: Ich würde nie wieder mit ihnen reiten.

Lieber würde ich zusehen, wie die Meinen als Erste verhungerten.

Am nächsten Tag ritt ich zurück zu dem Stamm, den

wir überfallen hatten, allein, mit zwei Pfauen, die zu erbeuten mich den ganzen Tag gekostet hatte. Alles, was von dem Lager noch übrig war, war die kalte Asche eines Feuers und verstreutes Hab und Gut, das sie in der Eile zurückgelassen hatten.

Der Stamm war an einen anderen Ort gezogen, an dem wir ihn nicht finden würden, und ich war froh zu sehen, dass sie fort waren.

Der Clan aus dem Norden traf am nächsten Tag ein. Fergus hatte ihnen mitgeteilt, dass sie kommen sollten. Liam war wütend. Sie waren mehr als wir, mehr Frauen und Kinder – Mäuler, die gestopft werden mussten. Während unser elfköpfiger Clan acht Männer zählte, waren es bei ihnen nur vier von insgesamt sechzehn. Christo und Jonas waren ihre Anführer. Ihre Frauen, Anya und Elzy, trugen beide einen Säugling auf der Hüfte, und kleine Kinder versteckten sich hinter ihren Röcken. Die anderen beiden Männer sahen stark aus, aber sie schwiegen und hielten sich mit ihren Frauen und Kindern im Hintergrund.

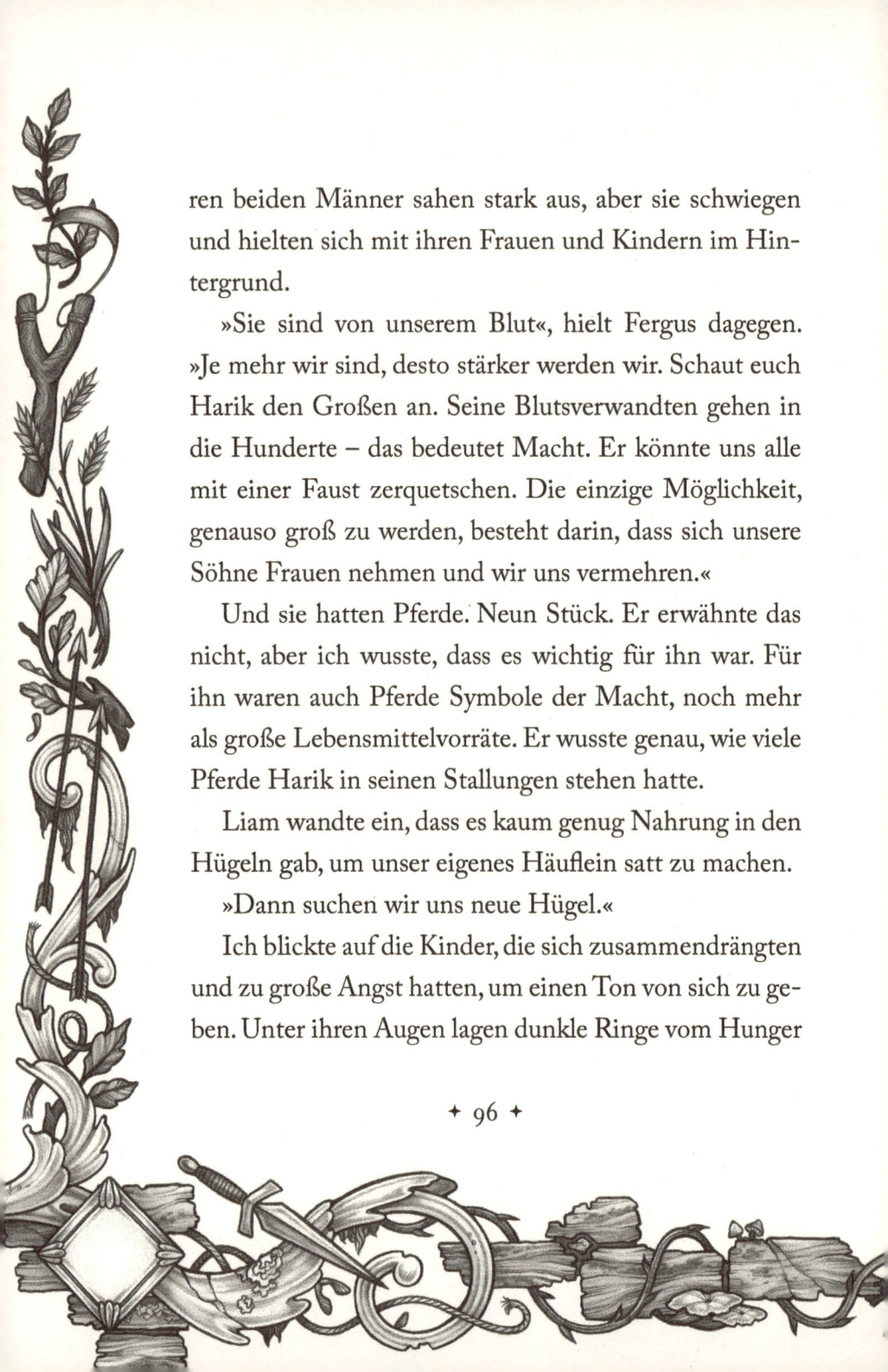

»Sie sind von unserem Blut«, hielt Fergus dagegen. »Je mehr wir sind, desto stärker werden wir. Schaut euch Harik den Großen an. Seine Blutsverwandten gehen in die Hunderte – das bedeutet Macht. Er könnte uns alle mit einer Faust zerquetschen. Die einzige Möglichkeit, genauso groß zu werden, besteht darin, dass sich unsere Söhne Frauen nehmen und wir uns vermehren.«

Und sie hatten Pferde. Neun Stück. Er erwähnte das nicht, aber ich wusste, dass es wichtig für ihn war. Für ihn waren auch Pferde Symbole der Macht, noch mehr als große Lebensmittelvorräte. Er wusste genau, wie viele Pferde Harik in seinen Stallungen stehen hatte.

Liam wandte ein, dass es kaum genug Nahrung in den Hügeln gab, um unser eigenes Häuflein satt zu machen.

»Dann suchen wir uns neue Hügel.«

Ich blickte auf die Kinder, die sich zusammendrängten und zu große Angst hatten, um einen Ton von sich zu geben. Unter ihren Augen lagen dunkle Ringe vom Hunger und dem tagelangen Marsch. Laurida gab Wasser in den Kessel über dem Feuer, um die Suppe zu strecken; dann warf sie zwei Handvoll Pökelfleisch hinein, das wir dem Stamm gestohlen hatten. Die Mutter eines der Kinder begann zu weinen. Mir versetzte es einen Stich, denn es war seltsam vertraut – *sie oder wir* –, und einen flüchtigen Augenblick lang war ich froh um unser Diebesgut.

Die unbehagliche Atmosphäre überschattete den Abend. Die Kinder aßen still, und die hitzigen Worte von Liam und Fergus lasteten schwer auf uns anderen. Liam warf den Neuankömmlingen immer noch feindselige Blicke zu. Als sie fertig waren mit dem Essen, starrten die Kinder und Mütter bekümmert ins Feuer. Das Schweigen war erdrückend. Ich hätte Gezänk oder sogar eine Prügelei dieser Stille jederzeit vorgezogen.

Wut wallte in mir auf, und ich raunte Laurida zu: »Warum erzählen wir uns eigentlich nie Geschichten?«

Laurida zuckte die Achseln. »Geschichten sind der Luxus eines satten Magens.«

»Wenigstens würden Geschichten die Stille füllen!«, blaffte ich. »Oder uns helfen, unsere Vergangenheit zu verstehen.« Dann setzte ich noch leise mit Blick auf den Boden hinzu: »Ich weiß ja nicht einmal, wie meine eigene Mutter gestorben ist.«

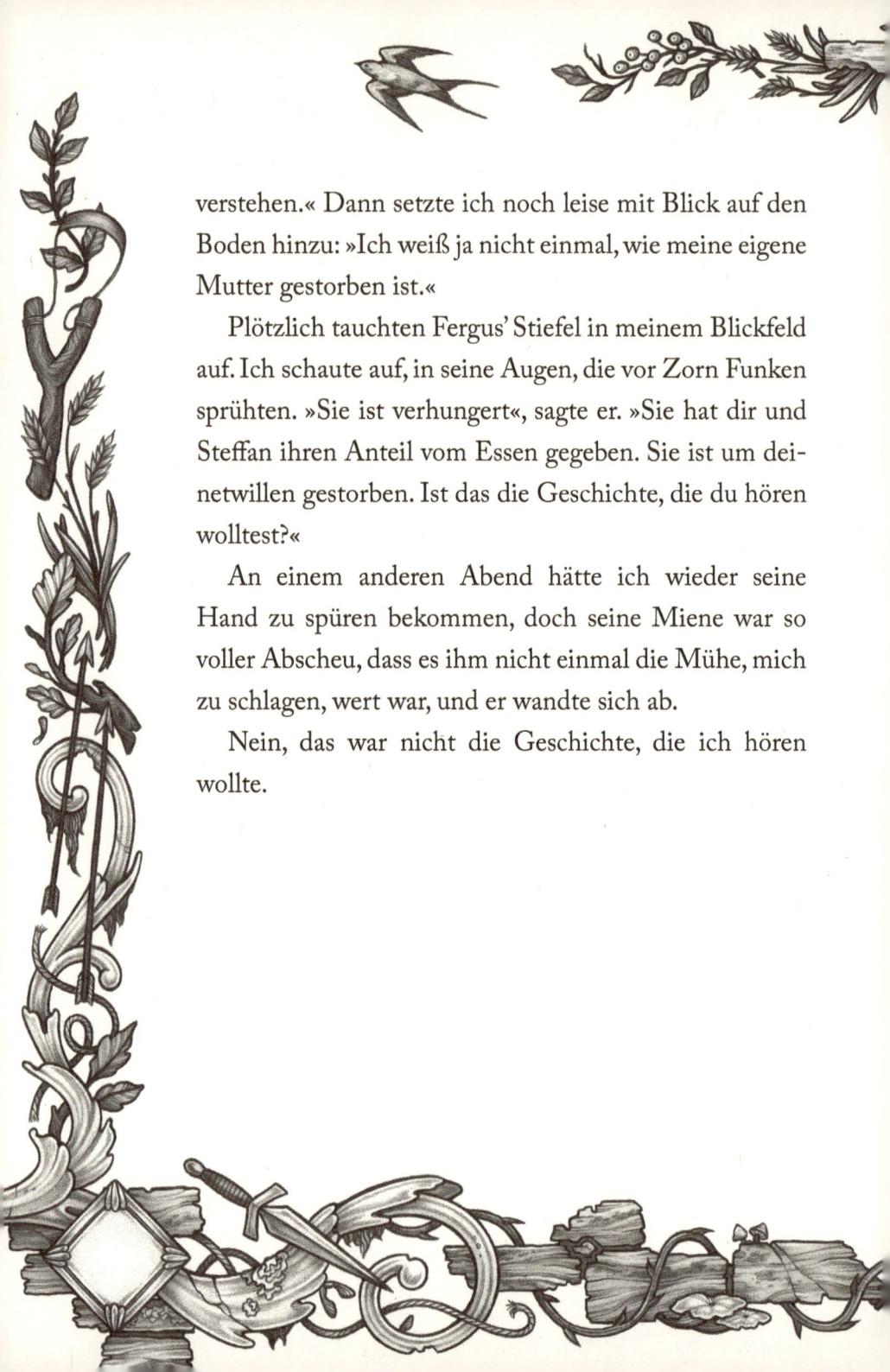

Plötzlich tauchten Fergus' Stiefel in meinem Blickfeld auf. Ich schaute auf, in seine Augen, die vor Zorn Funken sprühten. »Sie ist verhungert«, sagte er. »Sie hat dir und Steffan ihren Anteil vom Essen gegeben. Sie ist um deinetwillen gestorben. Ist das die Geschichte, die du hören wolltest?«

An einem anderen Abend hätte ich wieder seine Hand zu spüren bekommen, doch seine Miene war so voller Abscheu, dass es ihm nicht einmal die Mühe, mich zu schlagen, wert war, und er wandte sich ab.

Nein, das war nicht die Geschichte, die ich hören wollte.

Kapitel 13

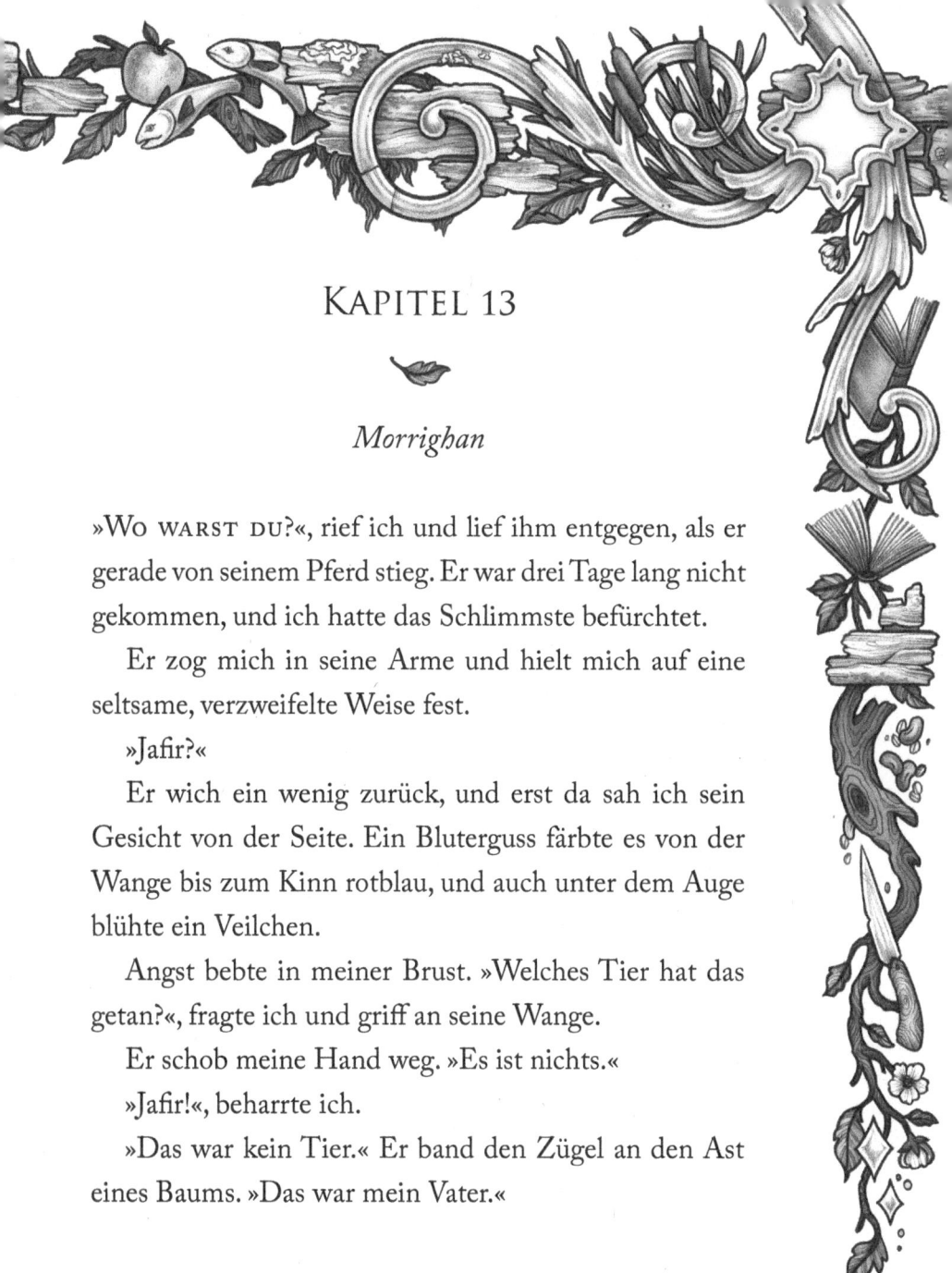

Morrighan

»Wo warst du?«, rief ich und lief ihm entgegen, als er gerade von seinem Pferd stieg. Er war drei Tage lang nicht gekommen, und ich hatte das Schlimmste befürchtet.

Er zog mich in seine Arme und hielt mich auf eine seltsame, verzweifelte Weise fest.

»Jafir?«

Er wich ein wenig zurück, und erst da sah ich sein Gesicht von der Seite. Ein Bluterguss färbte es von der Wange bis zum Kinn rotblau, und auch unter dem Auge blühte ein Veilchen.

Angst bebte in meiner Brust. »Welches Tier hat das getan?«, fragte ich und griff an seine Wange.

Er schob meine Hand weg. »Es ist nichts.«

»Jafir!«, beharrte ich.

»Das war kein Tier.« Er band den Zügel an den Ast eines Baums. »Das war mein Vater.«

»*Dein Vater?*« Ich konnte meinen Schrecken nicht verbergen, und ich wollte es auch nicht. »Dann ist er ein Tier der schlimmsten Sorte.«

Im Herumfahren schlug Jafir nach mir. »Er ist kein Tier, Morrighan!« Dann fügte er ruhiger hinzu: »Unser nördlicher Clan ist zu uns gestoßen. Es sind so viele Mäuler zu stopfen. Er muss Stärke zeigen, oder wir werden alle schwach werden.«

Ich starrte ihn an, und Panik packte mich. Es war kein bloßes Gerede mehr. Sie würden die Berge wirklich überqueren. Ich bemühte mich um eine ausdruckslose Stimme, um meine Angst zu verbergen. »Wirst du mit ihnen gehen?«

»Es ist meine Sippe, Morrighan. Es sind kleine Kinder dabei –« Er schüttelte den Kopf und fügte voller Bedauern und Resignation hinzu: »Ich bin der beste Jäger des Clans.«

Aber nur, weil seine Sippe faul und ungeduldig war. Sie wollten immer etwas haben, wofür sie nicht selbst gearbeitet hatten. Ich hatte gesehen, wie sorgsam Jafir seine Fallen aufstellte, geduldig seine Pfeile schärfte und das

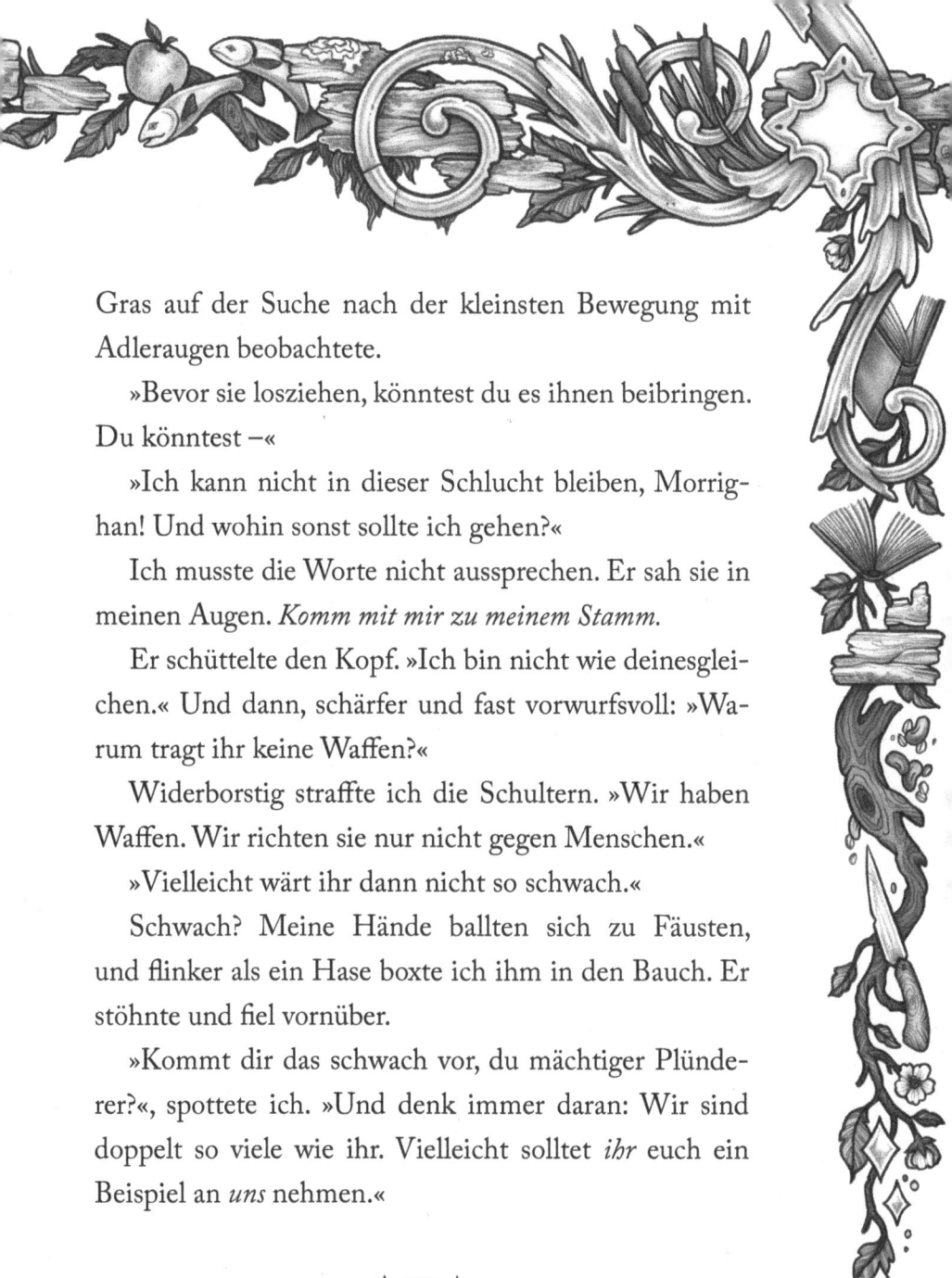

Gras auf der Suche nach der kleinsten Bewegung mit Adleraugen beobachtete.

»Bevor sie losziehen, könntest du es ihnen beibringen. Du könntest –«

»Ich kann nicht in dieser Schlucht bleiben, Morrighan! Und wohin sonst sollte ich gehen?«

Ich musste die Worte nicht aussprechen. Er sah sie in meinen Augen. *Komm mit mir zu meinem Stamm.*

Er schüttelte den Kopf. »Ich bin nicht wie deinesgleichen.« Und dann, schärfer und fast vorwurfsvoll: »Warum tragt ihr keine Waffen?«

Widerborstig straffte ich die Schultern. »Wir haben Waffen. Wir richten sie nur nicht gegen Menschen.«

»Vielleicht wärt ihr dann nicht so schwach.«

Schwach? Meine Hände ballten sich zu Fäusten, und flinker als ein Hase boxte ich ihm in den Bauch. Er stöhnte und fiel vornüber.

»Kommt dir das schwach vor, du mächtiger Plünderer?«, spottete ich. »Und denk immer daran: Wir sind doppelt so viele wie ihr. Vielleicht solltet *ihr* euch ein Beispiel an *uns* nehmen.«

Er kam wieder zu Atem und sah zu mir auf. In seinen Augen glitzerte spielerische Rachsucht. Mit einem Satz warf er mich um, und wir wälzten uns auf der Wiese, bis er auf mir lag und ich mich nicht mehr rühren konnte.

»Wie kommt es, dass ich euer großes Lager dann noch nie gesehen habe? Wo ist es?«

Ein Stammesmitglied verriet niemals den Aufenthaltsort der anderen, selbst wenn es geschnappt wurde. Niemals. Er sah mein Zögern. Seine Mundwinkel zuckten verächtlich, weil ich ihm nicht vertraute. Aber das tat ich – ich vertraute ihm mein Leben an.

»Es liegt in einem Tal«, sagte ich. »Nur einen kurzen Fußmarsch von hier. Die Baumkronen verdecken das Lager, sodass man es von den Felsen darüber nicht sehen kann.« Ich sagte, ich würde immer den Hügelkamm jenseits des Eingangs zur Schlucht nehmen, um ins Lager zurückzukehren. »Es ist nicht weit. Willst du mitkommen und es dir anschauen?«, fragte ich, weil ich dachte, er hätte seine Meinung geändert.

Er schüttelte den Kopf. »Wenn wir jetzt mehr Mäuler zu füttern haben, muss auch mehr gejagt werden.«

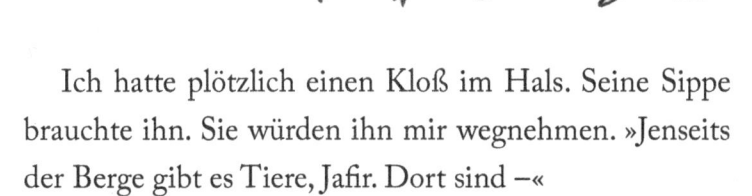

Ich hatte plötzlich einen Kloß im Hals. Seine Sippe brauchte ihn. Sie würden ihn mir wegnehmen. »Jenseits der Berge gibt es Tiere, Jafir. Dort sind –«

»Schsch«, machte er und drückte mir den Finger auf die Lippen. Er legte sanft seine Hand an mein Gesicht. »Morrighan, das Mädchen der Teiche und Bücher und des Wissens.« Er sah mich an, als wäre ich die Luft, die er atmete, die Sonne, die ihm den Rücken wärmte, und die Sterne, die ihm leuchteten. Es war ein Blick, der sagte: *Ich brauche dich.* Vielleicht aber war all das auch nur etwas, das ich in seinem Blick sehen wollte.

»Mach dir keine Sorgen«, meinte er schließlich. »Wir werden noch lange nicht aufbrechen. Für eine solche Reise müssen Vorräte angelegt werden, und da wir so viele Mäuler sattkriegen müssen, ist es schwer, überhaupt etwas zur Seite zu legen. Außerdem sind einige im Clan gegen die Reise. Vielleicht kommt es ja nie dazu. Vielleicht gibt es einen Weg, so weiterzumachen wie bisher.«

Ich klammerte mich an diese Worte und wünschte mir, dass sie in Erfüllung gingen.

Es muss einen Weg geben, Jafir. Einen Weg für uns.

Wir ritten über Lichtungen und durch Schluchten, legten Fallen aus, stellten Vögeln nach und wateten ins flache Wasser am Rande der Teiche und lösten mit den Zehen Knollen. Wir lachten und zankten, wir küssten und berührten uns, denn das gegenseitige Erkunden hörte nicht auf. Es gab immer neue Arten, einander zu sehen und kennenzulernen. Endlich, nachdem sechs Felsentauben und ein Beutel Knollen an seinem Sattel hingen, sagte er, dass er mir einen weiteren Teil seiner Welt zeigen wolle.

»Das ist wunderschön«, staunte ich. Seltsam und auf eine bizarre Weise schön.

Wir standen am Ufer eines flachen Sees; das Wasser umspielte unsere nackten Füße. Jafir stand hinter mir. Er hatte mir die Arme um die Hüfte gelegt, und sein Kinn lag an meiner Schläfe.

1

»Ich wusste, dass es dir gefallen würde«, erwiderte er. »Es muss eine Geschichte dazu geben.«

Ich konnte mir nicht genau vorstellen, was für eine, aber es musste darin um Zufall und Glück und Schicksal gehen.

Auf einem Inselchen mitten im See stand eine Tür. Sie hatte sicher einmal zu einem größeren Gebäude gehört, doch davon war nichts mehr übrig – weder von dem Haus noch von der Familie oder dem Leben, das jemandem wichtig war. Alles vergangen. Irgendwie hatte nur die Tür überdauert, die noch immer im Türrahmen hing wie die sonderbare Schildwache aus einer anderen Zeit. Sie schwang in der Brise hin und her, als wollte sie sagen: *Erinnere dich. Erinnere dich an mich.*

Das Holz der Tür war so ausgebleicht wie das trockene Sommergras. Aber was mich am meisten gefangen nahm, war ein winziges Fenster, nicht größer als meine Hand, im oberen Teil der Tür. Es war aus rot und grün gefärbtem Glas, das jemand wie ein Mosaik aus reifen Beeren zusammengesetzt hatte.

»Warum ist das erhalten geblieben?«, fragte ich.

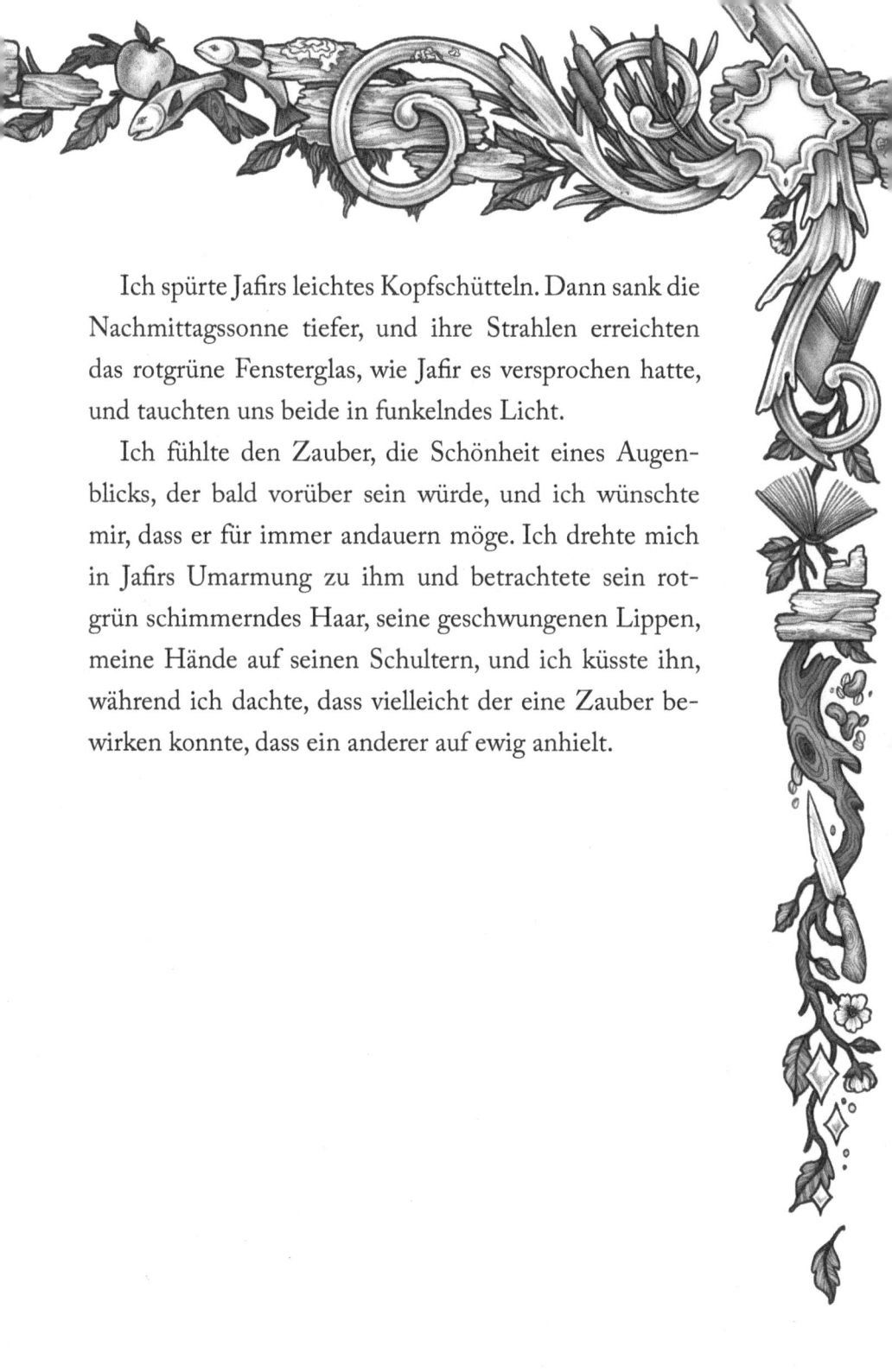

Ich spürte Jafirs leichtes Kopfschütteln. Dann sank die Nachmittagssonne tiefer, und ihre Strahlen erreichten das rotgrüne Fensterglas, wie Jafir es versprochen hatte, und tauchten uns beide in funkelndes Licht.

Ich fühlte den Zauber, die Schönheit eines Augenblicks, der bald vorüber sein würde, und ich wünschte mir, dass er für immer andauern möge. Ich drehte mich in Jafirs Umarmung zu ihm und betrachtete sein rotgrün schimmerndes Haar, seine geschwungenen Lippen, meine Hände auf seinen Schultern, und ich küsste ihn, während ich dachte, dass vielleicht der eine Zauber bewirken konnte, dass ein anderer auf ewig anhielt.

Kapitel 14

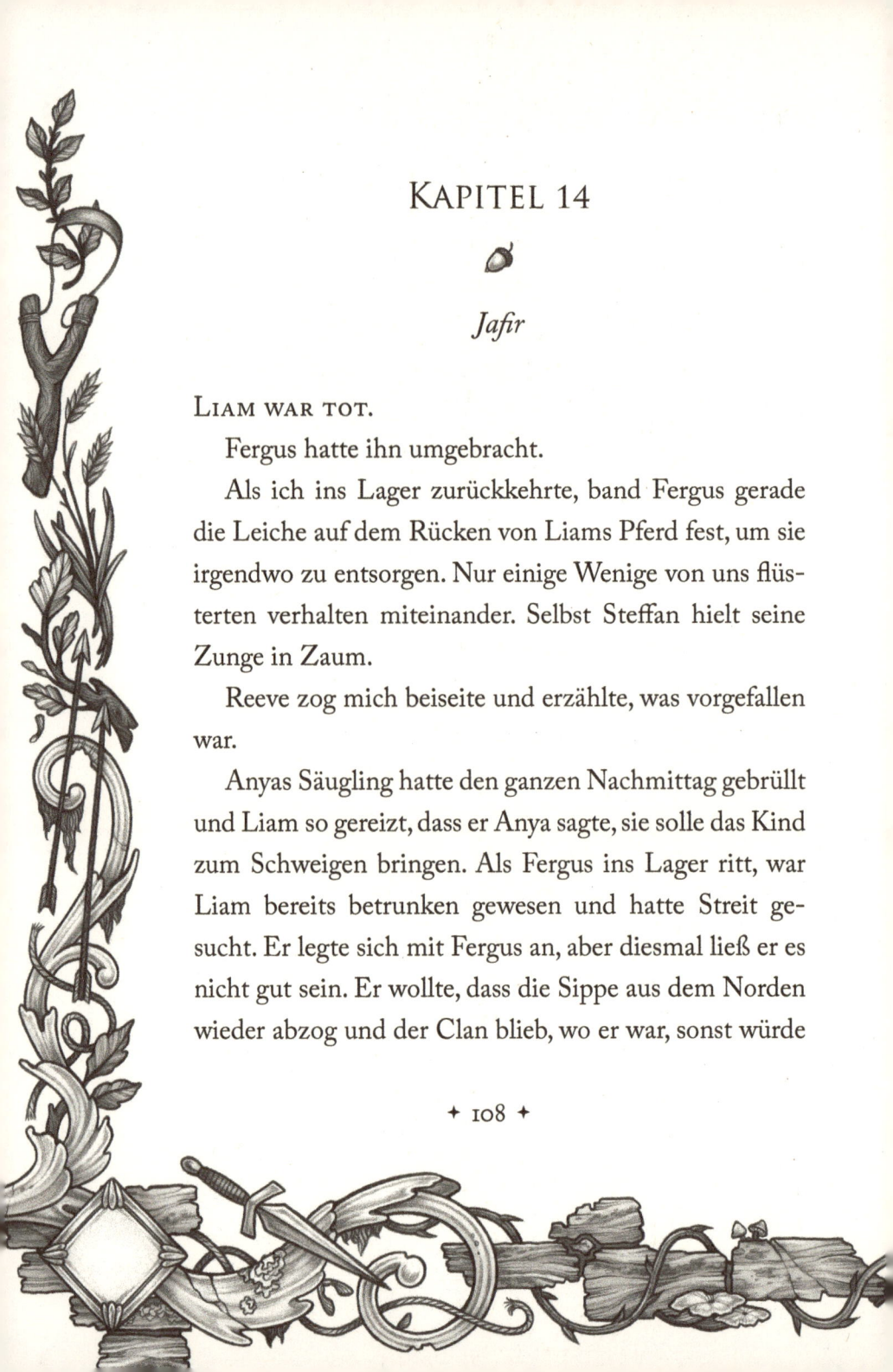

Jafir

Liam war tot.

Fergus hatte ihn umgebracht.

Als ich ins Lager zurückkehrte, band Fergus gerade die Leiche auf dem Rücken von Liams Pferd fest, um sie irgendwo zu entsorgen. Nur einige Wenige von uns flüsterten verhalten miteinander. Selbst Steffan hielt seine Zunge in Zaum.

Reeve zog mich beiseite und erzählte, was vorgefallen war.

Anyas Säugling hatte den ganzen Nachmittag gebrüllt und Liam so gereizt, dass er Anya sagte, sie solle das Kind zum Schweigen bringen. Als Fergus ins Lager ritt, war Liam bereits betrunken gewesen und hatte Streit gesucht. Er legte sich mit Fergus an, aber diesmal ließ er es nicht gut sein. Er wollte, dass die Sippe aus dem Norden wieder abzog und der Clan blieb, wo er war, sonst würde er selbst mit dem ihm zustehenden Anteil an Getreide gehen. Fergus warnte ihn, er werde ihn töten, wenn er auch nur einen Vorratssack anrührte – er sagte, die Lebensmittel seien für den ganzen Clan gedacht, nicht nur für einen. Liam achtete nicht darauf und schulterte einen Sack, um ihn zu seinem Pferd zu tragen.

»Fergus hat Wort gehalten«, flüsterte Reeve. »Das musste er. Liam wollte den Clan betrügen. Er musste sterben.« Reeve erwähnte nicht, wie Fergus Liam umgebracht hatte. Ich entdeckte kein Blut, aber ich hatte einmal mit angesehen, wie Fergus einen Mann erwürgt hatte. Ich hatte die Knochen im Genick des Mannes brechen hören und fragte mich, ob Liam ebenfalls so gestorben war.

Die nördliche Sippe beobachtete das Spektakel sowohl mit Angst als auch mit Respekt. Laurida hielt sich im Schatten, den Blick auf Fergus geheftet, um die Augen tiefe Furchen vor Kummer.

Ich sah zu ihm, *meinem Vater*, während er den Riemen um Liams Leiche enger zurrte. Er war entschlossen. Zornig.

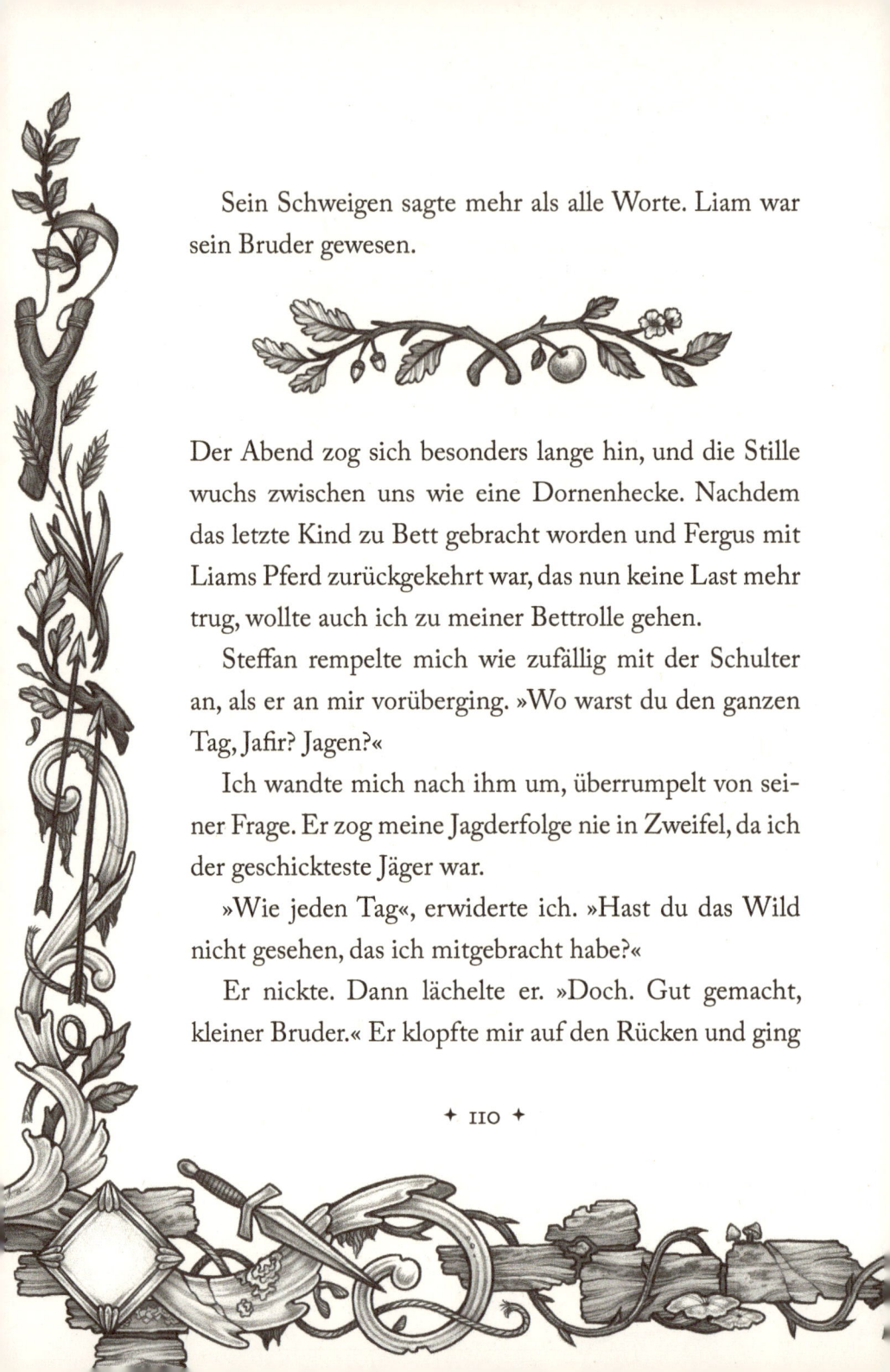

Sein Schweigen sagte mehr als alle Worte. Liam war sein Bruder gewesen.

Der Abend zog sich besonders lange hin, und die Stille wuchs zwischen uns wie eine Dornenhecke. Nachdem das letzte Kind zu Bett gebracht worden und Fergus mit Liams Pferd zurückgekehrt war, das nun keine Last mehr trug, wollte auch ich zu meiner Bettrolle gehen.

Steffan rempelte mich wie zufällig mit der Schulter an, als er an mir vorüberging. »Wo warst du den ganzen Tag, Jafir? Jagen?«

Ich wandte mich nach ihm um, überrumpelt von seiner Frage. Er zog meine Jagderfolge nie in Zweifel, da ich der geschickteste Jäger war.

»Wie jeden Tag«, erwiderte ich. »Hast du das Wild nicht gesehen, das ich mitgebracht habe?«

Er nickte. Dann lächelte er. »Doch. Gut gemacht, kleiner Bruder.« Er klopfte mir auf den Rücken und ging weg. Ich fragte mich, ob Steffan betrunken war, aber Hariks Gebräu hatte ich nicht in seinem Atem gerochen. Vielleicht hatten ihn Krähen zu ein paar vergorenen Beeren geführt.

Am nächsten Morgen verließ ich das Lager früh und stellte unterwegs zusätzliche Fallen auf. Einige von ihnen löste ich aus Unachtsamkeit aus und musste sie neu einstellen. Ich konnte mich nicht konzentrieren. Ich war abgelenkt; meine Aufmerksamkeit sprang zu dem letzten Bild, das ich von Liam im Kopf hatte, die Arme schlaff vom Pferd baumelnd, dazu Reeves Worte – *Liam hat den Clan betrogen, er musste sterben* – und dann weiter zum Zischen der Mütter, die an diesem Morgen ihre Kinder im Lager zum Schweigen gebracht hatten, weil sie Angst hatten, einen weiteren Streit anzuzetteln. Wie konnten die wilden Tiere, die hinter den Bergen lebten, schlimmer sein? Nachdem die letzte Falle ausgelegt war, trieb ich mein Pferd an, um schneller zu Morrighan zu kommen. Ich blendete die Welt aus, als könnte der Wind alles, was hinter mir lag, mit sich nehmen.

Kapitel 15

Morrighan

Es war ein langer Vormittag gewesen, und mit jeder Stunde nagte die Sorge mehr an mir. Obwohl ich meine Hausarbeiten früh erledigt hatte – ich hatte im Garten Unkraut gejätet, schadhafte Körbe geflickt und frische Binsen für den Boden zurechtgeschnitten –, fand Ama immer neue Aufgaben für mich, als ich ihr sagte, dass ich zum Beerensammeln aufbrechen wolle. Aus dem Vormittag wurde Mittag. Meine Unruhe wuchs, als ich sah, wie ihre Blicke immer wieder zum Ende des Tals zurückkehrten, und als ich endlich meinen Beutel nahm, um zu gehen, meinte sie: »Nimm Brynna und Micah mit.«

»Nein, Ama«, stöhnte ich. »Ich habe heute Vormittag alle Hausarbeiten mit ihnen zusammen erledigt und kann das ewige Geschnatter nicht mehr hören. Ich brauche ein bisschen Ruhe. Kann ich nicht wenigstens allein zum Beerensammeln losziehen?« Sorge zeichnete sich in ihrem Gesicht ab, und mit Blick auf die Falten auf ihrer Stirn stutzte ich. »Was ist los?« Ich ging zu ihr, nahm ihre Hände und drückte sie. »Was beunruhigt dich?«

Sie strich sich eine graue Strähne aus dem Gesicht. »Es gab einen Überfall. Pata ist heute Morgen ganz früh zu den Salzpfannen hinausgegangen, um Salz zu ernten. Sie hat einen Stamm entdeckt, der nach Süden unterwegs war. Ihr Lager drei Tage nördlich von hier wurde von Plünderern angegriffen.«

Ich blinzelte. Ich konnte nicht glauben, was sie da sagte. »Bist du sicher?«

Sie nickte. »Sie haben Pata gesagt, dass einer von ihnen Jafir hieß. Ist das nicht der Plünderer, dem du vor vielen Jahren begegnet bist?«

Ich schüttelte den Kopf, während ich um eine Antwort rang. Während ich versuchte, es zu verstehen. *Nein, nicht Jafir.* »Er war noch ein Junge«, antwortete ich. »Ich – ich weiß den Namen nicht mehr.« Ich war benommen, wie betäubt. »Es ist so lange her.« Meine Gedanken überschlugen sich, ich konnte mich nicht mehr konzentrieren. *Plünderer? Überfall auf ein Lager? Jafir?*

Nein.

Nein.

Ama erforschte mein Schweigen; ich hatte ihr bereits zu viel Angst gezeigt. Ich zwang meine Gedanken zur Ruhe und atmete tief ein und aus. »Wir sind hier in Sicherheit, Ama. Wir leben versteckt. Niemand weiß, dass wir hier sind, und drei Tage nördlich von hier ist sehr weit weg.«

»Wenn man läuft, ja. Nicht aber für Plünderer auf schnellen Pferden.«

Ich beruhigte sie wieder und erinnerte sie daran, wie lange wir schon hier waren, ohne jemanden gesehen zu haben, der nicht zu unserem Stamm gehörte. Ich versprach, vorsichtig zu sein – dennoch konnten wir nicht zulassen, dass uns eine einzige Begegnung meilenweit entfernt Angst um unser eigenes Zuhause einflößte. *Zuhause.* Das Wort flatterte in meiner Brust; es fühlte sich jetzt zerbrechlicher an. Bedrohter.

Sie ließ mich widerstrebend gehen, und ich eilte zur Schlucht, den Pfad entlang, über die Wiese und die Treppe hinauf in die dunkle Höhle des Hauses der Bücher. Er war noch nicht da. Während ich wartete, ging ich hin und her, fegte den Boden, stapelte Bücher und versuchte, Hände und Gedanken zu beschäftigen. Wie konnte jemand Jafirs Namen gehört haben? Er verbrachte doch jeden Tag mit mir zusammen.

Bis auf die drei Tage, in denen er nicht gekommen war.

Mir fiel ein, wie fest er mich gehalten hatte, als er endlich wieder auftauchte, in einer sonderbaren Umarmung, die sich anders anfühlte. Aber ich kannte Jafir. Ich kannte sein Herz. Er würde niemals –

Ich hörte Schritte und drehte mich um.

Da stand er in der Tür, mit nacktem Oberkörper wie sonst auch im Sommer, groß, das Haar eine wilde Mähne, die Arme gebräunt und muskulös, das Messer sicher an der Hüfte verstaut. Ein Mann. Aber dann sah ich ihn mit Amas Augen und denen des übrigen Stammes. *Ein Plünderer. Gefährlich. Einer von denen.*

»Was ist los?«, fragte er und kam zu mir gelaufen. Er ergriff meine Arme, als wäre ich verletzt.

»Es gab einen Überfall. Ein Stamm im Norden wurde angegriffen.«

Ich forschte in seinem Gesicht und sah alles, was ich wissen musste, in seinen Augen. Ich machte mich los, während sich ein Schluchzen meiner Kehle entrang. »Bei den Göttern, Jafir.« Ich stolperte davon, obwohl ich nicht klar sehen konnte, und wünschte mir, überall sonst zu sein, nur nicht hier. Ich wankte tiefer in die Dunkelheit der Ruine.

»Lass es mich erklären«, bat er, während er mir folgte. Er packte meine Hand, damit ich stehen blieb.

Ich befreite mich und fuhr herum. »Was erklären?!«, schrie ich. »Was hast du dafür bekommen, Jafir? Ihr Brot? Ein Zicklein? Was hast du dir genommen, das nicht dir gehört?«

Er starrte mich an, und eine Ader schwoll an seinem Hals. Seine Brust hob und senkte sich in tiefen, kontrollierten Atemzügen. »Ich hatte keine Wahl, Morrighan. Ich musste mit meinem Clan reiten. So habe ich mir das hier eingehandelt.« Er deutete auf den verblassenden Bluterguss in seinem Gesicht. »Mein Vater hat verlangt, dass ich mitkomme. Unsere Sippe aus dem Norden ist gekommen und –«

»Und ihre Mäuler waren wichtiger als die des Stammes?«

»Nein. Das ist es doch gar nicht. Es ist die Verzweiflung. Es ist –«

»Es ist Faulheit!«, stieß ich hervor. »Gier! Es ist –«

»Es ist falsch, Morrighan. Das weiß ich. Glaub mir, ich habe mir danach geschworen, nie wieder mit ihnen zu reiten, und ich werde mich daran halten. Es macht mich krank, aber –« Er schüttelte den Kopf und wandte sich ab, als wollte er nicht, dass ich ihn ansah.

Ich packte sein Handgelenk und zwang ihn, sich zu mir umzudrehen. »Aber was, Jafir?«

»Ich habe es auch verstanden!«, rief er. Er klang gar nicht mehr entschuldigend. »Als ich die Kinder essen sah, als ich eine Mutter weinen hörte, habe ich ihre Angst verstanden. Wir sterben, Morrighan. Wir sterben genau wie ihr! Nicht alle von uns schlagen ihre Kinder. Manchmal sterben wir auch für sie – und manchmal tun wir vielleicht sogar das Unaussprechliche für sie.«

Ich öffnete den Mund zu einer scharfen Erwiderung, aber angesichts seines Kummers schluckte ich sie herunter. Erschöpfung erfasste mich. Ich starrte zu Boden. Plötzlich waren meine Schultern so schwer. »Wie viele Kinder?«, fragte ich.

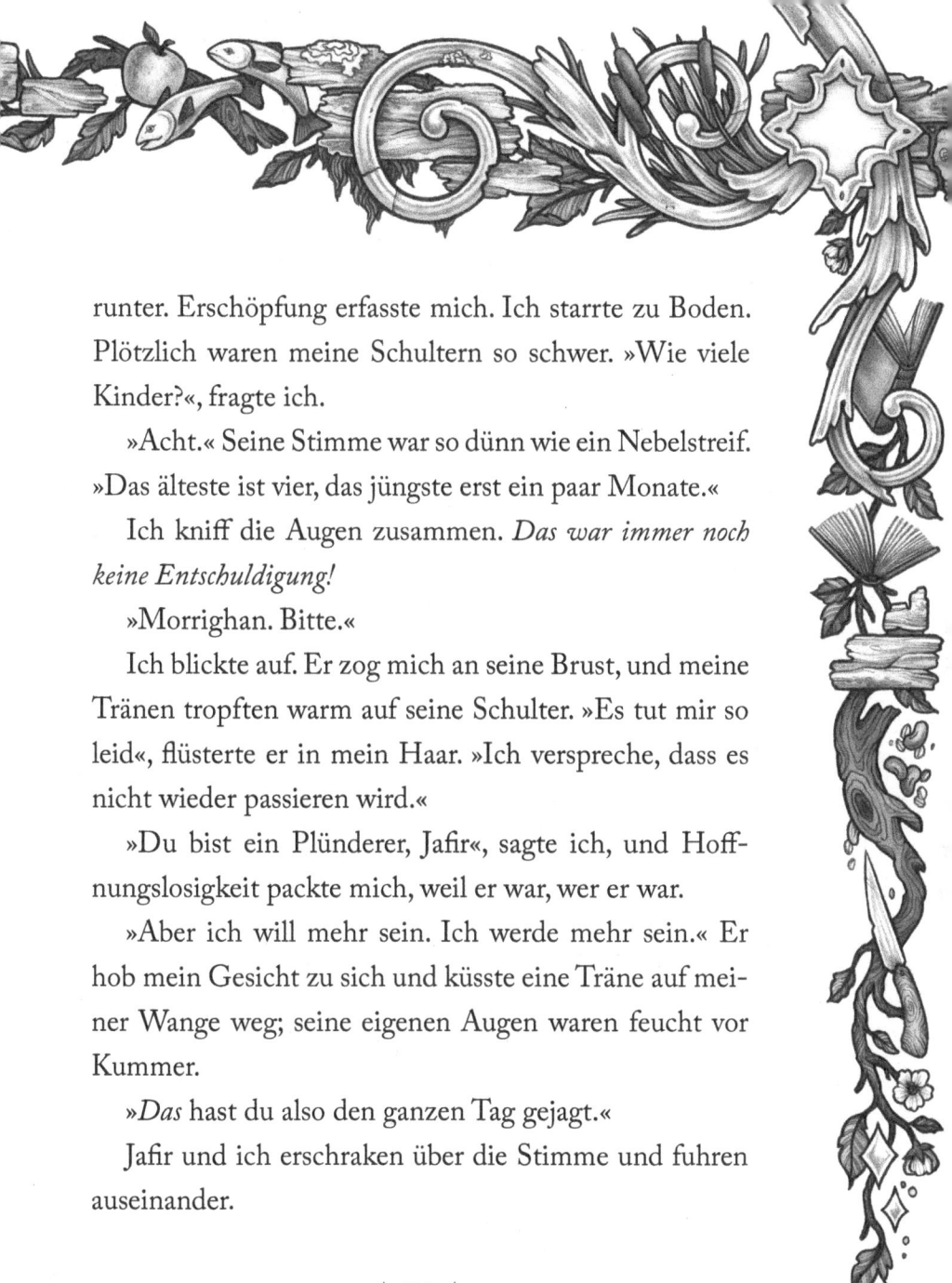

»Acht.« Seine Stimme war so dünn wie ein Nebelstreif. »Das älteste ist vier, das jüngste erst ein paar Monate.«

Ich kniff die Augen zusammen. *Das war immer noch keine Entschuldigung!*

»Morrighan. Bitte.«

Ich blickte auf. Er zog mich an seine Brust, und meine Tränen tropften warm auf seine Schulter. »Es tut mir so leid«, flüsterte er in mein Haar. »Ich verspreche, dass es nicht wieder passieren wird.«

»Du bist ein Plünderer, Jafir«, sagte ich, und Hoffnungslosigkeit packte mich, weil er war, wer er war.

»Aber ich will mehr sein. Ich werde mehr sein.« Er hob mein Gesicht zu sich und küsste eine Träne auf meiner Wange weg; seine eigenen Augen waren feucht vor Kummer.

»*Das* hast du also den ganzen Tag gejagt.«

Jafir und ich erschraken über die Stimme und fuhren auseinander.

Ein Mann kam durch die Tür hereingeschlendert. »Gut gemacht, Bruder. Du hast den Stamm gefunden. Wo ist der Rest?«

»Warum bist du hier?«, wollte Jafir wissen.

»Hübsches Ding. Wie heißt du, Mädchen?«, fragte der andere, ohne auf Jafir zu achten. Sein kalter Blick glitt langsam über mich, und ich fühlte mich wie Beute, an die sich ein hungriges Raubtier anpirscht. Er trat näher, musterte mich, dann lächelte er.

»Sie ist ein Nachzügler und gehört zu dem Stamm, den wir überfallen haben«, sagte Jafir. »Sie ziehen weiter.«

»Ich kann mich nicht daran erinnern, sie dort gesehen zu haben.«

»Weil du nur Augen für eine andere hattest.«

Ich konnte nicht atmen. Es pochte wild in meinem Kopf.

»Du wirst weiterziehen, aber erst, wenn wir ein bisschen Spaß hatten.« Er sah wieder zu mir. »Komm her«, sagte er und winkte mich heran. »Ich beiße nicht.«

Jafir stellte sich vor mich. »Was willst du, Steffan?«

»Das, was du gerade hattest. Wir sind Brüder. Wir teilen.« Er machte eine Bewegung, um Jafir zu umgehen, doch der stürzte sich auf ihn. Sie taumelten beide rückwärts und krachten gegen die Mauer. Staub regnete auf sie herab. Jafir war zwar größer, aber Steffan war so stämmig gebaut wie ein Stier, und er schwang seine Faust mit der Wucht seiner Leibesfülle. Er platzierte einen Treffer in Jafirs Magen, dann traf sie auf seinen Kiefer. Jafir stolperte zurück, nur einen Augenblick benommen, bevor er selbst ausholte und seine Faust gegen Steffans Kinn knallte. Jafir ließ nicht von ihm ab und machte erneut einen Satz, mit dem er Steffan zu Fall brachte. Binnen eines Wimpernschlags hatte er sein Messer an die Kehle seines Bruders gepresst.

»Mach schon«, stieß Jafir keuchend hervor. »Nur eine Bewegung! Ich würde dir liebend gern ein für allemal deinen dicken Hals aufschlitzen!« Er drückte das Messer fester ins Fleisch.

Steffan funkelte erst mich an, dann seinen Bruder. »Du bist gierig, Jafir. Dann behalte sie eben für dich allein«, höhnte er. »Sie sind sowieso alle dumpf und dumm.«

Jafirs Brust hob und senkte sich heftig vor Wut. Seine

Faust hielt das Messer fest umklammert, und ich dachte schon, er würde es tief in die Kehle seines Bruders stoßen. Aber schließlich stand er auf und befahl Steffan, sich ebenfalls zu erheben. Steffan tat, wie ihm geheißen war, und klopfte sich ungehalten den Staub von den Kleidern, als wären sie vor dem Kampf sauber gewesen.

»Geh«, befahl Jafir. »Und komm nie mehr hierher. Hast du verstanden?«

Steffan grinste und ging. Jafir stellte sich in die Tür, um seinen Rückzug zu beobachten.

Das war es? Er ging einfach?

Meine Hände zitterten unbeherrscht, und ich presste sie an meine Seiten. Ich hatte die ganze Zeit nichts gesagt; vor Angst hatte ich kein Wort herausgebracht. Endlich brachte ich ein heiseres Flüstern zustande. »Jafir. Wie hat er uns gefunden?«

Jafirs Blick war noch immer wild, mit Pupillen wie Stecknadeln im glasigen Blau, und von seinem Mundwinkel tropfte ein dünner Faden Blut auf seine Brust. »Ich weiß es nicht. Er muss mir gefolgt sein. Ich war immer vorsichtig, aber heute –«

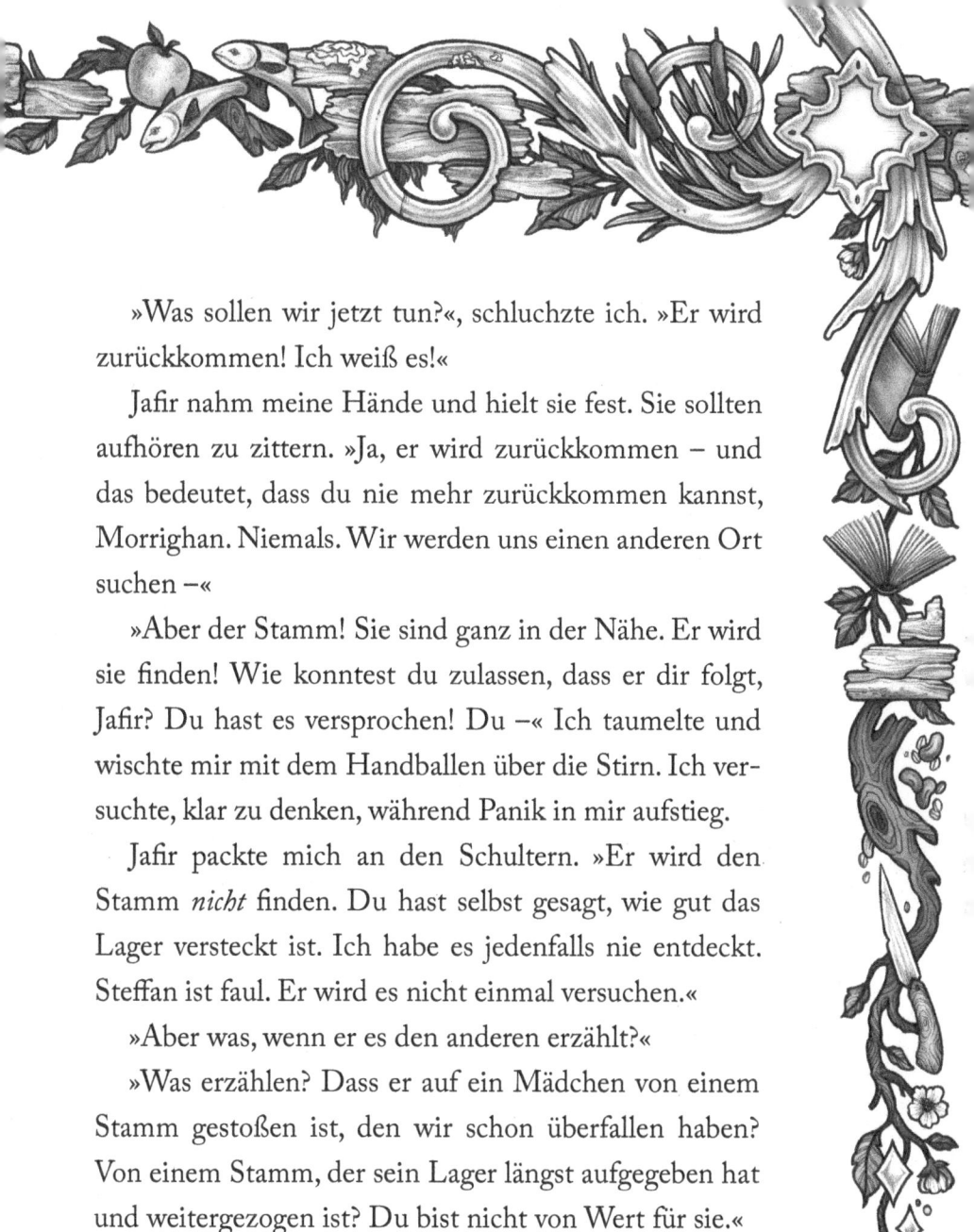

»Was sollen wir jetzt tun?«, schluchzte ich. »Er wird zurückkommen! Ich weiß es!«

Jafir nahm meine Hände und hielt sie fest. Sie sollten aufhören zu zittern. »Ja, er wird zurückkommen – und das bedeutet, dass du nie mehr zurückkommen kannst, Morrighan. Niemals. Wir werden uns einen anderen Ort suchen –«

»Aber der Stamm! Sie sind ganz in der Nähe. Er wird sie finden! Wie konntest du zulassen, dass er dir folgt, Jafir? Du hast es versprochen! Du –« Ich taumelte und wischte mir mit dem Handballen über die Stirn. Ich versuchte, klar zu denken, während Panik in mir aufstieg.

Jafir packte mich an den Schultern. »Er wird den Stamm *nicht* finden. Du hast selbst gesagt, wie gut das Lager versteckt ist. Ich habe es jedenfalls nie entdeckt. Steffan ist faul. Er wird es nicht einmal versuchen.«

»Aber was, wenn er es den anderen erzählt?«

»Was erzählen? Dass er auf ein Mädchen von einem Stamm gestoßen ist, den wir schon überfallen haben? Von einem Stamm, der sein Lager längst aufgegeben hat und weitergezogen ist? Du bist nicht von Wert für sie.«

Jafir bestand darauf, mich zu Pferde zu dem Hügelkamm zu begleiten, der mich zu meinem Stamm führen würde, für den Fall, dass sein Bruder noch irgendwo auf der Lauer lag. Aber Steffan war fort. Die Wiese und die Schlucht lagen so still da wie immer; und ohne jede Bedrohung. Mein Herz fand zu seinem normalen Takt zurück. Jafir sagte, er werde mich in drei Tagen in einer Felsspalte treffen – Zeit genug für Steffan, sich die Beine in den Bauch zu stehen und endlich zu glauben, dass der überfallene Stamm längst fort und außer Reichweite war. Er umklammerte meine Hand, als ich vom Pferd glitt, und blickte mich an, als könnte es das letzte Mal sein, dass er mich sah.

»Drei Tage«, wiederholte er.

Ich nickte, während Sorge in meinem Herzen wühlte, und schließlich entzog ich ihm meine Hand.

Kapitel 16

Jafir

Mein Gesicht brannte im Wind. Ich ritt, so schnell ich konnte, und sammelte unterwegs hastig meine Fallen ein. Sie waren alle leer, aber das erschien mir nicht wichtig. Ich konnte nur an Steffan denken und daran, wie er gestern Abend gelächelt hatte. Jetzt begriff ich. Irgendwie hatte er uns entdeckt, hatte mich mit Morrighan auf einem unserer Ausritte gesehen. Oder vielleicht im Teich bei der Knollenernte?

Ich verfolgte unsere Spur in Gedanken zurück, um herauszufinden, wo wir uns verraten haben konnten. Ich hatte sie niemals in die Nähe unseres Lagers gebracht, und Steffan war träge und entfernte sich nur selten von dort. Aber Fergus war verdrießlicher geworden, seit die Sippe aus dem Norden zu uns gestoßen war. Er beharrte darauf, dass wir Vorräte anlegten. Niemand durfte mit leeren Händen zurückkehren, und – das wurde mir jetzt schlagartig klar – Steffan hatte sich natürlich an meine Fersen geheftet, weil ich der bessere Jäger war. Vielleicht war auch er es gewesen, der meine Fallen geleert hatte.

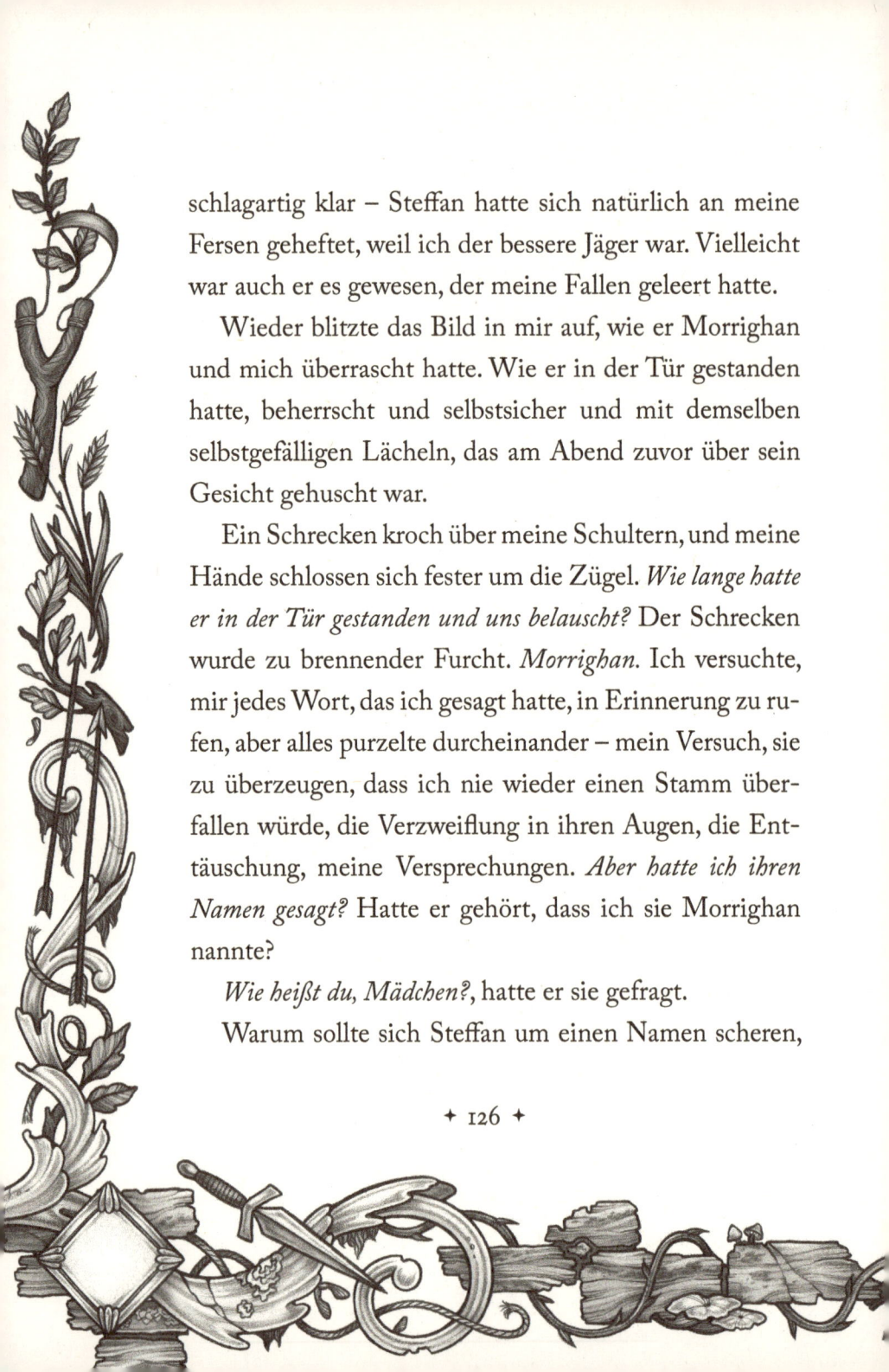

Wieder blitzte das Bild in mir auf, wie er Morrighan und mich überrascht hatte. Wie er in der Tür gestanden hatte, beherrscht und selbstsicher und mit demselben selbstgefälligen Lächeln, das am Abend zuvor über sein Gesicht gehuscht war.

Ein Schrecken kroch über meine Schultern, und meine Hände schlossen sich fester um die Zügel. *Wie lange hatte er in der Tür gestanden und uns belauscht?* Der Schrecken wurde zu brennender Furcht. *Morrighan.* Ich versuchte, mir jedes Wort, das ich gesagt hatte, in Erinnerung zu rufen, aber alles purzelte durcheinander – mein Versuch, sie zu überzeugen, dass ich nie wieder einen Stamm überfallen würde, die Verzweiflung in ihren Augen, die Enttäuschung, meine Versprechungen. *Aber hatte ich ihren Namen gesagt?* Hatte er gehört, dass ich sie Morrighan nannte?

Wie heißt du, Mädchen?, hatte er sie gefragt.

Warum sollte sich Steffan um einen Namen scheren,

wenn er keinen Verdacht hegte. Wenn er ihn nicht gehört hatte. Das Mädchen aus dem anderen Stamm hatte er nicht nach seinem Namen gefragt.

Aber der Name Morrighan war von großem Wert – zumindest für eine Person –, und das machte ihn auch so kostbar für Steffan.

Als ich ins Lager zurückkehrte, sprang ich vom Pferd, ohne mich damit aufzuhalten, es anzubinden. Laurida trug ein Kind auf der Hüfte und gab ihm aus einer Tasse Suppe zu trinken.

»Wo ist Steffan?«, fragte ich.

Sie zog argwöhnisch eine Augenbraue hoch und sah mich an. »Warum habt ihr es heute alle so eilig?«, wollte sie wissen. »Steffan ist eben hier vorbeigestürmt. Er sitzt mit den anderen unten im Kreis zusammen. Harik und seine Männer sind gekommen, um Fergus zu besuchen – sie trinken zusammen.«

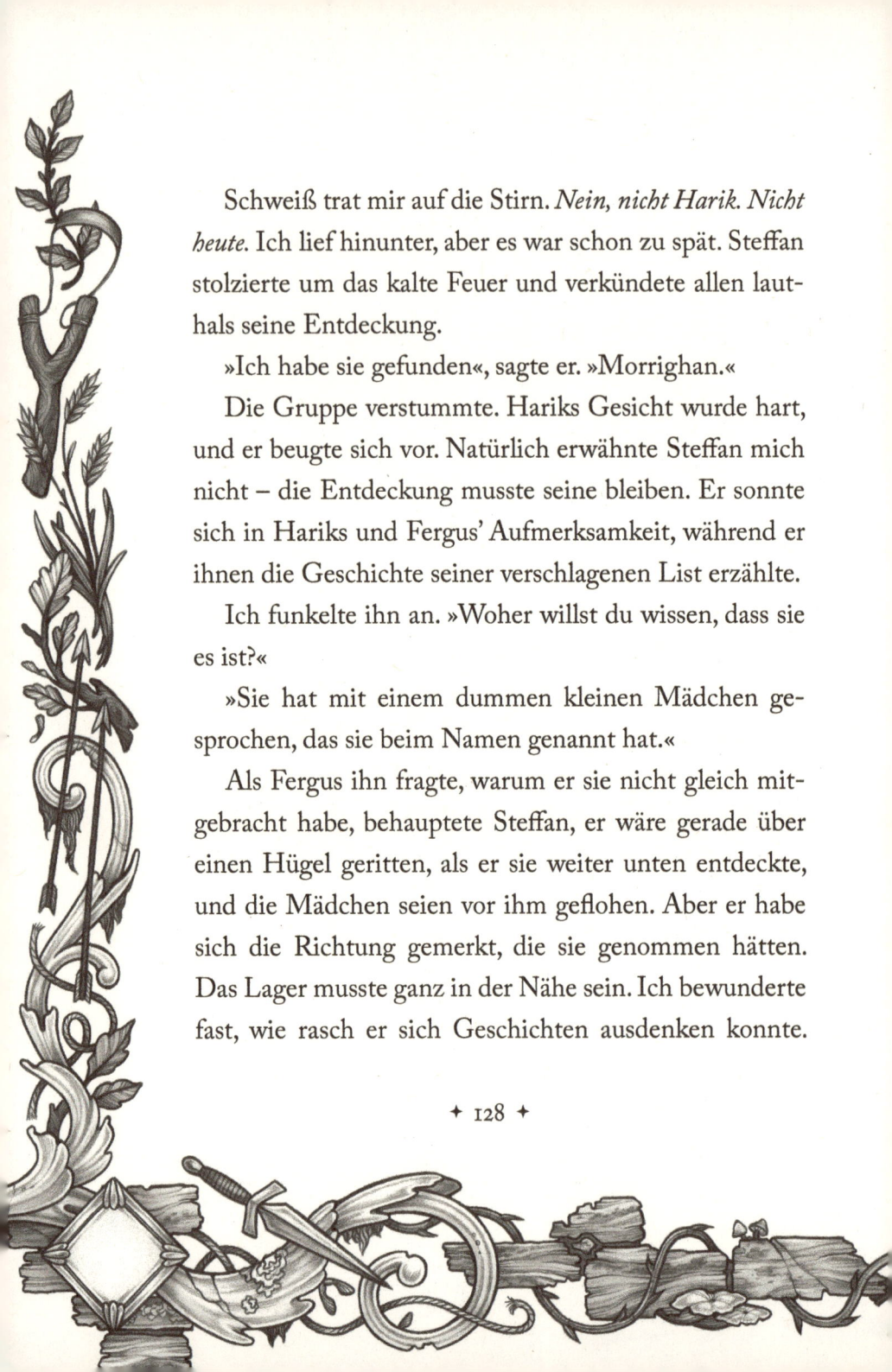

Schweiß trat mir auf die Stirn. *Nein, nicht Harik. Nicht heute.* Ich lief hinunter, aber es war schon zu spät. Steffan stolzierte um das kalte Feuer und verkündete allen lauthals seine Entdeckung.

»Ich habe sie gefunden«, sagte er. »Morrighan.«

Die Gruppe verstummte. Hariks Gesicht wurde hart, und er beugte sich vor. Natürlich erwähnte Steffan mich nicht – die Entdeckung musste seine bleiben. Er sonnte sich in Hariks und Fergus' Aufmerksamkeit, während er ihnen die Geschichte seiner verschlagenen List erzählte.

Ich funkelte ihn an. »Woher willst du wissen, dass sie es ist?«

»Sie hat mit einem dummen kleinen Mädchen gesprochen, das sie beim Namen genannt hat.«

Als Fergus ihn fragte, warum er sie nicht gleich mitgebracht habe, behauptete Steffan, er wäre gerade über einen Hügel geritten, als er sie weiter unten entdeckte, und die Mädchen seien vor ihm geflohen. Aber er habe sich die Richtung gemerkt, die sie genommen hätten. Das Lager musste ganz in der Nähe sein. Ich bewunderte fast, wie rasch er sich Geschichten ausdenken konnte.

Ich wusste, dass er es nicht tat, um mich zu schützen, sondern um die Lorbeeren – und die Belohnung, die es wahrscheinlich geben würde – selbst einzuheimsen.

Harik nahm einen kräftigen Schluck aus seinem Becher. »Dann heißt das, dass die alte Frau auch in der Nähe ist. So viele Jahre ...« Er sagte es mehr zu sich selbst als zu uns. Seine Stimme war voller Neugier. »Sie haben wahrscheinlich einiges an Vorräten gehortet.« Aber sein Interesse schien etwas anderem zu gelten als ihren Lebensmitteln.

Sie begannen, ihren Ritt zum Lager zu planen. Doch Steffan ruderte rasch zurück und sagte, er habe nicht ausmachen können, wo es genau liege. »Aber ich kann uns nahe genug hinbringen. Nachts werden sie bestimmt ein Feuer anzünden, das uns helfen wird, sie zu finden.«

Ich trat vor und lachte über Steffan. »Ich habe den Stamm, den wir überfallen haben, vor ein paar Tagen östlich von hier gesehen. Sie waren Richtung Süden unterwegs«, sagte ich. »Sie gehörte wahrscheinlich zu ihnen. Warum unsere Zeit verschwenden?«

Steffan bestand jedoch darauf, dass sie zu einem anderen Stamm gehörte, und je eindringlicher ich verlangte, dass wir ihnen nicht nachsetzten, desto wütender wurde er – genau wie alle anderen außer Harik. Er beobachtete mich mit kühlem Blick und hob leicht das Kinn. Alle bemerkten es und wurden ruhig.

»Der Junge soll hierbleiben, wenn er unbedingt will«, sagte er und stand auf. »Aber er wird nichts von den Früchten unseres Ausflugs abbekommen.« Er sah zu Fergus.

Der schaute mich finster an. Ich hatte ihn vor Harik gedemütigt. »Gar nichts«, bekräftigte er.

Sie gingen zu ihren Pferden – unsere Leute sowie Harik und seine vier Männer. Ich konnte sie nicht aufhalten. Ich musste mitkommen.

»Ich reite ja mit«, brummte ich, während ich schon grübelte, wie ich sie in die Irre führen konnte. Und wenn mir das nicht gelang und sie das Lager finden sollten, wusste ich, dass ich dafür sorgen musste, immer zwischen Steffan und Morrighan zu stehen.

Kapitel 17

Morrighan

Es war, als würde Jafir und mich ein ganzes Leben verbinden, als hätte es nie ein Davor gegeben – zumindest keines, das wichtig war. Meine Tage bemaßen sich nicht nach Stunden, sondern nach den bunten Flecken, die in seinen Augen tanzten, wenn er in meine sah, und nach der Sonne auf unseren ineinandergelegten Händen, unseren Schultern, die sich beim Lesen berührten, nach seinem Lachen, wenn ich ihn necke. Er lächelte jetzt gern und oft – der finster dreinblickende, dünne Junge war nur noch eine ferne, verschwommene Erinnerung. *Sein Lächeln.* Mein Magen krampfte sich zusammen.

Wir hatten etwas, das zu langlebig und nachhaltig war, als dass ein Tag oder ein Fehler es hätte wegwischen können. Er war nicht wie die anderen. *Komm her, Mädchen. Ich beiße nicht.* Steffans Lächeln ließ mich immer noch frösteln. Es war schwer zu glauben, dass er und Jafir Brüder waren.

Jafir versprach mir, nie mehr mit ihnen zu reiten, und ich glaubte ihm. Jafir war gut und freundlich. Und jetzt hatte er versprochen, dass wir uns in drei Tagen wiedersehen würden. Wir würden neu anfangen und Pläne schmieden für einen Treffpunkt, der sicherer war.

Ich ging meinen abendlichen Pflichten nach, aber Pata und Oni war aufgefallen, dass ich nichts ins Lager mitgebracht hatte. Dabei tat ich das immer, selbst wenn es nur eine Handvoll Kräuter war. Ich rieb mir nervös über die Stirn, während ich meine fehlende Ausbeute wegzuerklären versuchte. Ein wissendes Nicken ging zwischen ihnen hin und her. Vielleicht dachten sie, dass ich krank wäre oder zu viel Sonne abbekommen hatte, aber sie sagten nichts zu Ama, die zusammen mit Vincente vollauf damit beschäftigt war, einen wilden Eber zuzubereiten. Danach versuchte ich, mich so ruhig wie möglich zu verhalten und zu äußern, um nicht noch mehr Aufmerksamkeit auf mich zu ziehen.

Doch als die Dämmerung in die Nacht überging, als

wir die Felle hochrollten, damit der Abendwind durch das Langhaus fahren konnte, als ich Kräuter zu Pulver zerstieß, als ich Zweige und Äste ins Feuer legte, damit der Eber weiterbraten konnte, wusste ich es. Jafir und ich würden uns nicht in drei Tagen in der Felsspalte treffen. Wir würden uns niemals dort treffen.

Es geschieht in der Sorge.
In der Angst.
In der Not.
Dann bekommt das Wissen Flügel.

Ama erklärte es mir auf viele verschiedene Arten. *Als die Wenigen, die übrig waren, nichts anderes mehr hatten, mussten sie zum Weg des Wissens zurückkehren. So haben sie überlebt.*

Aber dieses Wissen, das in meinen Eingeweiden wühlte, hatte nichts mit Flügeln gemein.

Stattdessen war es etwas Dunkles und Schweres, das sich ausbreitete, meine Wirbel einen nach dem anderen quetschte, wie Schritte, die näher kamen. Diese wenigen

Tage würden kommen und gehen, und Jafir würde nicht da sein. Ich spürte es im leersten Winkel meiner Seele.

Ich lehnte mich an einen Stützpfosten des Langhauses und sah in das Dunkel zwischen den Bäumen, wo Grillen ihre munteren Nachtlieder zirpten, ohne Notiz von dem zu nehmen, was mein Herz beschwerte. Die Zwillinge tanzten am Feuer vor Aufregung über den Eber. Obwohl sie schon acht Jahre alt waren, konnten sie sich nicht erinnern, wie er schmeckte. Sein Duft hing kräftig und stechend in der Luft. Carys hatte ihn niedergeknüppelt, als sie im Schatten des Pappelhains Pilze suchte. Es war ein seltener Leckerbissen.

Wir nahmen unsere Mahlzeit draußen ein. Wir saßen auf geflochtenen Matten rund ums Feuer, und sobald ich gegessen hatte, fühlte ich mich besser. Nedra flötete ein Lied, was zur festlichen Stimmung beitrug. Meine Laune hob sich, und ich fragte mich, ob es der Hunger gewesen war, der mich die ganze Zeit bedrückt hatte.

Aber als ich aufstand und unser Tal entlangblickte, soweit der Feuerschein es erlaubte, packte mich diese Schwere wieder und presste mir den Atem aus den Lungen. Ich verstand es selbst nicht. Nichts als Frieden umgab uns, aber dann tauchte Ama hinter mir auf und legte mir eine Hand auf die Schulter.

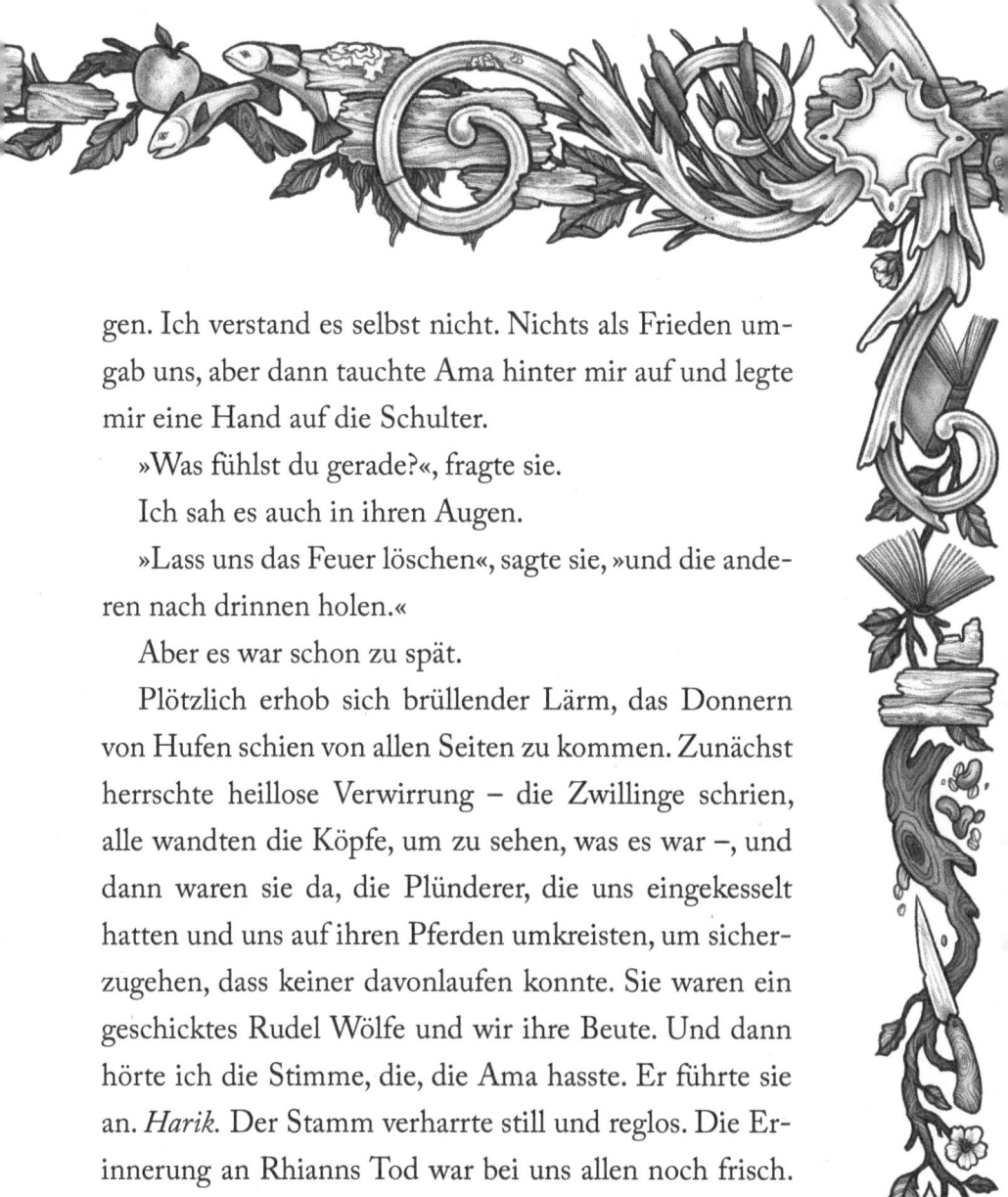

»Was fühlst du gerade?«, fragte sie.

Ich sah es auch in ihren Augen.

»Lass uns das Feuer löschen«, sagte sie, »und die anderen nach drinnen holen.«

Aber es war schon zu spät.

Plötzlich erhob sich brüllender Lärm, das Donnern von Hufen schien von allen Seiten zu kommen. Zunächst herrschte heillose Verwirrung – die Zwillinge schrien, alle wandten die Köpfe, um zu sehen, was es war –, und dann waren sie da, die Plünderer, die uns eingekesselt hatten und uns auf ihren Pferden umkreisten, um sicherzugehen, dass keiner davonlaufen konnte. Sie waren ein geschicktes Rudel Wölfe und wir ihre Beute. Und dann hörte ich die Stimme, die, die Ama hasste. Er führte sie an. *Harik.* Der Stamm verharrte still und reglos. Die Erinnerung an Rhianns Tod war bei uns allen noch frisch. Nur Shantals gedämpftes Wimmern durchbrach die erdrückende Stille.

Harik ritt ins Licht und machte weiteren Reitern, die sich im Schatten gehalten hatten, Zeichen. Sie stürmten auf ihren Pferden ins Langhaus und ritten die Wände nieder. Sie stiegen ab und griffen sich Säcke mit Getreide und getrockneten Bohnen, die wir für den Winter aufgespart hatten. Sie durchwühlten die übrigen Vorräte, rissen Felle von den Wänden, stopften Stoffe und Kleider in ihre Beutel, nahmen sich alles, was sie wollten, und warfen den Rest achtlos weg.

Ein weiterer Plünderer, den die anderen Fergus nannten, befahl zwei Reitern, mit Fackeln in der Dunkelheit nach Gehegen mit Tieren zu suchen. Wir hörten das Gackern unserer Hühner, als sie sie fanden. Auch sie wurden in die Beutel gestopft.

Es war wie ein Strudel aus Fleisch und Armen und Inbrunst, der es schwer machte, einen Plünderer vom anderen zu unterscheiden in ihrem gleichgültigen Eifer. Doch dann war da eine Farbe. Ein Blitz. Ein Wangenknochen. Eine Brust. Eine lange Haarsträhne.

Der Aufruhr war plötzlich verzerrt, gedämpft, die Welt verlangsamte sich. Wurde auf den Kopf gestellt.

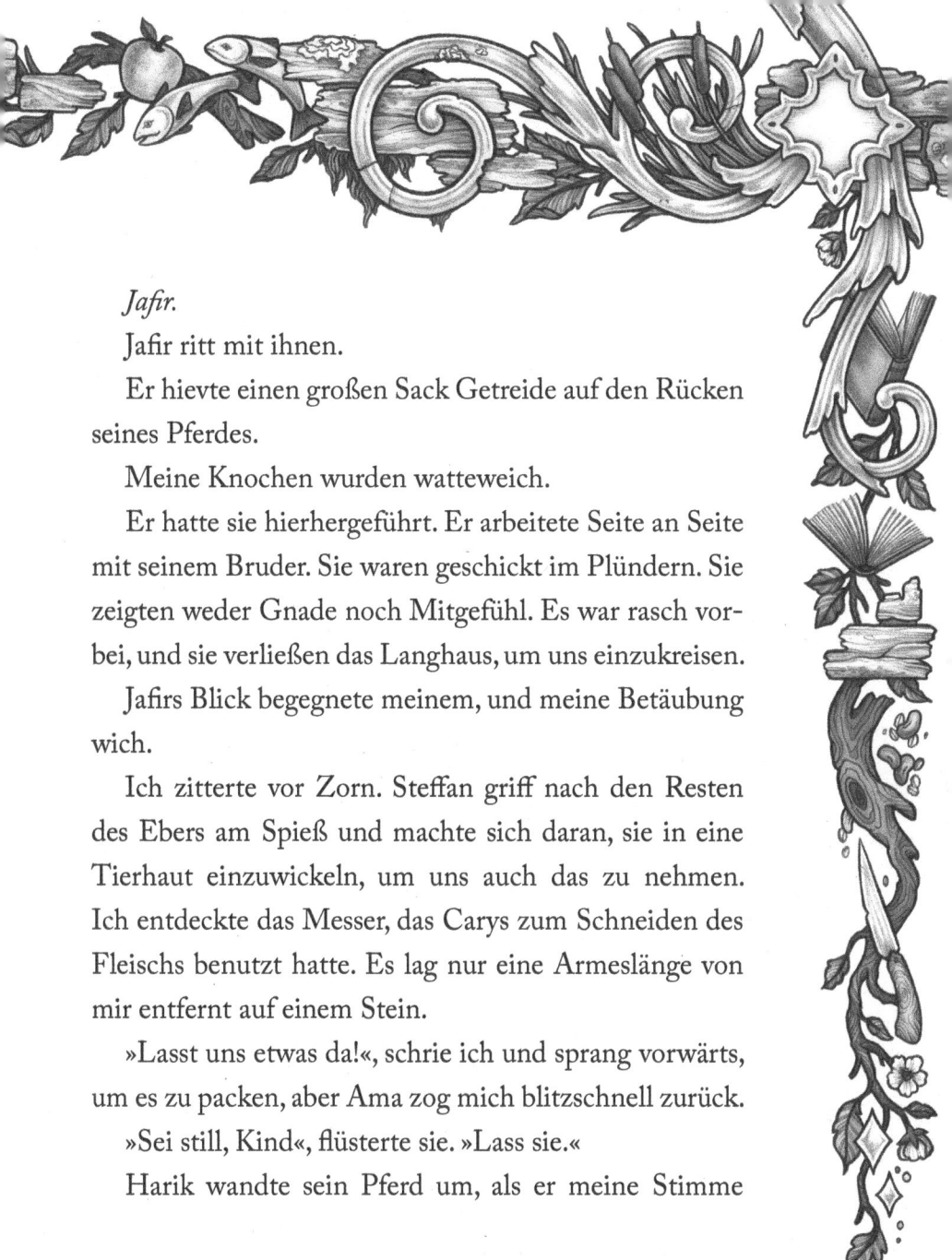

Jafir.

Jafir ritt mit ihnen.

Er hievte einen großen Sack Getreide auf den Rücken seines Pferdes.

Meine Knochen wurden watteweich.

Er hatte sie hierhergeführt. Er arbeitete Seite an Seite mit seinem Bruder. Sie waren geschickt im Plündern. Sie zeigten weder Gnade noch Mitgefühl. Es war rasch vorbei, und sie verließen das Langhaus, um uns einzukreisen.

Jafirs Blick begegnete meinem, und meine Betäubung wich.

Ich zitterte vor Zorn. Steffan griff nach den Resten des Ebers am Spieß und machte sich daran, sie in eine Tierhaut einzuwickeln, um uns auch das zu nehmen. Ich entdeckte das Messer, das Carys zum Schneiden des Fleischs benutzt hatte. Es lag nur eine Armeslänge von mir entfernt auf einem Stein.

»Lasst uns etwas da!«, schrie ich und sprang vorwärts, um es zu packen, aber Ama zog mich blitzschnell zurück.

»Sei still, Kind«, flüsterte sie. »Lass sie.«

Harik wandte sein Pferd um, als er meine Stimme

hörte, und lenkte es näher. Seine silbernen Klingen glitzerten an seinen Seiten, und er fasste mich ins Auge. »Sie ist gewachsen.«

Ama schob mich hinter sich. »Du und deine Diebe habt, was ihr wolltet, Harik. Und jetzt verschwindet.«

Er war ein Mann von gewaltiger Statur; seine Augenbrauen waren buschig und seine Fäuste groß und fleischig. Aber es waren seine Augen, die mir am meisten Angst einjagten. Sie verengten sich, während er mich musterte; dann sah er wieder zu Ama. »Alte Frau, es ist mein Recht, mir zu nehmen, was von meinem Blut ist.«

Ama wich keinen Zoll. Ich war verblüfft über die Vertrautheit der beiden. »Du hast hier keine Rechte«, entgegnete sie. »Sie ist nicht deinesgleichen.«

»Das würdest du gern glauben«, widersprach er. Sein Blick kehrte zu mir zurück. »Schau dir ihr Haar an. Und den wilden Glanz in ihren Augen. Das hat sie von mir. Sie würde uns am liebsten alle umbringen.« Der Stolz in seiner Stimme war nicht zu überhören.

Mir drehte es den Magen um, und mein Kopf begann zu schmerzen. Ich spürte, dass mir das Essen wieder hochkam, als wäre der Eber wieder lebendig. Mir schossen Erinnerungen an geflüsterte Bemerkungen von Ama, Oni und Nedra durch den Kopf – Bemerkungen, gegen die ich mich lange gesträubt hatte. Die Wahrheit.

Ich schluckte meine Abscheu herunter und rief: »Du bist nicht mehr als ein Tier, genau wie die anderen.«

Steffan stürzte auf mich zu und schrie etwas von einer Lektion und meinem Mangel an Respekt, aber Jafir stellte sich ihm in den Weg, stieß ihn weg und trat statt ihm auf mich zu. Er hob den Arm, als wolle er mich schlagen. »Zügle deine Zunge, Mädchen, wenn du nicht willst, dass ich sie dir herausschneide.« Er beugte sich zu mir, und nun war seine Stimme nur noch ein Knurren. »*Hast du mich verstanden?* Und jetzt geh zurück zu den anderen.«

Meine Augen brannten. Wer war das? Nicht der Jafir, den zu kennen ich geglaubt hatte. Meine Sicht verschwamm. »*Wie konntest du das nur tun?*«

Er sandte mir einen finsteren Blick. Sein Gesicht und seine Brust glänzten schweißnass im Feuerschein. Er stank nach Pferd, Schmutz und Hinterlist. »Geh zurück«, befahl er noch einmal mit zusammengebissenen Zähnen.

Ich erwiderte sein Funkeln. »Ich hasse dich, Jafir de Aldrid«, flüsterte ich. »Und ich schwöre, dass ich deinen Namen verfluche und dich bis zum letzten Atemzug hassen werde.«

»Genug! Reiten wir!«, rief Harik und wandte sein Pferd um. »Wir haben, was wir wollen.« Dann warf er Ama einen wütenden Blick zu. »Fürs Erste.«

Sie verließen uns, Jafir als Letzter.

Ihr Aufbruch war so übereilt und wild wie ihr Eintreffen. Pata schrie auf und versuchte, einem Pferd auszuweichen, das in ihre Richtung galoppierte. Sie stürzte, aber die Pferde hielten nicht an. Eines zerschmetterte ihr Bein. Sie krümmte sich vor Schmerzen, und wir eilten ihr zu Hilfe. Carys tastete sie durch den Stoff ihrer Hose hindurch ab und zuckte zusammen. »Es ist zertrümmert.« Der Tumult des Überfalls war vorübergehend vergessen, während wir uns auf Pata konzentrierten. Sechs von uns hoben sie sachte auf und trugen sie zu den Überresten des Langhauses. Dort machten wir einen Platz frei, an dem wir sie ablegen konnten. Carys schnitt behutsam Patas Hose auf, um ihr Bein genauer zu untersuchen, während Oni ihr tröstende Worte ins Ohr flüsterte.

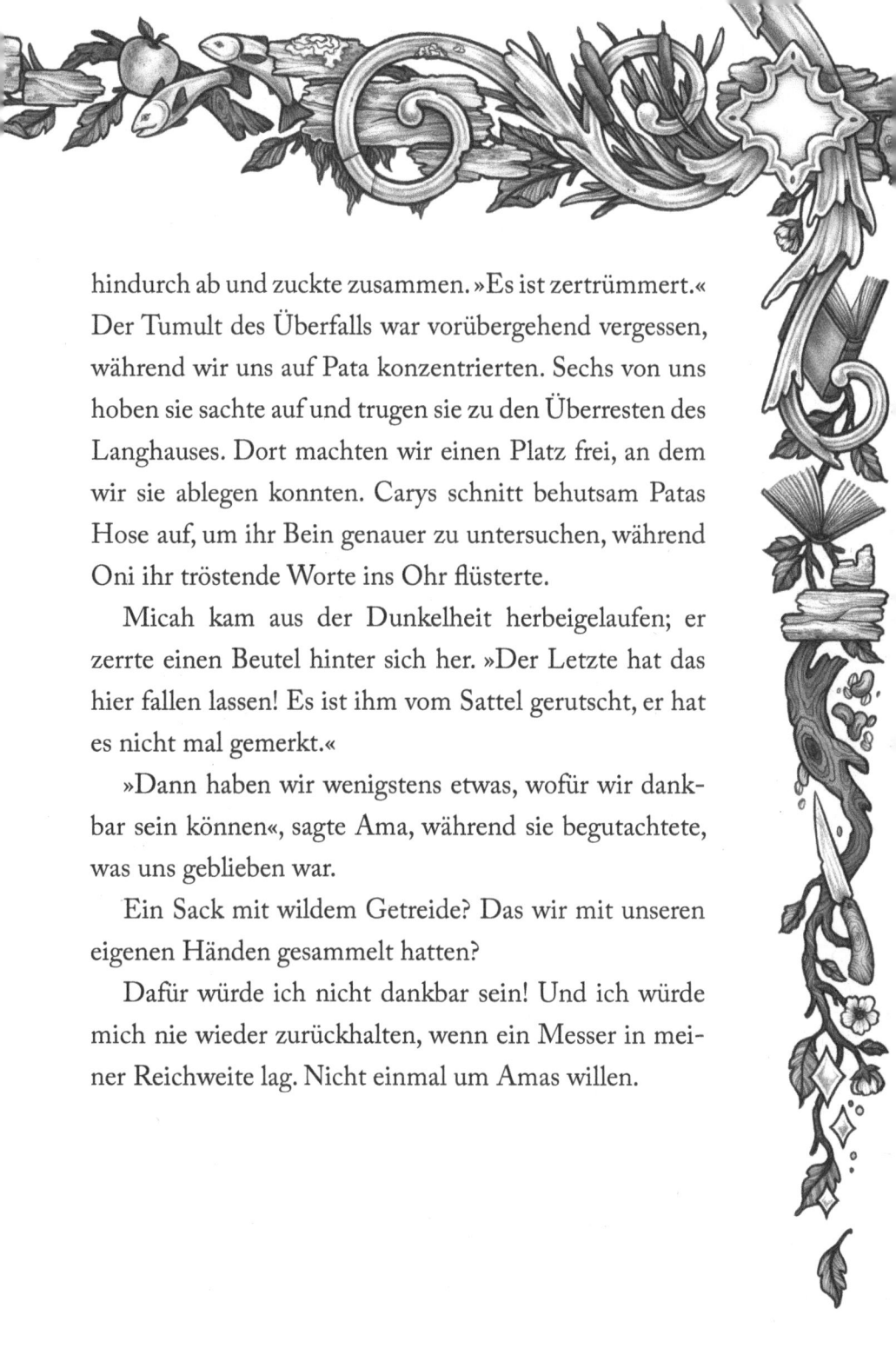

Micah kam aus der Dunkelheit herbeigelaufen; er zerrte einen Beutel hinter sich her. »Der Letzte hat das hier fallen lassen! Es ist ihm vom Sattel gerutscht, er hat es nicht mal gemerkt.«

»Dann haben wir wenigstens etwas, wofür wir dankbar sein können«, sagte Ama, während sie begutachtete, was uns geblieben war.

Ein Sack mit wildem Getreide? Das wir mit unseren eigenen Händen gesammelt hatten?

Dafür würde ich nicht dankbar sein! Und ich würde mich nie wieder zurückhalten, wenn ein Messer in meiner Reichweite lag. Nicht einmal um Amas willen.

Kapitel 18

Jafir

Das gelage dauerte bis spät in die Nacht. Sie stapelten unser Diebesgut in der Hütte auf, aßen, was vom Eber übrig war, und tranken reichlich von Hariks Gebräu.

Fergus besah sich aufgekratzt den Stapel. »Wir reiten morgen«, sagte er, als gäbe es mit so viel Beute keinen besseren Zeitpunkt. Aber auch Harik warf begehrliche Blicke auf den Haufen. Ihm stand ein ordentlicher Anteil zu. Er und seine Männer würden die Nacht noch bei uns verbringen und morgens zu seiner Festung jenseits des Flusses zurückkehren. Es war zu gefährlich, das Hochwasser nachts zu durchqueren, es leckte bereits über die Brücke.

Ich lag auf meiner Bettrolle und sah zwischen den lockeren Dachsparren in den Himmel hinauf. Meine Arme und Beine zuckten vor Erschöpfung. Jede Faser meiner selbst war über Stunden angespannt gewesen und bereit, loszuschlagen. Ich hatte alles in meiner Macht Stehende getan, um sie in die Irre zu führen. Ich hatte sogar behauptet, Feuer in der entgegengesetzten Richtung gesehen zu haben. Aber als der kräftige Geruch von gebratenem Wildschwein zu uns herüberwehte, hatte es kein Halten mehr gegeben.

Meine Muskeln waren bretthart, während ich Harik und Steffan beobachtete. Sie alle. Ich war mir nicht sicher, was sie tun würden.

Und dann sah ich Morrighan. Ihre Augen. Ihr Gesicht.

Ich hasse dich, Jafir ... Ich werde dich bis zum letzten Atemzug hassen.

Das sollte sie auch. Ich schloss die Augen.

Wir brachen auf. Sie würde dankbar dafür sein. Sie würde mich nie wiedersehen müssen.

Aber ich würde sie immer vor mir sehen. Bis zum letzten Atemzug würde ich ihr Gesicht sehen, wenn ich nachts die Augen schloss, und wieder, wenn ich morgens erwachte. Ich würde mich zwingen, die letzten Worte zu vergessen, die ich aus ihrem Mund gehört hatte. Ich würde mich an andere erinnern.

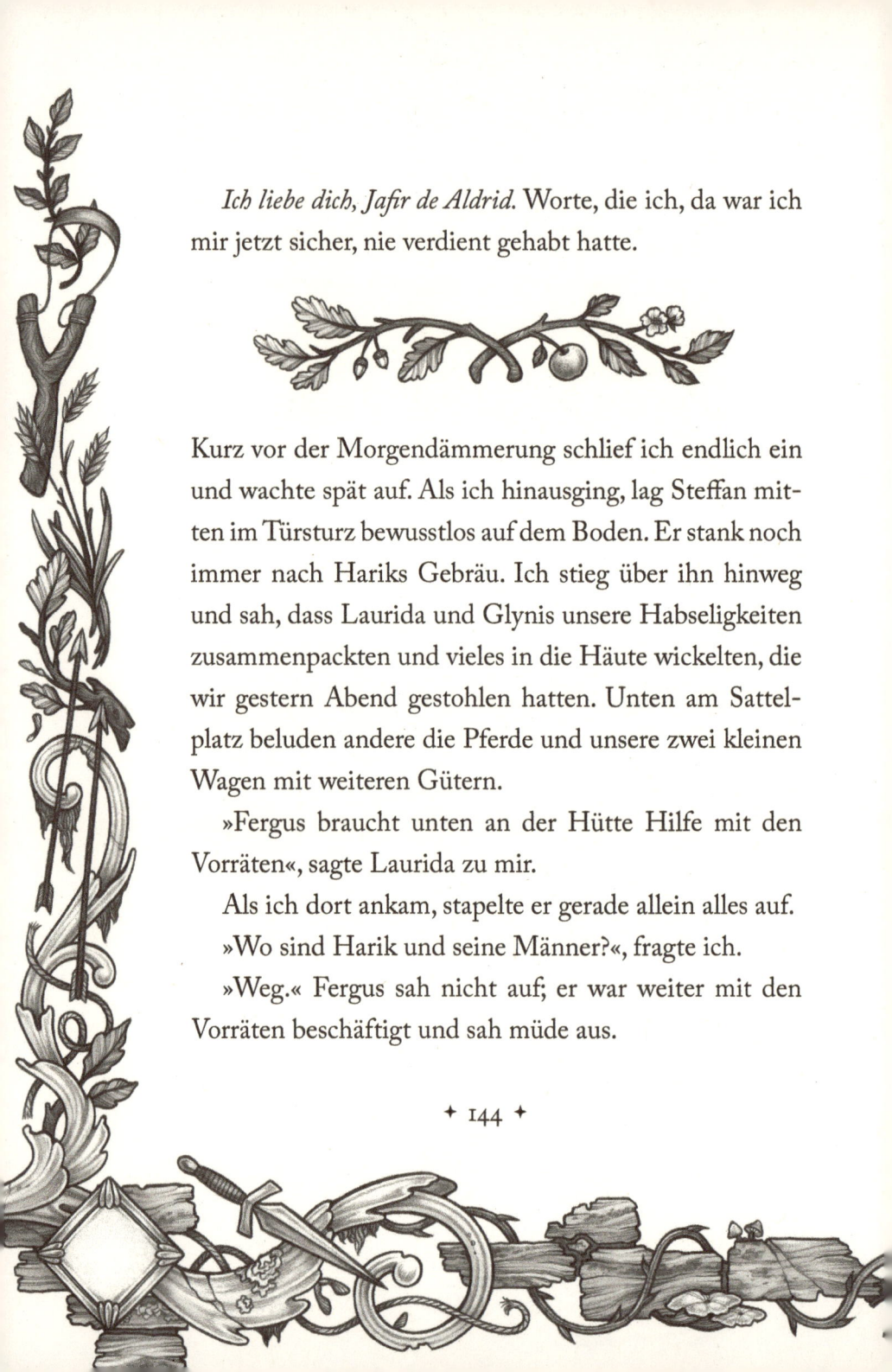

Ich liebe dich, Jafir de Aldrid. Worte, die ich, da war ich mir jetzt sicher, nie verdient gehabt hatte.

Kurz vor der Morgendämmerung schlief ich endlich ein und wachte spät auf. Als ich hinausging, lag Steffan mitten im Türsturz bewusstlos auf dem Boden. Er stank noch immer nach Hariks Gebräu. Ich stieg über ihn hinweg und sah, dass Laurida und Glynis unsere Habseligkeiten zusammenpackten und vieles in die Häute wickelten, die wir gestern Abend gestohlen hatten. Unten am Sattelplatz beluden andere die Pferde und unsere zwei kleinen Wagen mit weiteren Gütern.

»Fergus braucht unten an der Hütte Hilfe mit den Vorräten«, sagte Laurida zu mir.

Als ich dort ankam, stapelte er gerade allein alles auf.

»Wo sind Harik und seine Männer?«, fragte ich.

»Weg.« Fergus sah nicht auf; er war weiter mit den Vorräten beschäftigt und sah müde aus.

Ich warf einen Blick auf die Bestände. Es war noch alles da. »Hat Harik seinen Anteil nicht mitgenommen?«

»Sein Geschenk an uns. Ich glaube, er ist nicht gern mit leeren Händen abgezogen, aber er hatte mehr das Mädchen im Sinn als irgendwelche Sachen. Sie hat ihm genügt. Er hat sich bedankt, dass wir sie aufgespürt haben.«

Ich war ebenfalls übermüdet und dachte, ich hätte etwas nicht richtig verstanden. »Was meinst du damit: *Das Mädchen hat ihm genügt?*«

»Er glaubt, dass sie wie ihre Großmutter das Wissen hat. Er ist zurückgeritten, um sie zu holen, bevor es über die Brücke geht.«

»Er holt sie? Jetzt?«

»Das ist sein gutes Recht. Sie ist –«

»Nein!« Ich schüttelte den Kopf, während ich nach allen Seiten Ausschau hielt. *Denk nach, Jafir.* »Nein. Er kann doch nicht –«

»Hör auf, wie ein Kojote zu winseln!«, blaffte Fergus.

Ich fuhr zu ihm herum. »Wann ist er losgeritten?«

»Vor einer Stunde. Vielleicht ist es auch schon länger

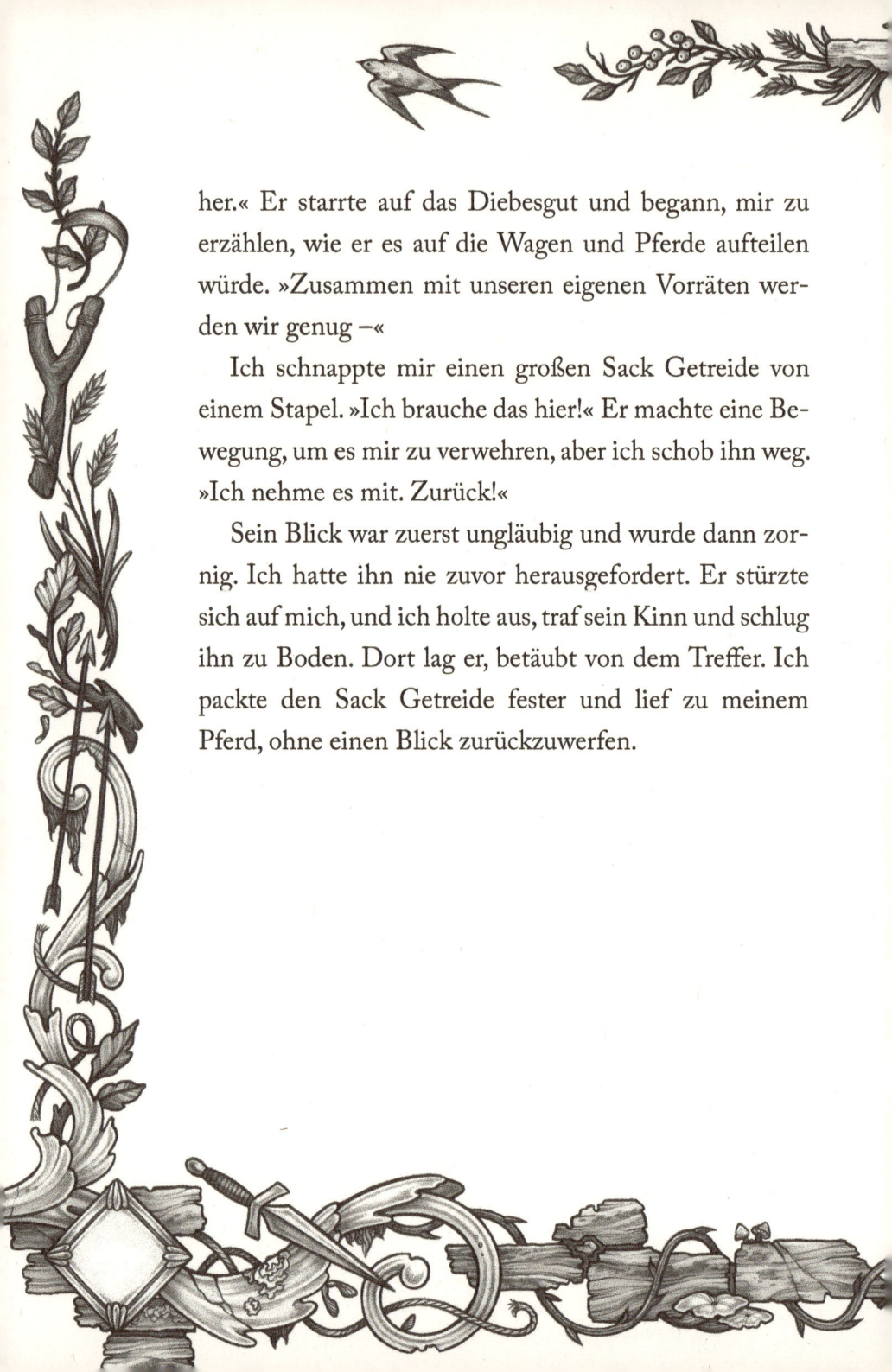

her.« Er starrte auf das Diebesgut und begann, mir zu erzählen, wie er es auf die Wagen und Pferde aufteilen würde. »Zusammen mit unseren eigenen Vorräten werden wir genug –«

Ich schnappte mir einen großen Sack Getreide von einem Stapel. »Ich brauche das hier!« Er machte eine Bewegung, um es mir zu verwehren, aber ich schob ihn weg. »Ich nehme es mit. Zurück!«

Sein Blick war zuerst ungläubig und wurde dann zornig. Ich hatte ihn nie zuvor herausgefordert. Er stürzte sich auf mich, und ich holte aus, traf sein Kinn und schlug ihn zu Boden. Dort lag er, betäubt von dem Treffer. Ich packte den Sack Getreide fester und lief zu meinem Pferd, ohne einen Blick zurückzuwerfen.

Kapitel 19

Morrighan

»Du kratzbürstiges Biest! Hör auf, dich zu wehren, oder ich schleife dich an einem Seil hinter uns her!« Hariks Hand schloss sich um meinen Arm wie eine Eisenklammer, und ich hielt vor Schmerz den Atem an. Ich nickte, damit er aufhörte. Ich hatte schon gefleht und nach Ama gerufen, die verzweifelt versucht hatte, uns zu folgen. Sie war jetzt weit hinter uns. Nichts würde ihn umstimmen.

Ich saß vor ihm auf seinem Pferd, und zwei seiner Männer, die fast so massig wie Harik waren, flankierten uns; weitere ritten dahinter. Hariks Brust war eine unüberwindliche Mauer in meinem Rücken, und seine Arme hatten sich um mich gelegt, um die Zügel zu halten und mich wie eine riesige Kette zu fesseln. Noch immer entrangen sich Schluchzer meiner Kehle.

»Und hör mit dem Geflenne auf!«, befahl er. »Ich bin dein Vater!«

»Du bist nicht mein Vater!«, stieß ich zornig hervor. »Du bist nichts!«

»Die Alte hat dich gegen mich aufgehetzt.«

»Das war gar nicht nötig. Du hast dir meinen Hass ganz allein verdient.«

»Morrighan«, sagte er, aber nicht zu mir, sondern zur Luft. Er stieß einen leisen Seufzer aus, als brächte ihm der Name nur Kummer. »Sie hat diesen Namen ausgesucht, lange bevor du geboren wurdest. Ich habe mir etwas aus deiner Mutter gemacht.«

Ich schloss die Augen. Ich wollte von ihm nichts über meine Mutter hören. Ich spuckte aus und wünschte mir, ich könnte mich stattdessen umdrehen und ihm ins Gesicht spucken. »Du hast dir so viel aus ihr gemacht, dass du meine Großtante auch noch geraubt hast?«

»Ich habe keine von beiden geraubt. Venda kam aus freien Stücken, und deine Mutter hat ihren Stamm nie verlassen. Sie hat sich heimlich mit mir getroffen. Wir wussten beide nicht, dass ihr Herz zu schwach war, um ein Kind zu bekommen.«

»Ich will nichts mehr darüber hören«, fauchte ich.

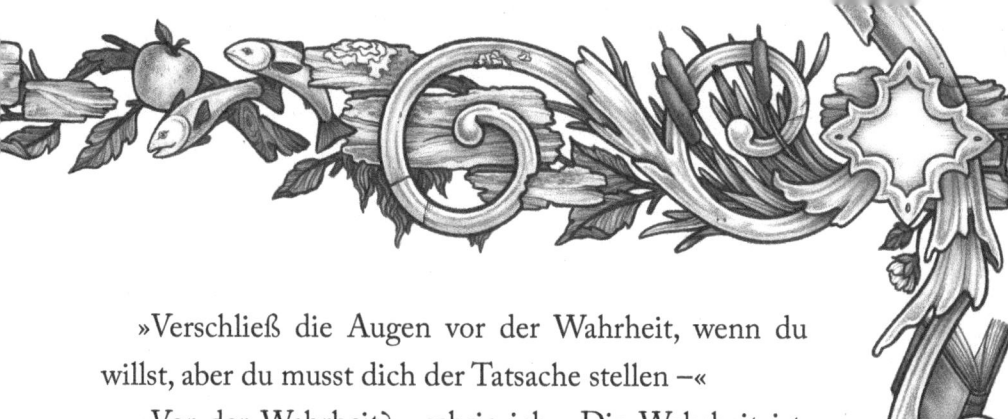

»Verschließ die Augen vor der Wahrheit, wenn du willst, aber du musst dich der Tatsache stellen –«

»Vor der Wahrheit?«, schrie ich. »Die Wahrheit ist, dass du meine Mutter betrogen hast! Du hast sie verraten! Genau, wie du Venda verraten hast.«

Ich spürte, wie seine mächtige Brust sich in einem wütenden Atemzug an meinem Rücken hob. »Es gibt viele Wahrheiten. Das ist die von Gaudrel. Meine ist eine andere. Sei jetzt still, Mädchen. Ich habe dein Geplapper satt. Du wirst ab jetzt in meinem Haus leben. Das ist alles, was du wissen musst.«

Einer seiner Männer schnaubte, als hätte Harik mir schon zu viel erlaubt. Ich war für sie weniger wert als eine Gefangene. Ich war ihr Besitz. Aber ich wusste, dass ich auch noch etwas anderes war. Etwas so Schmähliches, dass Ama nicht darüber reden wollte.

Ich war eine von ihnen. Zur Hälfte vom Blut der Plünderer. Hatte sie deshalb gelogen und gesagt, dass mein Vater tot sei? Hatte sie gehofft, dass sie damit die Erinnerung tilgen konnte, um so sie die Wahrheit zu verschleiern? Bestand die Gefahr, dass ein Teil von mir –

sein Teil – jederzeit an die Oberfläche kommen konnte? Ich bekam Gänsehaut bei dem Gedanken daran, und ich wünschte mir, ich könnte das Wissen über ihn aus meinem Kopf verbannen. Die abscheulichen Ruinen in der Ferne auf der anderen Flussseite wurden größer, zusammen mit der Festung, die bald mein Zuhause sein würde.

Ich dachte an meinen letzten Blick auf Ama, wie sie die Arme nach mir ausgestreckt hatte, und wieder schossen mir Tränen in die Augen.

Wir hatten eben eine Trage für Pata fertiggestellt, als sie kamen. In einer weiteren Stunde wären wir fort gewesen, aber niemand hatte ihre rasche Rückkehr erwartet. Wir besaßen nichts mehr, was sie uns hätten wegnehmen können – zumindest glaubten wir das.

Beim Reiten blitzte immer wieder die Erinnerung an Jafir in meinen Gedanken auf, wie er mit den anderen Plünderern aus der Dunkelheit auftauchte. Die turbulenten Ereignisse überschlugen sich, ganz im Gegensatz zu seinen Worten, die so beherrscht und wohlüberlegt wirkten: *Hast du mich verstanden? Und jetzt geh zurück zu den anderen.* Etwas daran fühlte sich nicht richtig an, es passte nicht zu allem anderen. *Geh zurück zu den anderen.*

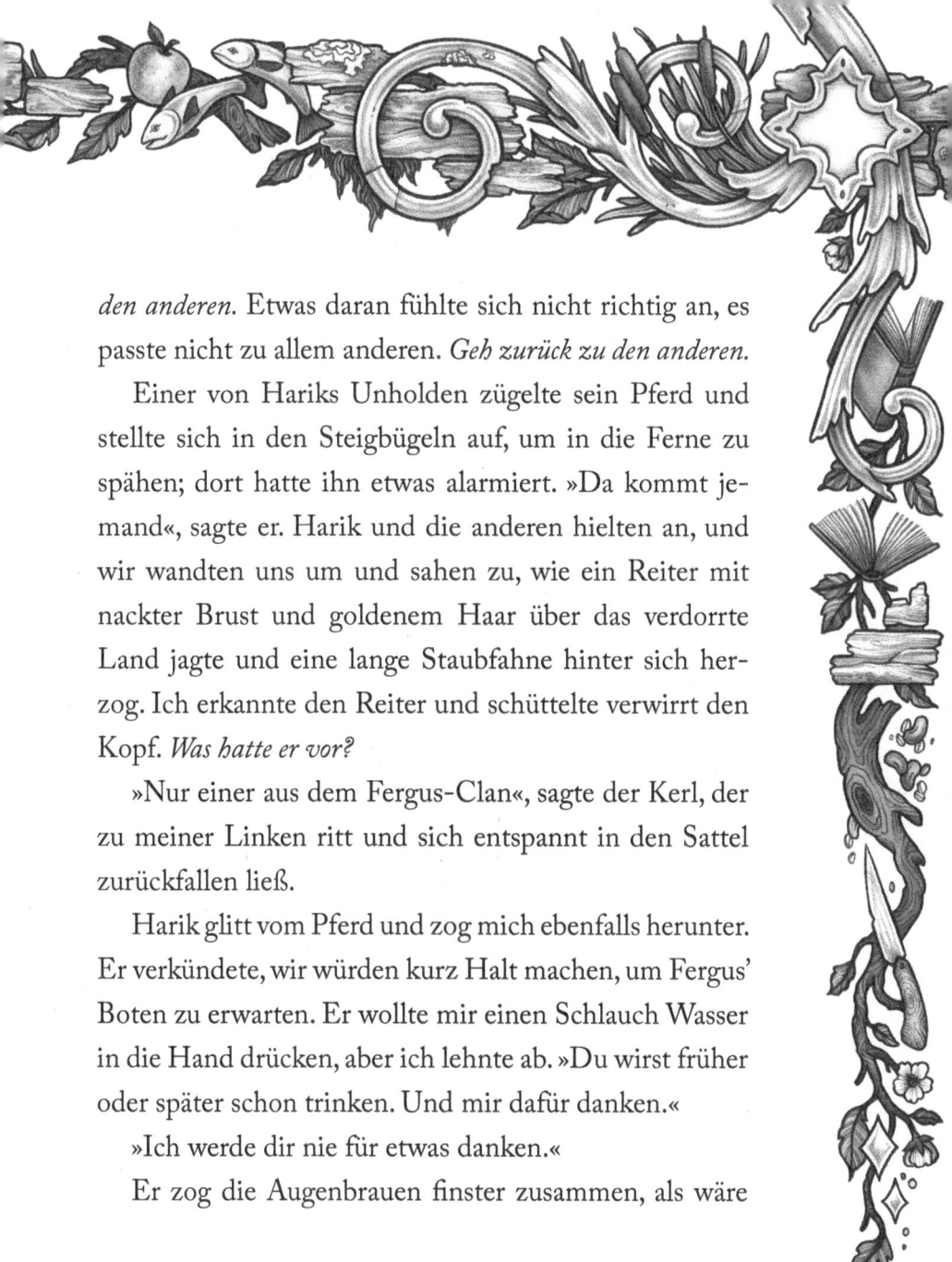

Einer von Hariks Unholden zügelte sein Pferd und stellte sich in den Steigbügeln auf, um in die Ferne zu spähen; dort hatte ihn etwas alarmiert. »Da kommt jemand«, sagte er. Harik und die anderen hielten an, und wir wandten uns um und sahen zu, wie ein Reiter mit nackter Brust und goldenem Haar über das verdorrte Land jagte und eine lange Staubfahne hinter sich herzog. Ich erkannte den Reiter und schüttelte verwirrt den Kopf. *Was hatte er vor?*

»Nur einer aus dem Fergus-Clan«, sagte der Kerl, der zu meiner Linken ritt und sich entspannt in den Sattel zurückfallen ließ.

Harik glitt vom Pferd und zog mich ebenfalls herunter. Er verkündete, wir würden kurz Halt machen, um Fergus' Boten zu erwarten. Er wollte mir einen Schlauch Wasser in die Hand drücken, aber ich lehnte ab. »Du wirst früher oder später schon trinken. Und mir dafür danken.«

»Ich werde dir nie für etwas danken.«

Er zog die Augenbrauen finster zusammen, als wäre

seine Geduld am Ende, und ich dachte schon, er würde mich schlagen – doch dann zögerte er, musterte mich, und etwas anderes tauchte in seinem Blick auf. Er schüttelte den Kopf und sah weg. Ich fragte mich, ob er etwas von meiner Mutter in mir gesehen hatte. Ama meinte immer, ich sähe genauso aus wie sie, von meinem Haar einmal abgesehen. Meine dunklen Locken waren wie die von Harik. *Ich habe mir etwas aus deiner Mutter gemacht. Wir haben uns heimlich getroffen.* Lügen. Alles Lügen.

Wildes Hufgetrappel näherte sich. Jafir zügelte sein Pferd, sodass es unvermittelt zum Stehen kam. Er sprang hinab, wich meinem Blick aus und sah nur zu Harik. Er verschwendete keine Zeit, um ihm den Zweck seines Besuchs mitzuteilen. »Ich bin für einen Tauschhandel gekommen. Ich habe einen Sack Getreide für euch als Gegenleistung für sie.«

Harik starrte ihn an. Dann endlich lachte er, als ihm klar wurde, dass Jafir es ernst meinte. »Ein einziger Sack Getreide? Für sie? Sie ist viel mehr wert.«

Jafirs Augen waren wie flüssiges Erz. »Das ist alles, was ich habe. Du wirst es nehmen.«

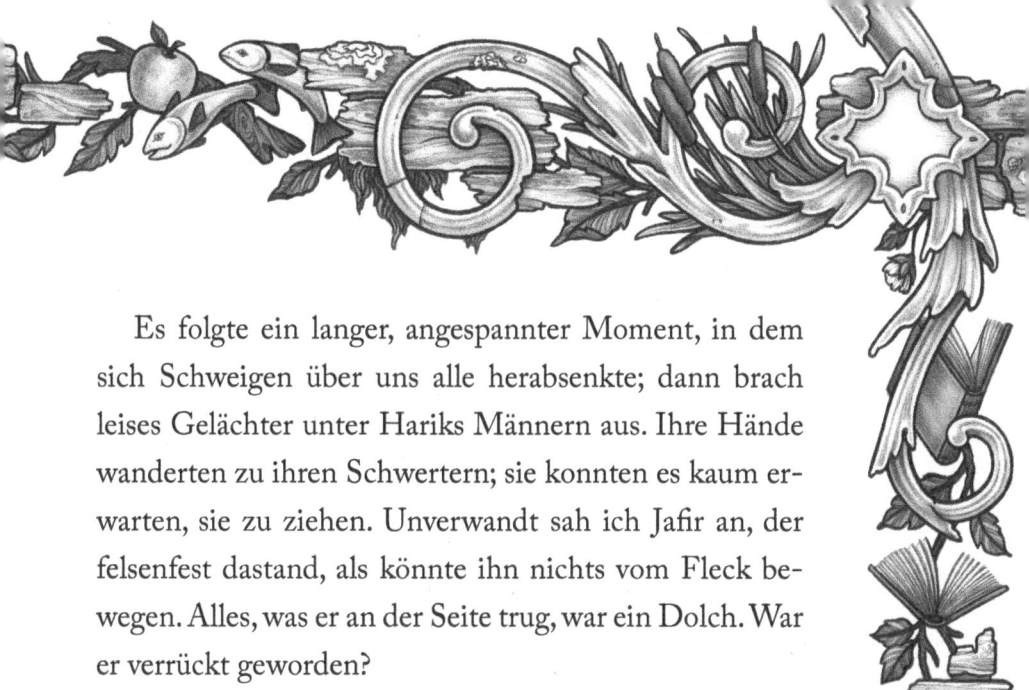

Es folgte ein langer, angespannter Moment, in dem sich Schweigen über uns alle herabsenkte; dann brach leises Gelächter unter Hariks Männern aus. Ihre Hände wanderten zu ihren Schwertern; sie konnten es kaum erwarten, sie zu ziehen. Unverwandt sah ich Jafir an, der felsenfest dastand, als könnte ihn nichts vom Fleck bewegen. Alles, was er an der Seite trug, war ein Dolch. War er verrückt geworden?

Ich würde mir das Herz herausschneiden, bevor ich zulasse, dass dir ein Leid geschieht.

»Hörst du dir selbst eigentlich zu, Junge?«, polterte Harik. »Bist du noch von gestern betrunken?«

»Ich bin nicht betrunken. Ich warte.«

»Und wenn ich mich nicht auf den Tausch einlasse – was dann?«

Jafirs Hand glitt zu seinem Dolch. Er zog ihn nicht, drohte aber damit. »Du bist ein Mann der Vernunft. Und du weißt, was wie viel wert ist. Du weißt, was das Beste ist. Du wirst das Getreide nehmen.«

Harik rieb sich übers Kinn, als würde ihn Jafirs Dreistigkeit erheitern; die andere Hand schloss sich um den Knauf seines Schwerts in der Scheide. Ich holte tief Luft und rang ein Ächzen nieder. Harik warf mir einen Blick zu, und unsere Blicke begegneten sich. Es verschlug mir den Atem. Er musterte mich, sein starrer Blick bohrte sich geradewegs in meinen Schädel. Schließlich knurrte er und schüttelte den Kopf. »Dann soll es so sein.«

Er wandte sich wieder Jafir zu, und dabei bildete sich auf seiner Stirn eine tiefe Furche, sein Blick wurde finster. »Du bist ein Dummkopf, Junge. Ich mache das bessere Geschäft. Die hier macht nichts als Ärger. Aber mach, was du willst! Nimm sie!« Er schubste mich Jafir entgegen, sodass ich stolperte und fast gefallen wäre. Als ich wieder festen Stand gefunden hatte, schaute ich unsicher zurück zu Harik, weil ich nicht wusste, ob es vielleicht nur eine Hinterlist war.

Sein Blick ruhte länger auf mir, als wollte er noch etwas sagen, doch dann drehte er sich unvermittelt zu seinen Männern um und rief: »Der Handel gilt! Holt das Getreide von seinem Pferd, dann verschwinden wir!«

Binnen Sekunden waren sie auf und davon. Ich beobachtete, wie sie davongaloppierten, auf die Brücke zu.

»Steig auf mein Pferd, Morrighan«, befahl Jafir. »Wir haben nicht viel Zeit.«

Ich wirbelte zu ihm herum. Zorn explodierte in mir, und meine Hand flog auf sein Gesicht zu. Sein Arm schoss nach oben, während seine Augen noch immer voller Feuer waren, und fing mein Handgelenk mitten in der Bewegung ab. Unsere Arme spannten sich gegeneinander an, unsere Blicke bohrten sich ineinander, und dann zog er mich an sich. Seine Arme umschlangen mich und hielten mich fest. Meine Raserei verschmolz mit Jammer, und ich schluchzte an seiner Brust.

»Ich hatte keine Wahl«, flüsterte er. »Steffan hat ihnen von dir erzählt. Ich bin mit ihnen geritten und habe versucht, sie von euch wegzulocken, aber sie haben den gebratenen Eber gerochen.«

Er machte sich steif und schob mich von sich. Straffte die Schultern. Er schien so anders zu sein als der Jafir von vor zwei Tagen. Distanziert. Härter. Wütender. Um Harik und seine Männer mit nichts weiter als einem Messer herauszufordern, war ein gewisser wilder Wahnsinn nötig. »Ich bringe dich jetzt zurück in euer Lager.«

»Du kaufst mich also nicht mit meinem eigenen Sack Getreide?«

Seine Nasenflügel blähten sich. »Nur zu. Sei zornig. Hasse mich. Von heute an wirst du mich nie mehr wiedersehen müssen. Das sollte dich doch freuen. Ich ziehe mit meinem Clan fort. Sie brauchen mich.«

Ich starrte ihn an. *Nie mehr wieder.* Ein vertrauter Schmerz schlängelte sich durch mich hindurch. Ich öffnete den Mund, aber es wollten keine Wörter herauskommen. »Ihr zieht fort«, wiederholte ich schließlich.

»Das hier kann doch nicht alles sein«, sagte er. »Das ist kein Leben. Es muss einen besseren Ort geben. Irgendwo. Einen Ort, an dem die Kinder meines Clans ein anderes Leben führen können als das, das ich hatte.« Er biss die Zähne zusammen und fügte bitterer hinzu: »Einen Ort, an dem man sich in jeden verlieben darf, ohne sich dafür rechtfertigen zu müssen.«

Er ergriff den Zügel seines Pferdes und bedeutete mir, aufzusteigen.

Alles, was ich wollte, war, zu meinem Stamm zurückzukehren, aber ich zögerte, weil ich ein seltsames Flattern spürte. *Irgendwo.* Alle Geschichten, die Ama erzählt hatte, nisteten sich in einer dunklen Höhle in mir ein. Jafir machte mir wieder Zeichen, ungeduldig diesmal, und ich schob den Fuß in den Steigbügel. Er stieg hinter mir auf und griff um mich, um die Zügel zu halten, wie er es so viele Male getan hatte. Aber jetzt fühlten sich seine Arme starr auf meiner Haut an, als würde er versuchen, mich nicht zu berühren. Wir ritten in verlegenem Schweigen los. Ich dachte an das Getreide, das er gegen mich eingetauscht hatte. *Mein Getreide.* Nicht seines. Ich hatte jedes Recht, wütend auf ihn zu sein. Ich schuldete ihm nichts.

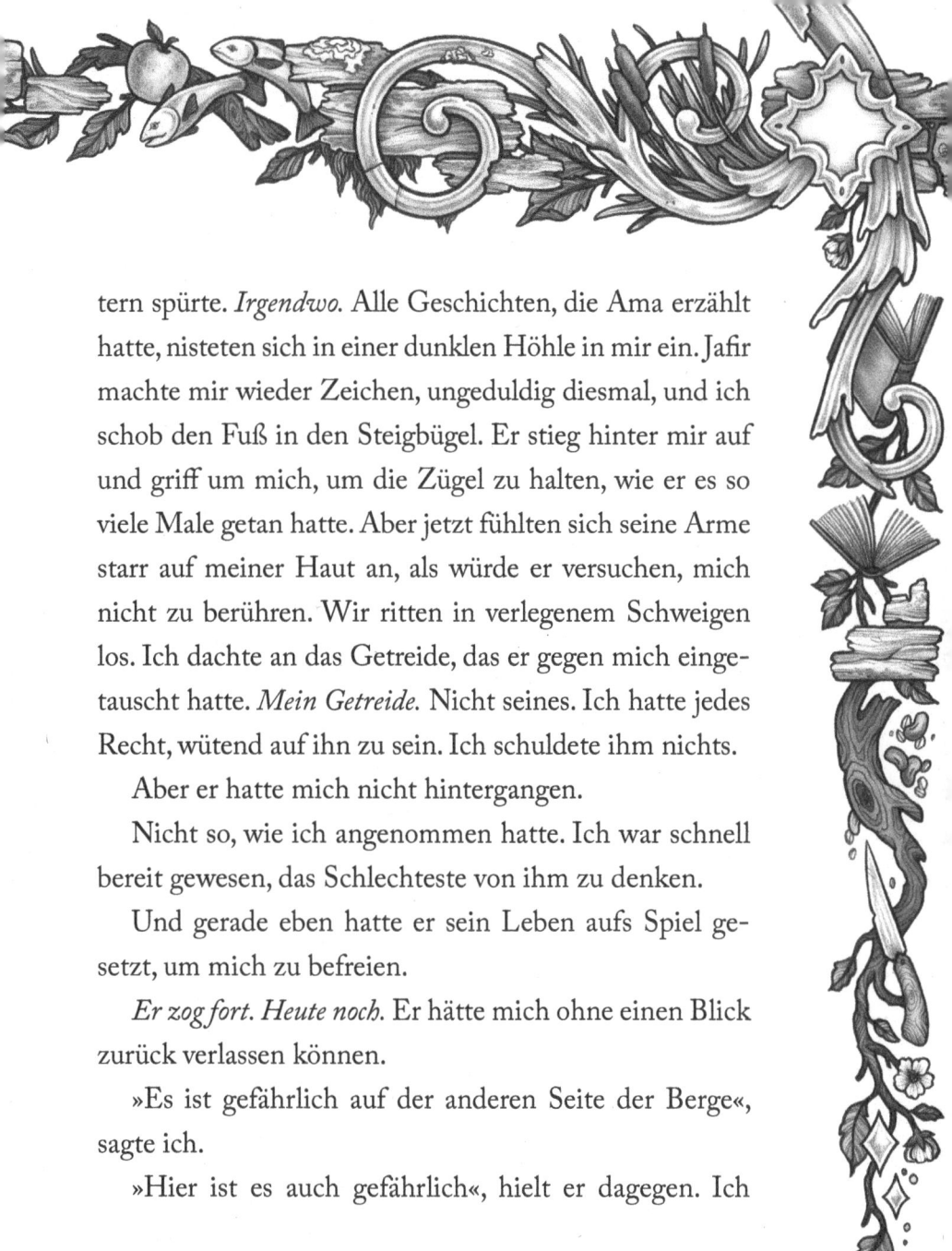

Aber er hatte mich nicht hintergangen.

Nicht so, wie ich angenommen hatte. Ich war schnell bereit gewesen, das Schlechteste von ihm zu denken.

Und gerade eben hatte er sein Leben aufs Spiel gesetzt, um mich zu befreien.

Er zog fort. Heute noch. Er hätte mich ohne einen Blick zurück verlassen können.

»Es ist gefährlich auf der anderen Seite der Berge«, sagte ich.

»Hier ist es auch gefährlich«, hielt er dagegen. Ich

lehnte mich zurück an seine Brust und zwang ihn, die Berührung auszuhalten. Er räusperte sich. »Piers hat gesagt, dass er das Meer hinter den Bergen gesehen hat, als er ein Junge war.«

»Er muss genauso alt sein wie Ama, wenn er sich daran erinnert.«

»Er erinnert sich nicht an viel. Nur an das Blau. Wir werden danach Ausschau halten.«

An ein Blau. An ein Meer, das es vielleicht nicht einmal mehr gab. Es war die Suche eines Narren. Und doch hatten Amas Erinnerungen auch meinen eigenen Träumen so lange Nahrung gegeben.

Gibt es dort wirklich solche Gärten, Ama?

Ja, mein Kind, irgendwo. Und eines Tages wirst du sie finden.

Irgendwo. Eines Tages. Ich strich das Haar zurück, das mir ins Gesicht flog, und sah geradeaus auf diese windgepeitschte, trostlose Landschaft, eine Landschaft, die endlos war, und eine neue Art von Verzweiflung packte mich. Ich würde niemals diese Gärten finden, nicht, ohne sie zu suchen, und Jafir –

Die Verzweiflung, die in meiner Brust kreiste, drückte sie zusammen. *Jafir wird niemals sein Blau finden.* Er und sein Clan würden es niemals schaffen. Sie würden alle zugrunde gehen. *Bald.* Ich spürte das Wort in meinen Eingeweiden brennen, so sicher, wie ich Jafirs Brust an meinem Rücken spürte. Sie würden sterben. Meine Schultern erschauerten bei diesem Gedanken. War dies das Wissen oder nur meine eigene Angst vor dem Unbekannten, in das er ritt?

»Jafir –«

»Was?«, gab er scharf zurück, als könnte er es nicht mehr ertragen, weitere Einwände von mir zu hören.

Es gibt keine Zukunft für uns, Morrighan. Es kann nie eine geben.

Ich schüttelte den Kopf. »Nichts.«

Ich hatte einmal gehofft, dass es einen Weg für uns geben könnte, aber jetzt erschien mir dies so verloren und fern wie Amas Gärten.

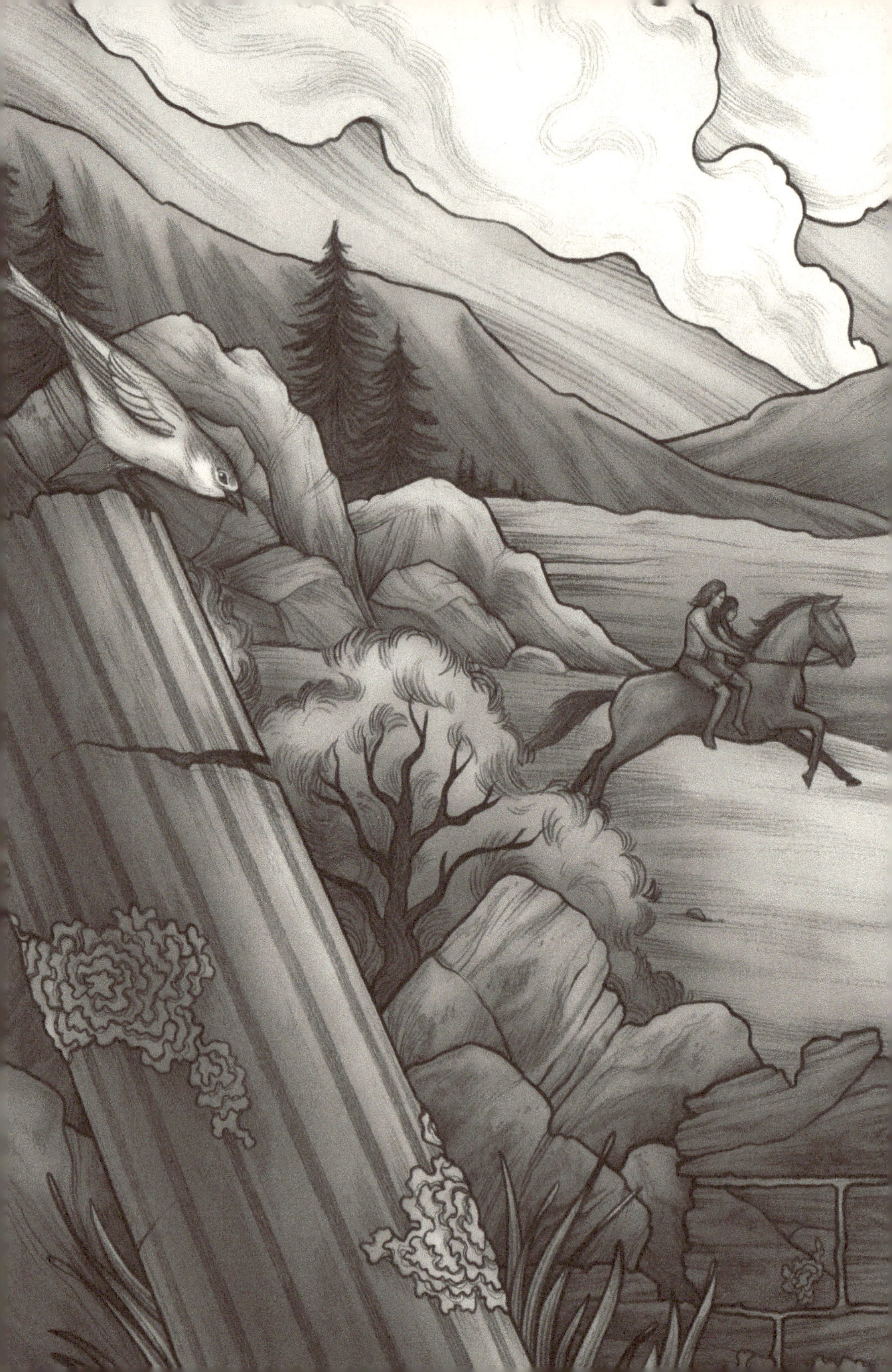

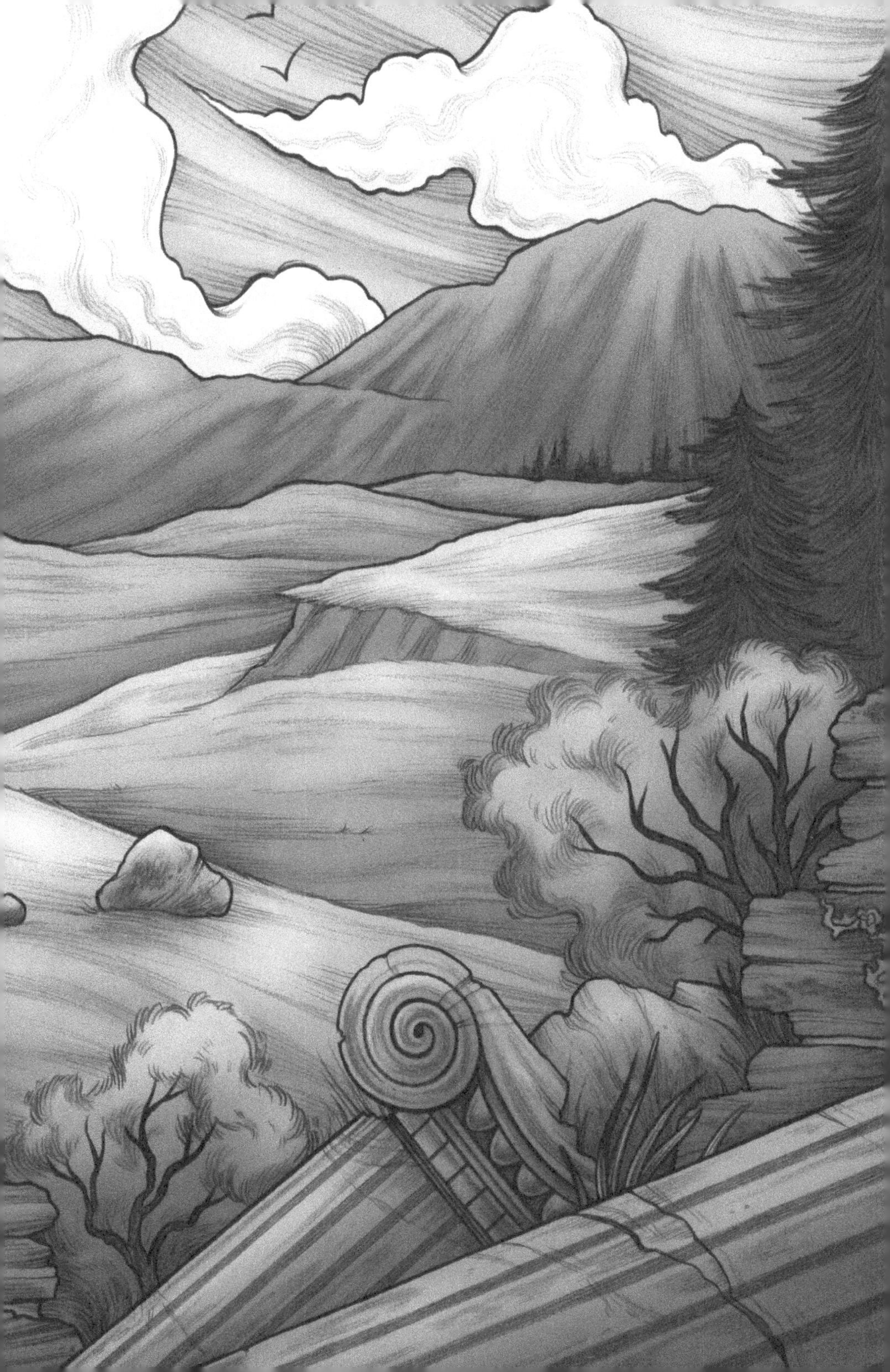

KAPITEL 20

Morrighan

WIR SAHEN SIE ZUR GLEICHEN ZEIT. Es war eine Staubwolke, die hinter einer Anhöhe aufstieg, und binnen Sekunden verwandelte sich die Wolke in etwas anderes. Eine Karawane. Bepackte Pferde. Es sah aus wie eine kleine Stadt, obwohl ich bereits wusste, wie viele es waren. Jafir hatte es mir gesagt. Siebenundzwanzig, darunter acht Kinder. Sie entdeckten uns ebenfalls, und sieben lösten sich aus der Karawane, ein wilder Haufen aus Hufen, Muskeln und Tollheit, der auf uns zuhielt.

Jafir zog fluchend an den Zügeln.

Binnen Sekunden waren sie bei uns, und ihre Pferde schäumten und stampften, als wären Mensch und Tier von einer besonders grimmigen Art von Hunger befallen.

»Absteigen«, befahl einer.

Jafir flüsterte mir zu, wie er hieß. Es war Fergus, sein Vater. Ich hatte ihn beim Überfall gesehen. Ich glitt aus dem Sattel, und Jafir tat es mir nach. »Bleib hinter mir«, sagte er. Aber als sie abstiegen, bewegten sie sich wie ein gerissenes Rudel Wölfe und brachten sich in einem Kreis um uns in Stellung, sodass es kein Entrinnen gab. Das Herz zersprang mir fast in der Brust.

Ohne Vorwarnung machte Fergus einen Satz nach vorn, seine Faust flog durch die Luft und traf Jafir, sodass er rückwärts in die Arme von zwei anderen flog. Sie fingen ihn auf, damit er nicht stürzte. Blut rann aus Jafirs Mund.

Ich schrie auf und wollte zu ihm laufen, aber Steffan packte meine Arme und riss mich zurück.

»Wo ist mein Getreide?!«, schrie Fergus mit wutverzerrtem Gesicht.

»Ich habe es Harik gegeben. Es ist weg.«

Fergus starrte mich an, und dabei fielen ihm fast die Augen aus dem Kopf. »Für sie?!«, brüllte er ungläubig. »Du hast es ihm für *sie* gegeben?«

Jafir wischte sich mit dem Handrücken über den Mund. »Er und ich haben ein Geschäft gemacht. Du musst dich daran halten. Lass sie gehen, oder du wirst es mit Harik zu tun bekommen.«

Fergus fletschte knurrend die Zähne. »Mich an Abtrünnigkeit halten?« Er lachte, kam zu mir herüber und brachte sein Gesicht ganz nah an meines. Sein Atem roch säuerlich, und seine Augen wirkten schmal wie Schlitze aus schwarzem Glas. »Du hast das Wissen, Mädchen?«

Ich zögerte, weil ich nicht sicher war, was ich darauf erwidern sollte. Ich war diesem Mann die Wahrheit nicht schuldig und mir dessen gewiss, dass es nicht klug war, ihm auch nur irgendetwas zu geben, was er wollte. Jafir beobachtete mich mit Kummer in den Augen. Er schüttelte unmerklich den Kopf. *Nein.* Ich kannte die Botschaft, die er mir zu schicken versuchte. Wenn ich keinen Wert für sie hatte, würden sie mich vielleicht doch gehen lassen.

Ich blickte auf die Menge, die sich hinter ihm sammelte. Der Rest des Clans hatte aufgeschlossen, und ein Meer aus ausgemergelten Gesichtern blickte mir entgegen. Ein Säugling schrie. Ein anderes Kind weinte.

Bald. Vier Tage noch. Tot.

Diesmal hatte ich keinen Zweifel. Die Worte setzten

sich in meiner Brust fest. Ja, ich hatte das Wissen. Ich wünschte mir fast, es wäre nicht so.

»Antworte mir!«, brüllte Fergus.

»Nein«, flüsterte ich.

Er stieß frustriert die Luft aus und packte mich am Kinn. Er drehte es auf die eine, dann auf die andere Seite. Und sah Steffan an, der mich festhielt. »Gesund genug für eine Ehefrau. Sie gehört dir, Steffan. Sie sollte imstande sein, ein Balg oder zwei auszutragen – mein Getreide soll nicht verschwendet sein.«

»Nein!«, rief ich. »Ich werde niemals –«

Jafirs Brüllen folgte unmittelbar auf meinen Schrei. »Du kannst Harik nicht die Stirn bieten! Er –«

Fergus fuhr herum und rammte Jafir die Faust in den Magen, so heftig und brutal, dass die Männer, die Jafir festhielten, einen Schritt rückwärts taumelten. Er schlug ihn noch einmal, diesmal in die Rippen.

»Aufhören!«, schrie ich, während ich versuchte, mich aus Steffans Umklammerung zu befreien, doch seine Finger waren wie Stahl und gruben sich in meine Arme. Jafirs Kopf rollte zur Seite, und seine Beine knickten unter ihm ein. Nur die Männer, die seine Arme festhielten, verhinderten, dass er zu Boden fiel. Jafir hustete und spuckte Blut.

»Wie du mir die Stirn geboten hast?«, rief Fergus. Er packte Jafir beim Schopfe und riss seinen Kopf zurück, sodass er ihn anschauen musste. Jafirs blauer Blick blieb trotzig.

»Du hast den Clan betrogen«, knurrte Fergus. »Du hast mich hintergangen. Du hast uns das Essen vom Mund weg geraubt. Du bist nicht mein Sohn. Genau wie Liam nicht mein Bruder war.« Er zog sein Messer und hielt es Jafir an den Hals.

»Nein!«, schrie ich. »Warte!«

Fergus sah mich an.

»Harik hatte recht! Ich habe das Wissen, und es ist stark in mir! Deshalb wollte er mich«, keuchte ich. »Ich werde euch sicher durch die Berge führen und ein gutes Stück weiter, aber nur unter einer Bedingung – ich tue es als Jafirs und nicht als Steffans Frau.«

»Halts Maul!«, schrie Steffan und schüttelte mich.

Fergus grinste höhnisch. »Schau dich nur an, Mädchen. Du bist nicht in der Position, Bedingungen zu stellen. Du wirst uns führen, weil ich es befehle.«

Eine Frau zwängte sich an den anderen vorbei und legte Fergus die Hand auf die Schulter. »Gib ihr, was sie will, Fergus. Wenn sie nichts mehr zu hoffen hat, hält sie doch nichts davon ab, uns ins Verderben zu führen, oder?«

»Oder sich auf halbem Weg in der Wildnis davonzustehlen und uns sterben zu lassen«, rief eine andere Frau. Ein angstvolles Raunen lief durch den gesamten Clan.

»Ruhe!«, brüllte Fergus mit dem Messer in der Hand. »Sie wird tun, was ich sage, wenn sie ihr Leben behalten will!«

Du wirst tun, was ich sage, wenn du leben willst, hätte ich ihm am liebsten entgegnet. *Schon in vier Tagen von heute an. Ich habe euch alle tot gesehen. Ein Gemetzel. Verstreute Leichen, nach denen die Bussarde picken.* Aber ich hielt meine Zunge im Zaum, denn Fergus' Bewegungen waren fahrig, und er fuchtelte noch immer viel zu dicht an Jafirs Kehle mit dem Messer herum.

Ein großer Mann trat vor. Er war größer und älter als

Fergus, ein dicker Zopf aus weißem Haar fiel ihm auf den Rücken herab. »Der Weg ist ungewiss. Es wäre uns allen gedient, jemanden von ihrem Schlag zu haben, der uns den Weg finden hilft«, sagte er. »Aber Laurida hat recht – wenn das Mädchen auf nichts mehr hoffen kann, bedeutet das vielleicht unseren Untergang.«

Fergus machte ein paar Schritte und steckte sein Messer wieder in die Scheide. Er schien die Worte des Mannes abzuwägen und ließ den Blick über den Clan und ihre sorgenvollen Gesichter gleiten. Dann kam er zurück zu mir, streckte die Hand nach meinem Haar aus und befühlte eine Strähne. »Also schön, Morrighan von den Verbliebenen. Ich gehe einen Handel mit dir ein. Wenn du uns an einen Ort führst, der nach meinem Geschmack ist, und ich mit deiner Hilfsbereitschaft unterwegs zufrieden bin, wirst du am Ende der Reise Jafirs Frau. Wenn nicht, wirst du Steffans Frau. Bist du ohne Widerspruch damit einverstanden?«

Ich wusste, dass ich diesen Mann niemals würde zufriedenstellen können. Er würde nie in meine Bedingung einwilligen, und es gab nichts, was ich dagegen tun konnte. Sie warteten alle auf meine Antwort, darunter auch eine junge Mutter, deren Lippen an der Wange ihres Säuglings zitterten. Wenn ich Fergus' Bedingungen zustimmte, würde ich Jafir und mir mehr Zeit erkaufen – und vielleicht auch allen anderen, die hier hinter Fergus standen.

»Ja«, antwortete ich.

Erleichtertes Gemurmel lief durch die verwilderte Gruppe, und Fergus sagte zu Steffan, er solle mich loslassen; dann nickte er den Männern zu, die Jafir festhielten. Sie lockerten ihren Griff, und er fiel hustend zu Boden. Ich lief zu ihm und kniete mich neben ihn. Sein Atem ging rasselnd, und er hielt sich die Rippen. Ich bettete seinen Kopf in meinen Schoß und wischte ihm mit meinem Rock das Blut vom Mund.

»Morrighan«, wollte er schon protestieren, aber ich legte ihm schnell den Finger auf die Lippen. Er wusste, was ich wusste. Sein Vater würde mir nichts schenken.

»Schsch«, flüsterte ich. Vor Tränen sah ich nur noch verschwommen. Ich beugte mich über ihn, damit niemand sonst es hören konnte. »Vorerst ist dies der einzige

Weg. *Ein Weg für uns.* Ich liebe dich, Jafir de Aldrid. Ich werde dich immer lieben.«

Ich sah wieder zu Fergus. Er und Steffan standen Schulter an Schulter, ihre Augen glänzten siegesgewiss. Der Clan war besänftigt, und Fergus würde bekommen, was er wollte. In der Zwischenzeit verschaffte diese Vereinbarung, wie vergänglich sie auch sein mochte, uns mehr Zeit. Das Einzige, was gewiss war, war dies: Am Ende dieser Reise würde ich die Frau eines Aldrid werden.

Kapitel 21

Jafir

»Sei still«, befahl Morrighan. »Sie beobachten uns.«

Sie beobachteten uns immer, zusammengerollt und bereit, zuzustoßen wie Schlangen. Mein Vater und Steffan vertrauten mir nicht mehr, als ich ihnen vertraute, obwohl ich viel weniger eine Bedrohung darstellte. Ich konnte kaum gehen, geschweige denn gegen einen von ihnen zu einem Schlag ausholen. Eine meiner Rippen war gebrochen. Vielleicht waren es auch zwei. Ich konnte nicht einmal mehr reiten, daher ging ich mit dem Rest des Clans zu Fuß. Jeder Atemzug war eine Qual, der Kiefer versteift und geschwollen, was auch mein leises Gespräch mit Morrighan erschwerte. War mein Kiefer gar gebrochen? Jedes Wort, das ich sprach, schickte einen blendenden Blitz durch meinen Schädel.

»Sobald sich die Gelegenheit bietet, musst du weglaufen«, flüsterte ich. Ich fürchtete, dass sie bald den

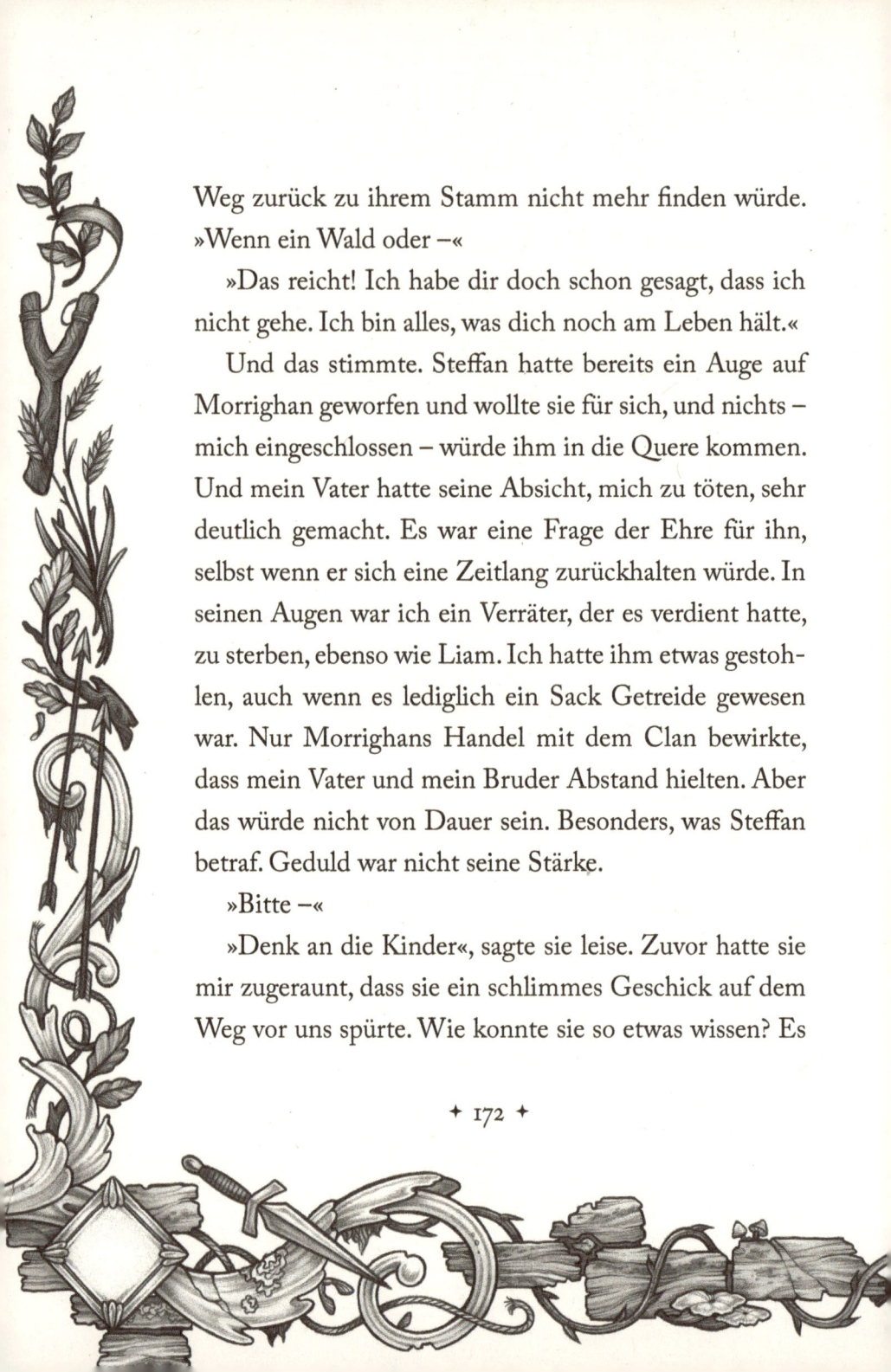

Weg zurück zu ihrem Stamm nicht mehr finden würde. »Wenn ein Wald oder –«

»Das reicht! Ich habe dir doch schon gesagt, dass ich nicht gehe. Ich bin alles, was dich noch am Leben hält.«

Und das stimmte. Steffan hatte bereits ein Auge auf Morrighan geworfen und wollte sie für sich, und nichts – mich eingeschlossen – würde ihm in die Quere kommen. Und mein Vater hatte seine Absicht, mich zu töten, sehr deutlich gemacht. Es war eine Frage der Ehre für ihn, selbst wenn er sich eine Zeitlang zurückhalten würde. In seinen Augen war ich ein Verräter, der es verdient hatte, zu sterben, ebenso wie Liam. Ich hatte ihm etwas gestohlen, auch wenn es lediglich ein Sack Getreide gewesen war. Nur Morrighans Handel mit dem Clan bewirkte, dass mein Vater und mein Bruder Abstand hielten. Aber das würde nicht von Dauer sein. Besonders, was Steffan betraf. Geduld war nicht seine Stärke.

»Bitte –«

»Denk an die Kinder«, sagte sie leise. Zuvor hatte sie mir zugeraunt, dass sie ein schlimmes Geschick auf dem Weg vor uns spürte. Wie konnte sie so etwas wissen? Es stand nicht an den Himmel geschrieben oder im Wind. Oder versuchte sie nur, mich zum Schweigen zu bringen?

Petra, Iris und Skye, die drei ältesten Kinder, gingen vor uns. Die Jüngeren saßen auf Vorräten und Getreidesäcken in den Wagen. Sie alle bedachten Morrighan mit argwöhnischen Blicken, und das taten auch ihre Mütter. Die meisten von ihnen hatten vom Wissen gehört, dem geheimnisvollen Sinn, den einige Angehörige der Stämme besaßen. Selbst der große Harik ehrte das Wissen. Bei Morrighan wirkte es natürlich und praktisch und nicht so sehr magisch. Damals, während unserer friedlichen Tage auf der Wiese, hatte sie versucht, mir zu verstehen zu helfen. *Es ist eine Art, das Universum wahrzunehmen. Nur so haben die Altvorderen in jenen frühen Jahren überlebt. Als sie alles verloren hatten, mussten sie zur Sprache des Wissens zurückfinden, die tief in ihnen vergraben lag. Du musst lernen, der Stärke in dir zu vertrauen, Jafir.*

Stärke. Das Wort schmeckte bitter auf meiner Zunge. Alles, was ich jetzt noch in mir spürte, war Schmerz – und Angst, so dunkel wie ein Sturm. Angst, dass ich zu angeschlagen war, um Morrighan beschützen zu können.

Aber das würde ich. Irgendwie.

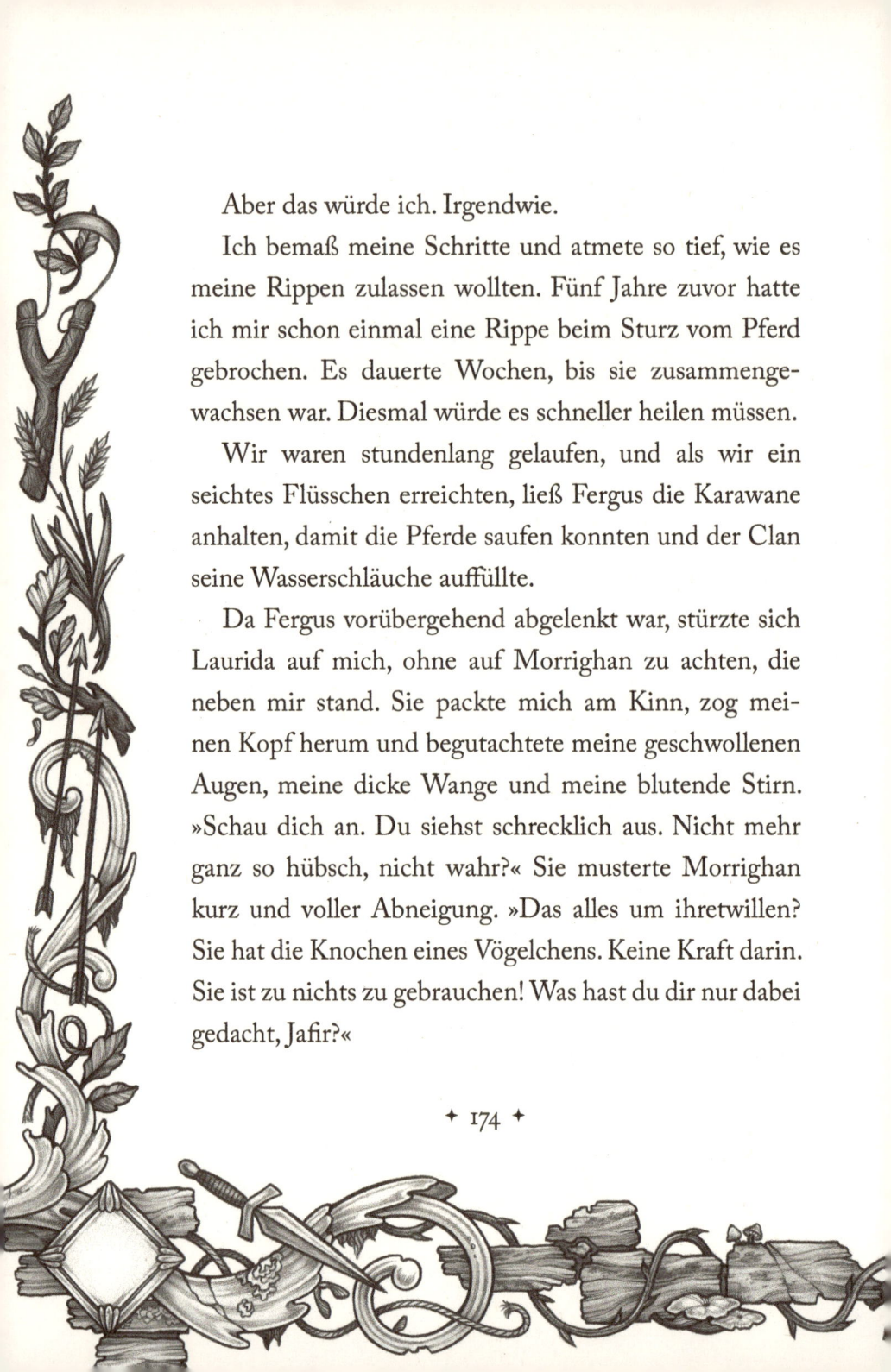

Ich bemaß meine Schritte und atmete so tief, wie es meine Rippen zulassen wollten. Fünf Jahre zuvor hatte ich mir schon einmal eine Rippe beim Sturz vom Pferd gebrochen. Es dauerte Wochen, bis sie zusammengewachsen war. Diesmal würde es schneller heilen müssen.

Wir waren stundenlang gelaufen, und als wir ein seichtes Flüsschen erreichten, ließ Fergus die Karawane anhalten, damit die Pferde saufen konnten und der Clan seine Wasserschläuche auffüllte.

Da Fergus vorübergehend abgelenkt war, stürzte sich Laurida auf mich, ohne auf Morrighan zu achten, die neben mir stand. Sie packte mich am Kinn, zog meinen Kopf herum und begutachtete meine geschwollenen Augen, meine dicke Wange und meine blutende Stirn. »Schau dich an. Du siehst schrecklich aus. Nicht mehr ganz so hübsch, nicht wahr?« Sie musterte Morrighan kurz und voller Abneigung. »Das alles um ihretwillen? Sie hat die Knochen eines Vögelchens. Keine Kraft darin. Sie ist zu nichts zu gebrauchen! Was hast du dir nur dabei gedacht, Jafir?«

»Sie ist stark auf eine Weise, die du nicht sehen kannst.«

Laurida knurrte misstrauisch. »Fordere ihn nicht noch einmal heraus, hörst du mich? Sonst lege ich auch Hand an dich an.« Sie warf einen Blick über die Schulter, um sicherzugehen, dass Fergus noch immer am Fluss beschäftigt war. »Denk daran, tief zu atmen, egal, wie weh es tut, damit deine Brust frei bleibt. Und schlaf an einen Getreidesack gelehnt. Dann heilt es schneller.«

Endlich wandte sie sich Morrighan zu. »Mach dich nützlich, Mädchen. Jede Minute jedes Tags. Selbst wenn du dafür lügen und betrügen musst. Deine Götter bedeuten uns nichts, und hier draußen haben sie noch weniger zu bedeuten.« Sie wies mit dem Kinn auf die Wildnis um uns her. »Schläue und List sind alles, was dich jetzt retten kann.«

KAPITEL 22

Morrighan

DREI TAGE WAREN EIN GANZES LEBEN. Es schien mir, als wären wir eine Ewigkeit gelaufen. Fergus kannte keine Gnade, er peitschte Tiere wie Menschen in scharfem Tempo vorwärts, trotz der Sommerhitze. Wir waren über braune Hügel gekommen, die braune Täler voneinander trennten. Alles sah gleich aus. Schatten war ein rarer Schatz. Ich war noch nie so weit nach Westen gekommen, und jetzt wusste ich, warum. Es war, wie Ama gesagt hatte. Eine schreckliche Größe hatte sich über das Land gewälzt.

Manchmal blieb ich stehen und horchte, und Jafir fragte: »Was ist?« Wie konnten er und die anderen das nicht hören? Die Wildnis heulte vor Trostlosigkeit und trug die Schreie derer heran, die schon lange tot waren, der Millionen Altvorderen, die nicht überlebt hatten und deren Flehen im Wind kreiste und nach Frieden suchte.

Manchmal sah man Knochen, gebleicht und hell in der Sonne – ob von Mensch oder Tier, konnte ich nicht sicher sagen, denn ich sah nicht genauer hin. Das Herz kann nur eine bestimmte Last aushalten, und meines ächzte bereits unter gedrückter Stimmung. Gelegentlich tauchte hohes braunes Gras und ein Gehölz aus schmutzig grauen Bäumen auf und bot magere Hoffnung und ein paar Grashüpfer zum Hamstern, doch dann wich all das wieder der Verwüstung, die keine Grenzen zu kennen schien.

Fergus rümpfte höhnisch die Nase über die Grashüpfer. Nicht so ich. Ich füllte die Taschen mit den wenigen, die ich fand, während ich Lauridas Worte wieder und wieder in meinem Kopf hörte. *Keine Stärke! Überhaupt kein Nutzen!* Ich spürte jedes Wort bis ins Mark. *Schläue und List sind alles, was dich jetzt retten kann.* Aber ich fühlte mich nicht schlau und listig. Nur voller Angst. Das Wissen war ein Flüstern, während die Wildnis ein gellender Schrei war. Ich war mir noch nie so klein und schwach vorgekommen.

Ich machte mir Sorgen um Jafir und beobachtete ihn

unentwegt, weil ich fürchtete, dass er infolge seiner Verletzungen zusammenbrechen könnte. Ich sah die Strapazen in seinen Augen, die Anstrengung, die es ihn kostete, sich auf den Beinen zu halten. Aber jeden Tag sah ich auch, wie eine grimmige Stärke in ihm wuchs, die ich vorher nicht an ihm wahrgenommen hatte, während er sich weigerte, ihre Köder zu schlucken oder sich ihren Herzlosigkeiten geschlagen zu geben. Wie hatte er ein ganzes Leben voll solcher Grausamkeit ertragen können? Wie hatte er je in sich selbst das Mitgefühl und die

Freundlichkeit finden können, die er mir erwiesen hatte? Um seinetwillen suchte ich tief in mir nach dem letzten Fetzen Stärke, den ich besaß. Ich war noch nie so weit und so lang in dieser unbarmherzigen Hitze gelaufen, aber ich wagte nicht, stehen zu bleiben.

Dennoch hielt ich gegen Ende unseres dritten Tags unaufgefordert inne. Ein salziger Geschmack kroch überallhin, unter meine Haut, hinter meine Augen, über meine Lippen. Blut. Frisch. Ganz in der Nähe. In meiner Brust schmerzten die Worte, die sich vor drei Tagen in mich verkrallt hatten. *Bald. Tot.* Die Luft drängte sich dicht wie eine Faust um uns, und ich spürte Schreie in meinen Knochen, die darauf warteten, in die Wirklichkeit geboren zu werden. Die Härchen in meinem Nacken sträubten sich.

»Was ist los?«, fragte Jafir, aber ich lief ohne eine Antwort zu den Anführern der Karawane.

»Anhalten!«, befahl ich und riss die Hände hoch. »Anhalten!«

Reeve und Jonas riefen widerstrebend das Kommando. Ich hatte sorgfältig auf meine Worte und Taten geachtet, um Fergus' Aufmerksamkeit nicht auf mich zu lenken, aber jetzt ließ sich das nicht mehr vermeiden. Wir standen gerade unmittelbar davor, in ein Tal abzusteigen. Fergus fand sich im Handumdrehen ebenfalls am Kopf der Karawane ein; sein Pferd tänzelte ungeduldig hin und her. »Nicht hier entlang«, sagte ich. »Nach Norden. Wir müssen nach Norden. Sofort.«

Seine Augen leuchteten rachelüstern auf. Es war, als hätte er nur auf diesen Moment gewartet. Er stieg von seinem Pferd, und obwohl er mir fast auf die Zehen trat, sprach er so laut, dass alle es hören konnten. »Zu welchem Zweck, Mädchen? Das ist der schnellste Weg«, sagte er und deutete ins Tal hinab. »Ich sehe da unten dichte Haine voller Bäume, die uns Schatten spenden werden. Der Norden ist kalt und heimtückisch. Ich glaube, du willst uns in die Irre führen, und zwar aus ganz eige–«

»Ich warne euch«, sagte ich bestimmt. »Dort vorn lauert Gefahr. Es gibt viele Arten von Plünderern in diesem Land. Und diese Strecke –«

»Fergus«, flüsterte Reeve. »Ich sehe etwas.«

Piers ritt vor und blinzelte in die Ferne. »Rauch«, bestätigte er. Der Clan rückte enger zusammen. Eine dünne Rauchsäule stieg am Horizont auf.

Nur zwei Dinge verursachten Feuer – Blitze und Menschen. Am Himmel waren keine Wolken.

»Was für Leute sollten hier draußen in dieser Wildnis sein?«, fragte Glynis und trat näher zu Piers.

»Räuber!«, rief Tory.

Glynis und Piers nickten beide.

»Es könnten Reisende sein, genau wie wir«, blaffte Fergus.

»Aber sie hat es *gewusst*«, sagte Laurida. »Sie war am Ende der Karawane, und bevor irgendjemand den Rauch gesehen hat, wusste sie es und spürte die Gefahr.«

Fergus funkelte sie an, doch ein rastloses Gemurmel durchlief bereits den Clan.

Er wandte sich wieder mir zu. Sein Gesicht verfinsterte sich, und er packte meinen Arm, um mich mit einem Ruck wegzuziehen.

»Nein!« Das war Jafir, doch Christo und Jonas ergriffen ihn von hinten und hielten ihn zurück, während Fergus mich zu einem hohen Gebüsch zerrte, wo niemand uns sehen konnte.

Er senkte seine Stimme, aber sie war dennoch so scharf und gefährlich wie ein Schwert. »Es gibt nur einen in unserem Clan, der über die Route bestimmt. *Einen.* Wenn irgendein verrücktes Vorzeichen in diesem deinen Schädel auftaucht, dann kommst du damit unter vier Augen zu mir. Du wirst keine Befehle vor dem ganzen Clan herausblöken! Ich allein entscheide. *Ich.*«

»Es war keine Zeit, unter vier Augen zu dir zu kommen. Ich kenne dieses Land auch nicht. Ich habe keine Landkarte. Nur ein Gespür in mir, dem ich vertrauen muss!«

»Dann sollte sich dieses Gespür künftig besser mit Vorankündigung melden. Hast du mich verstanden?«

Ich nickte.

Seine Finger gruben sich in meinen Arm, und als ich zusammenzuckte, warf er mich zu Boden. Ich fiel mit weit ausgebreiteten Armen auf die losen Steine, und meine Wange landete hart auf dem Schotter.

»Steh auf!«, befahl er.

Ich kam auf die Beine und hielt mir das Gesicht, während ich die warme Nässe von Blut fühlte.

»Übel, dass du den Halt verloren hast, nicht wahr? Du bist ein tollpatschiges Ding. Das ist es, was du Jafir sagen wirst.«

Ich nickte, seine Botschaft war klar. Er hatte das Sagen, herrschte sogar über meine Worte, und am besten gab ich ihm niemals an irgendetwas die Schuld, sonst würde ich teurer dafür bezahlen. Oder schlimmer noch, Jafir.

Er stürmte davon, aber ich hörte, wie er dem Clan *seine* Entscheidung verkündete. Wir würden uns nach Norden wenden.

Tage wurden zu Wochen, Wochen zu Monaten. Die Vorräte gingen zur Neige, lange bevor unsere Reise zu ihrem Ende kam. Essen war so spärlich vorhanden wie Mut. Wild gab es selten, und wenn wir doch auf welches stießen, war es fast immer Jafir, der es in einer Falle fing oder mit einem Pfeil erlegte. Seine Verletzungen waren verheilt, und er war immer noch der beste Jäger des Clans, aber selbst an Kaninchen und Vögel war schwer heranzukommen in dieser öden Landschaft. Alle wandten sich an mich um Rat, weil sie erwarteten, dass ich alles wüsste. *Wo ist es? Wo gibt es Wild? Samen? Nüsse?* Ich wusste es nicht. Lauridas Warnung pochte in mir: *Mach dich nützlich, selbst wenn du dafür lügen und betrügen musst. Das ist alles, was dich jetzt retten kann.*

Ich half ihr, das bisschen Nahrung, das vorhanden war, zuzubereiten, aber dabei beäugte ich immer ihre Messer, die ich nicht benutzen durfte. Mir war es nur noch gestattet, Federvieh zu rupfen und Wasser zu holen. Sie verwahrte die Messer in einem Stück groben Stoffs. Eines war stumpf und schadhaft. *Nutzlos* nannte es Laurida, und das war auch ihr Urteil über mich bei unserem ersten Treffen gewesen.

»Aber warum behältst du es dann?«, fragte ich.

»Weil es besser als gar nichts ist.«

Nichts. So fühlte ich mich – wie ein nutzloses, schadhaftes Messer, das man als letzte Reserve aufbewahrte. Eine letzte Reserve wofür? Mehr Nichtswürdiges brachten die folgenden Wochen mit sich, aber ich zwang mich, andere Wege zu finden, um mich nützlich zu machen.

Selbst wenn ich dafür lügen musste. Und das tat ich.

Es gab Tage, an denen ich sie mit Gras, Rinde und falschen Hoffnungen am Leben erhielt. Ich log sie an, damit sie weitergingen, auch nur einen einzigen Schritt. Ich erzählte den Kindern Geschichten, um sie von ihrer Angst und ihrem Hunger abzulenken.

Ob es einen einzigen Gott oder vier davon gab, wusste ich nicht, aber ich rief jeden an, der mir zuhören wollte. Sie antworteten mir flüsternd – im Wind, in einem Aufblitzen von Licht, in Farben, die hinter meinen Lidern spielten –, mit Worten, die sich hinter meinen Rippen einnisteten. *Mach weiter.*

Meine Methoden waren leise, weich, Vertrauen und Zuhören, das oft nicht schnell genug für Fergus' Hand war. Wenn es nicht mein Gesicht war, das die Zeche dafür zu zahlen hatte, dann das von Jafir oder jedem anderen in unmittelbarer Reichweite. Irgendwie galt die

Treue des Clans noch immer Fergus. Ich wusste nicht, ob es seine Faust war oder die Angst, die sie verbreitete, aber sie sorgte dafür, dass er im Zentrum ihrer aller Welt blieb, und ich verabscheute und hasste ihn mehr mit jeder Meile, die wir liefen.

Warum? Warum folgen sie ihm?, weinte ich an Jafirs Brust mehr als einmal, wenn wir es wagten, uns einen heimlichen Moment zu stehlen.

Seine Antwort war immer dieselbe. *Er hat sie all diese Jahre am Leben erhalten. Das ist alles, was sie wissen. Alles, was zählt. Sie sind am Leben dank ihm. Das werden sie nicht vergessen.*

Sie sind am Leben trotz ihm, dachte ich.

Ich trauerte um die Sanftheit meines Stammes und dachte zuweilen, dass ich nicht weitermachen könnte, aber Ama behielt recht. In den Sorgen, in der Angst, in der Not kam das Wissen an die Oberfläche, und ich hatte viel von alldem. Ich erinnerte mich an jenes achtjährige Mädchen, das ich einmal gewesen war, das sich in Erwartung des Todes zwischen die Felsen geduckt hatte. In den Jahren, die ich beim Stamm verbracht hatte, dachte ich, dass ich die Angst ergründet hatte. Ich dachte, dass ich das Gefühl von Verlust kennengelernt hatte.

Falsch gedacht.

Ich kannte all das nicht so, wie ich es jetzt kennenlernte.

Wir verloren den kleinen Jules an eine wilde Bestie. Sie kam aus dem Nichts, flink und bösartig. Wir wussten nicht, was für ein Tier das war, aber ich fragte mich, ob es der Tiger sein könnte, den Ama beschrieben hatte. Es hatte die Zähne eines Wolfs, die Kraft eines Bullen, und sein Brüllen zerriss die Luft und erschütterte uns bis ins Mark. Es riss den Jungen direkt aus Anyas Armen. Ihre grässlichen Schreie ließen mich noch immer erschauern.

Nur wenige Tage später wurde Tory weggespült, als wir uns durch einen Fluss kämpften. Sie wurde von der Strömung unter Wasser gezogen – sie konnte nicht einmal schreien –, und wir sahen sie nie wieder. Ich sah, dass Lauridas Schritte schwerer wurden. Jeden Tag schien sie mehr ein Schatten ihrer selbst zu werden.

Wie lange konnten wir noch durchhalten? Konnte ich durchhalten?

»Was liegt hinter den Bergen, Ama?«

»Nichts für uns, Kind. Die Verwüstung ist dort noch schlimmer.«

Jeder vergehende Tag versetzte meiner Hoffnung auf eine Welt voll grüner Gärten und Bäumen, die schwer von goldenen Früchten waren, einen Dämpfer mehr. Ich sah, wie die Kinder schwächer wurden. Blass. Und dann setzte Schneegestöber ein. Der Winter war da.

Ich wurde jemand, den ich kaum noch kannte.

Meine Verzweiflung bekam Zähne. Klauen. Sie wurde zu einem Tier in mir, das keine Fesseln kannte, unsagbar, genau wie Jafir es mir vor so langer Zeit zu erklären versucht hatte. Es zerrte meine dunkelsten Gedanken ans Licht, die unaussprechlichen Dinge, die ich tun konnte, und ließ sie ihre schwarzen Schwingen entfalten.

Ich sah, wie auch Jafir sich veränderte. Sein weiches Gesicht wurde hart, seine Augen nahmen einen scharfen Ausdruck an. Er hatte sich angewöhnt, die raue Art seines Clans über sich ergehen zu lassen, aber zu beobachten, wie ich sie über mich ergehen ließ, schien mehr zu sein, als er ertragen konnte. Jeden Tag hatte ich Angst, dass er aufbegehren und Fergus ihn töten würde. Ich konnte ihn nicht dazu überreden, um sich selbst zu fürchten, doch ich wusste, dass er immer um mich Angst hatte. In solchen Momenten, wenn ich dachte, dass er gleich explodieren würde, erinnerte ich ihn immer daran: *Wenn du stirbst, muss ich Steffans Frau werden.*

Eines dunklen Tages, als ein metallgrauer Himmel die Sonne nicht durchkommen ließ und noch endlose Meilen vor uns lagen, gaben meine Knie nach, und ich fiel auf alle viere, zu müde, zu erschöpft, um auch nur aufzuschluchzen. Leer. Ich spürte ein gedämpftes Geschrei um mich her, Stimmen, die versuchten, mich wieder auf die Beine zu bringen, aber ich blieb auf dem Boden, betäubt, mich nach etwas streckend, das sie mir nicht geben konnten. Und dieses Etwas streckte sich auch nach mir, wie ein Schluck Wasser, der in eine ausgedörrte Kehle rann.

Vertrau der Stärke in dir, mein Kind.
Du bist stark.
Stärker als dein Schmerz.
Stärker als dein Kummer.
Stärker als sie alle.

Ich zwang mich, wieder aufzustehen, mein Gleichgewicht suchend. Ich sah nach Norden. *Da.*

»Nach Norden«, sagte ich. »Wir müssen noch weiter in den Norden.«

Kapitel 23

Jafir

Wir kämpften bereits gegen Frost und Schneegestöber, und nach Norden zu gehen schien das Gegenteil von dem zu sein, was wir tun sollten, doch es war diese Route, die uns rettete – es war *Morrighan*, die uns rettete. Aber mein Vater strich die Anerkennung dafür ein, wie immer.

Der Pfad brachte uns an einen Ort, den Piers zur Hölle auf Erden ernannte – ein flaches Brachland, so weit das Auge reichte, als hätte eine riesige Sichel eine sandige Schneise gehauen. Sie strahlte eine gespenstische Wärme ab. An einigen Orten stieg Dampf aus Felsspalten. Dichte Vegetation rahmte dieses Stück Land ein, vielleicht angezogen von der entweichenden Hitze, so wie wir, und hier und da fand sich ein Hase, Vogel oder Eichhörnchen darin.

Die höllische Ebene schwitzte allerdings noch anderes aus – Rudel aus scharfzahnigen Pachegos, und selbst ich konnte die verwehten Schreie toter Geister hören, die über den warmen Sand wirbelten. Sie machten alle nervös, obwohl wir nicht länger froren und es endlich Fleisch im Eintopf geben würde.

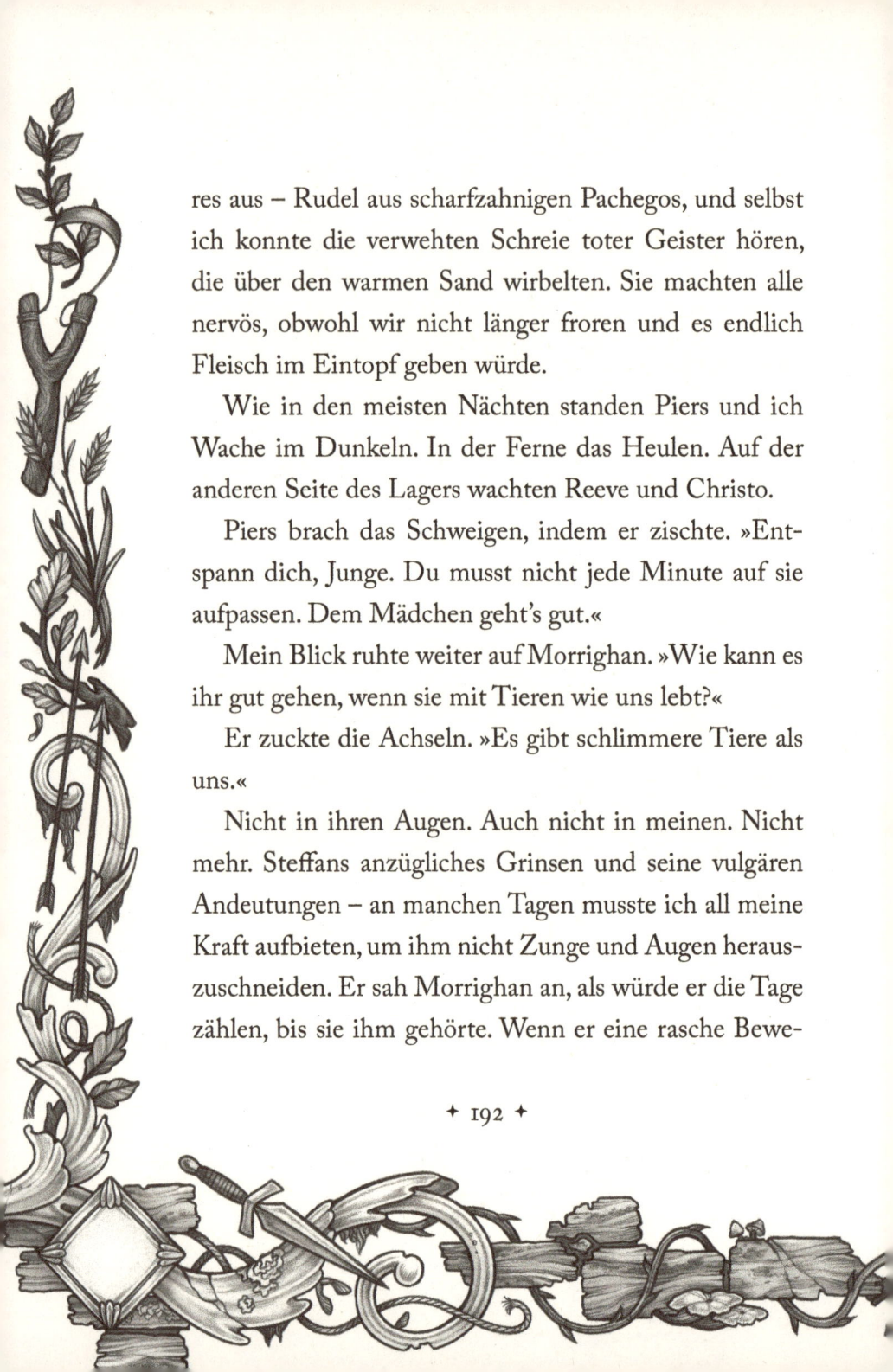

Wie in den meisten Nächten standen Piers und ich Wache im Dunkeln. In der Ferne das Heulen. Auf der anderen Seite des Lagers wachten Reeve und Christo.

Piers brach das Schweigen, indem er zischte. »Entspann dich, Junge. Du musst nicht jede Minute auf sie aufpassen. Dem Mädchen geht's gut.«

Mein Blick ruhte weiter auf Morrighan. »Wie kann es ihr gut gehen, wenn sie mit Tieren wie uns lebt?«

Er zuckte die Achseln. »Es gibt schlimmere Tiere als uns.«

Nicht in ihren Augen. Auch nicht in meinen. Nicht mehr. Steffans anzügliches Grinsen und seine vulgären Andeutungen – an manchen Tagen musste ich all meine Kraft aufbieten, um ihm nicht Zunge und Augen herauszuschneiden. Er sah Morrighan an, als würde er die Tage zählen, bis sie ihm gehörte. Wenn er eine rasche Bewegung machte, um ihr Haar oder ihre Hüfte zu berühren, als wäre sie eine Stute, die er zu zähmen versuchte, stieß sie ihm die Ellbogen in die Seite oder trat nach ihm, und er lachte dann wie bei einem Spiel. *Eines Tages wird sie darum betteln, dass ich sie anfasse,* hatte er gesagt, um mich zu verhöhnen. *Ich werde dafür sorgen, dass sie bettelt.*

Doch ich würde ihn zuvor umbringen. Mehr als einmal hatte Morrighan mich zurückgehalten. *Geduld,* flüsterte sie dann. *Er will, dass du Fergus zum Handeln zwingst. Und Fergus besitzt noch immer die Gefolgstreue des Clans.*

Der Schmortopf und die Schüsseln aus Metall, die Laurida und Morrighan in den Wagen zurückpackten, klirrten und schepperten. »Ruhe dahinten!«, knurrte Fergus aus seiner Bettrolle.

Laurida hantierte laut mit einem weiteren Topf, bevor wieder Ruhe im Lager einkehrte. Ich hatte heute Wild ergattert – nicht viel für so viele Mäuler: drei dürre Eichhörnchen und eine dicke, lange Schlange, aber es war besser als nichts, denn jeder Bissen Essen zählte.

Piers trat zu mir, während sein Blick vom Lagerfeuer in die schwarze Wildnis schweifte, die uns umgab. Tief in

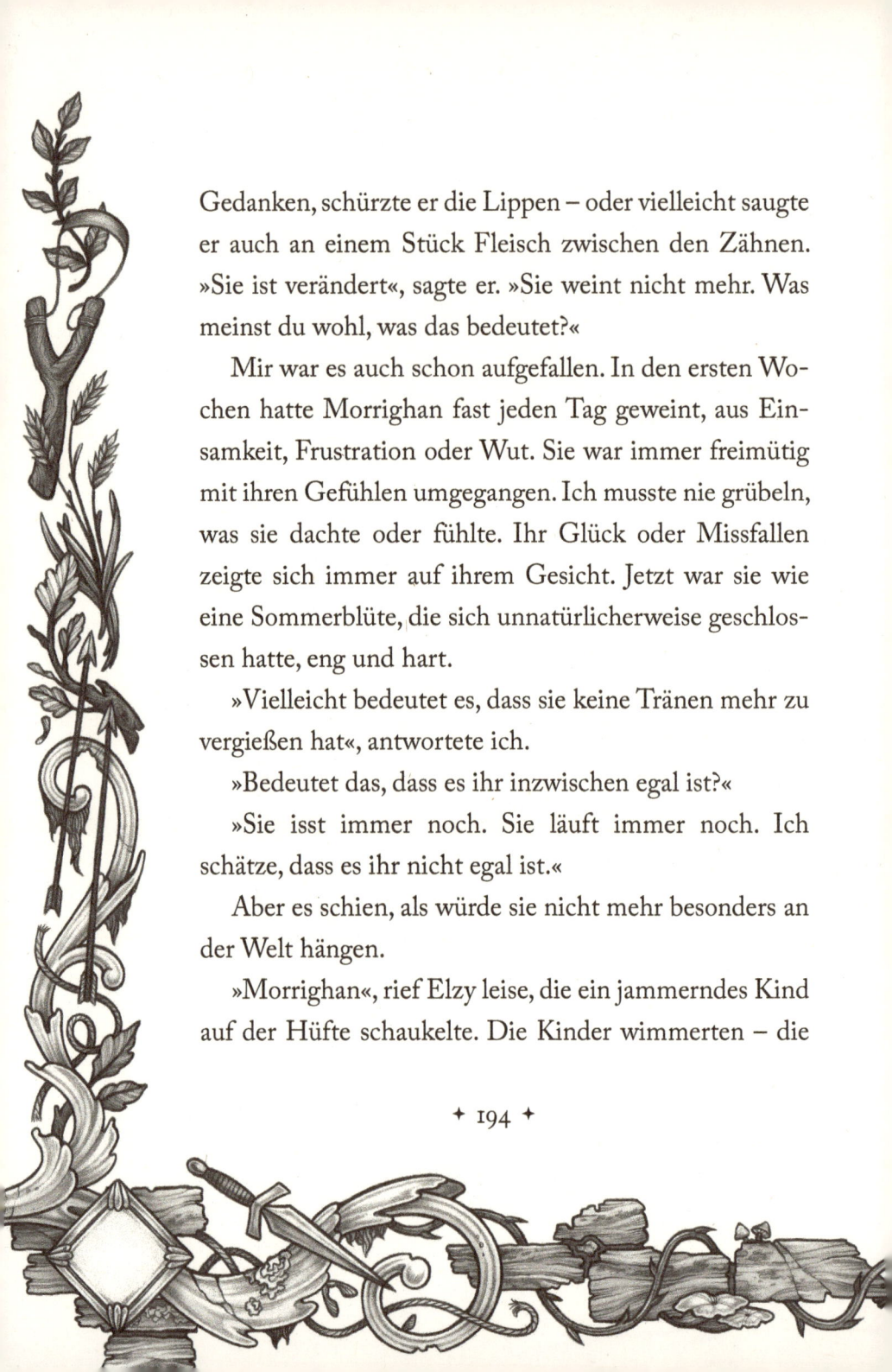

Gedanken, schürzte er die Lippen – oder vielleicht saugte er auch an einem Stück Fleisch zwischen den Zähnen. »Sie ist verändert«, sagte er. »Sie weint nicht mehr. Was meinst du wohl, was das bedeutet?«

Mir war es auch schon aufgefallen. In den ersten Wochen hatte Morrighan fast jeden Tag geweint, aus Einsamkeit, Frustration oder Wut. Sie war immer freimütig mit ihren Gefühlen umgegangen. Ich musste nie grübeln, was sie dachte oder fühlte. Ihr Glück oder Missfallen zeigte sich immer auf ihrem Gesicht. Jetzt war sie wie eine Sommerblüte, die sich unnatürlicherweise geschlossen hatte, eng und hart.

»Vielleicht bedeutet es, dass sie keine Tränen mehr zu vergießen hat«, antwortete ich.

»Bedeutet das, dass es ihr inzwischen egal ist?«

»Sie isst immer noch. Sie läuft immer noch. Ich schätze, dass es ihr nicht egal ist.«

Aber es schien, als würde sie nicht mehr besonders an der Welt hängen.

»Morrighan«, rief Elzy leise, die ein jammerndes Kind auf der Hüfte schaukelte. Die Kinder wimmerten – die

Dunkelheit war zu drückend, das Heulen zu nah. Es war fast schon Normalität geworden. *Bitte, komm und erzähle den Kindern eine Geschichte. Eine Geschichte von Davor.* Morrighan gab immer nach, aber ich war der Einzige, der den Schmerz in ihrer Stimme hörte. Die Sehnsucht. Ich wusste, dass sie bei jedem Wort an ihren Stamm erinnert wurde und an all die, die sie nie wiedersehen würde. Meine Kehle pochte von dem, was wir ihr angetan hatten. Wenn ich die Tage hätte zurückdrehen können, wäre ich nie mehr zur Wiese zurückgekehrt, hätte sie nie geküsst, niemals –

Ich schüttelte den Kopf. Ich wusste, dass ich mich selbst belog, denn mir war klar, dass ich bis zum letzten Atemzug immer versuchen würde, einen Weg für uns zu finden. Aber diese lange Zeit auszuhalten war so qualvoll, als würde mir die Haut vom Fleisch abgezogen. Ich lernte Geduld von ihr, genau wie ich so viele andere Dinge gelernt hatte, etwa zu lieben.

Morrighan ging zum Kreis der Kinder hinüber. »Eine Geschichte von Davor«, fügte Iris hinzu.

Fergus schnaubte zynisch und drehte sich unter seiner

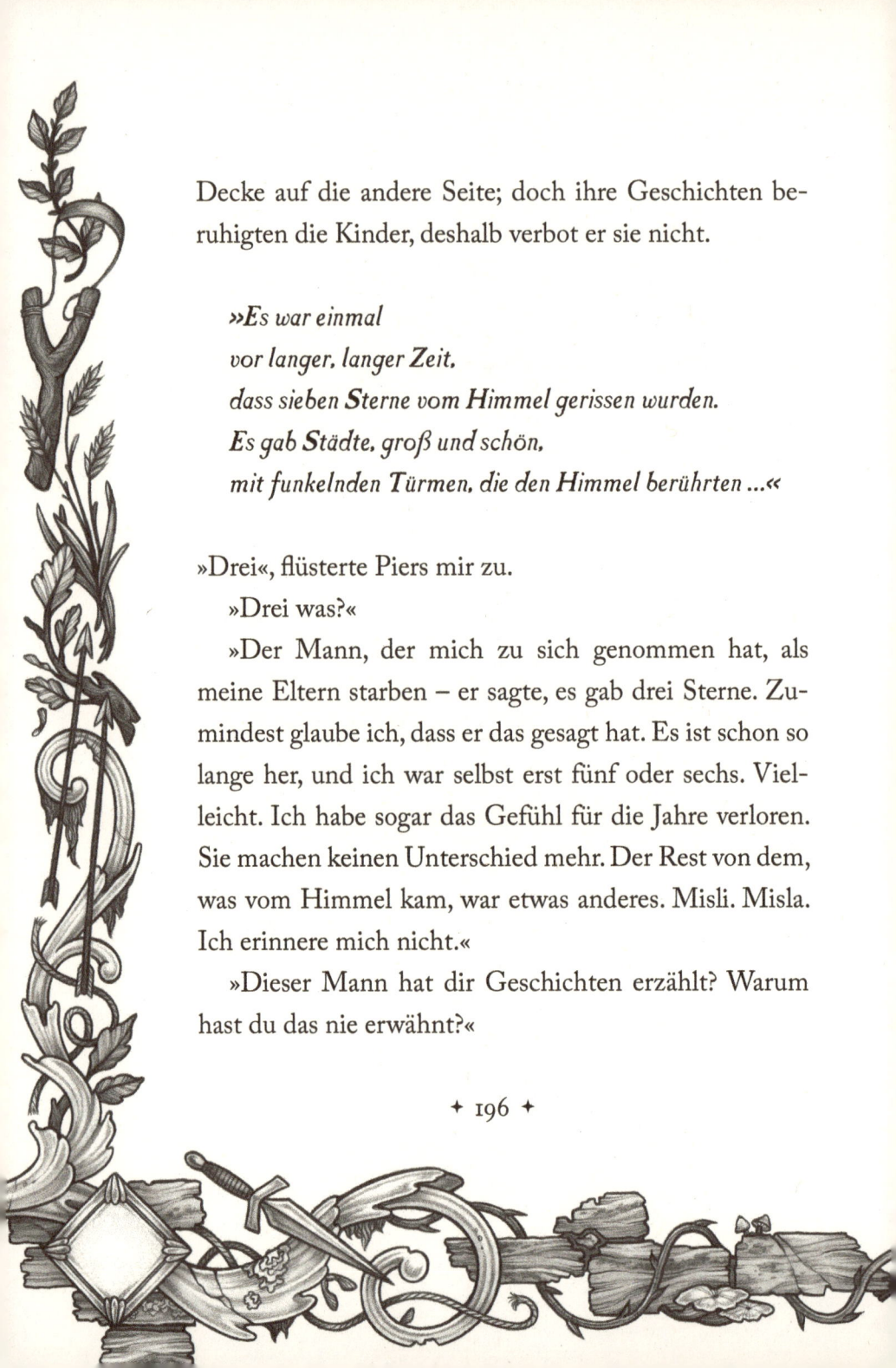

Decke auf die andere Seite; doch ihre Geschichten beruhigten die Kinder, deshalb verbot er sie nicht.

*»Es war einmal
vor langer, langer Zeit,
dass sieben Sterne vom Himmel gerissen wurden.
Es gab Städte, groß und schön,
mit funkelnden Türmen, die den Himmel berührten ...«*

»Drei«, flüsterte Piers mir zu.

»Drei was?«

»Der Mann, der mich zu sich genommen hat, als meine Eltern starben – er sagte, es gab drei Sterne. Zumindest glaube ich, dass er das gesagt hat. Es ist schon so lange her, und ich war selbst erst fünf oder sechs. Vielleicht. Ich habe sogar das Gefühl für die Jahre verloren. Sie machen keinen Unterschied mehr. Der Rest von dem, was vom Himmel kam, war etwas anderes. Misli. Misla. Ich erinnere mich nicht.«

»Dieser Mann hat dir Geschichten erzählt? Warum hast du das nie erwähnt?«

»Es waren keine Geschichten. Ich erinnere mich nur an einen angstvollen Mann, der verzweifelt versucht hat, mir alles über die Welt zu erzählen, darüber, was geschehen war, wie es gewesen war. Nichts davon ergab viel Sinn. Wenn er es mir nicht mündlich mitteilte, schrieb er es auf, aber es blieb nicht genug Zeit. Er starb an irgendeiner Krankheit, und ich zog auf mich allein gestellt herum. Meistens hungernd. Dann schloss ich mich mit Fergus' Vater und anderen Jungen zusammen, die ebenfalls mutterseelenallein waren. Gemeinsam waren wir stark. Wir durchkämmten die Ruinen und fanden oder nahmen uns, was wir konnten. Sonst wären wir gestorben.«

»Wie sah die Welt davor aus? Gab es wirklich funkelnde Türme?«

Er nickte, während er ins Lagerfeuer starrte. »Ich habe in einem gelebt. Daran erinnere ich mich immerhin noch. Und ich erinnere mich an Schränke voller Geschirr. So viel glänzendes Geschirr. Ich frage mich manchmal, ob meine Eltern reich waren. Und von meinem Fenster aus konnte ich eine blaue Linie sehen. Einen Ozean.

Die Erinnerungen sind verschwommen – neblig, wie in einem Traum –, aber ich weiß noch, dass ich hinunter an einen Strand gegangen bin, die kühle, salzige Luft eingeatmet und die sanften Wellen an meinen Knöcheln, die schaumigen Blasen, das klebrige Salz an meiner Wange gespürt habe. Vielleicht sind das aber auch nur Träume. Dinge, die mir der alte Mann erzählt hat. Wer weiß?«

»Was ist mit deinen Eltern? Hast du Erinnerungen an sie?«

Er schüttelte den Kopf, ein kleines Zucken um die Augen, das die Dunkelheit nicht verbergen konnte. »Vielleicht war ich jünger, als ich dachte. Oder vielleicht hat auch alles, was danach kam, diese Erinnerungen weggewischt.« Er wandte sich zu mir um. Das Lagerfeuer erhellte die eine Hälfte seines Gesichts, dessen Ausdruck leer wirkte. »Ich habe Dinge getan, von denen ich mir wünsche, dass ich sie nicht getan hätte, aber andererseits müssen wir manchmal bestimmte Dinge tun, um zu überleben. Du solltest ihr das sagen. Überleben kostet manchmal einen hohen Preis.«

»Wen?«

»Alle. Alle bezahlen. Aber nur die Gnadenlosen und Durchtriebenen überleben.«

Ich antwortete nicht, aber ich hatte diesen Preis bereits satt. Wir kehrten beide auf unseren Wachposten zurück, zu unseren verschwiegenen Gedanken und dem gelegentlichen Schrei eines Pachego in der Ferne, doch Piers' Worte arbeiteten in mir. Ich schritt den Umkreis unseres Lagers ab, während ich versuchte, sie abzuschütteln, aber sie folgten mir und nagten an mir wie scharfzahnige Kreaturen. *Nur die Gnadenlosen und Durchtriebenen überleben. Sag ihr das.* Glaubte er, dass Morrighan sterben würde? Oder versuchte er ihr damit zu sagen, sie solle überleben, koste es, was es wolle?

Ich blieb stehen und lauschte, wie sie ihre Geschichte zu Ende erzählte, die Wangen gerötet von der Hitze des Lagerfeuers. Sie erhob sich aus dem Staub und sagte den schlaftrunkenen Kindern gute Nacht, während Elzy und die anderen Mütter die Kleinen unter dem Wagen zusammenkuschelten. Als sie sich umdrehte, begegnete meinem Blick der ihre, golden im Schein des Lagerfeuers.

»Geh«, sagte Piers und deutete auf Morrighan. »Geh

zu ihr. Ich stehe Wache und sorge dafür, dass Steffan nicht kommt.«

Ich musterte ihn einen Moment lang, unsicher, warum er das tat; doch endlich nickte ich. Ich wollte diese Gelegenheit wahrnehmen, mit ihr zusammen zu sein – allein –, und gesellte mich im Dunkeln zu ihr.

So lief es Tage und Wochen. Piers und später Laurida standen eine unterschiedliche Art von Wache, damit Morrighan und ich allein miteinander sein konnten, wenn auch vielleicht nur für ein paar Minuten. Ich wusste nicht, ob der Grund der war, dass sie neuerdings ihr Mitgefühl für uns entdeckt hatten, oder sie es aus Eigeninteresse taten – aus einer Angst heraus, dass Morrighan jede Hoffnung verlieren und uns im Stich lassen könnte. Vielleicht wollten sie nicht, dass die Grausamkeiten meines Vaters und Steffans Morrighan dazu brachten, nicht mehr daran zu glauben, dass die anderen im Clan es wert waren. Oder vielleicht versuchte Piers, Wiedergutmachung zu leisten für die Dinge, die er bereute. Eines jedenfalls wusste ich gewiss: Keiner von ihnen wollte in dieser Höllenwildnis sterben, die endlos war.

Kapitel 24

Morrighan

Jafirs Lippen wanderten meinen Hals wie ein seidenglatter Wasserfall hinab. Seine Hände glitten unter mein Hemd, schwielig, rau, aufgeschnitten und aufgekratzt von einer Wildnis, an der wir Tag für Tag mehr zerbrachen, einer Reise, die uns vernichtete; doch seine Berührung war sanft, andächtig auf eine Weise, die nur Jafir zu eigen war. Er fuhr die Linien meines Rückens nach, umkreiste meine Brüste, zitternd, forschend, bedürftig.

Zärtlichkeit. Sie war wie Essen in unserem Bauch. Medizin für unsere Seelen.

Ich schloss die Augen und tat so, als wäre es damals, Davor, während meine Finger über die Muskeln seines Bauchs und dann seiner Brust nach oben fuhren. Unsere Tage auf der Wiese schienen ein ganzes Leben entfernt zu sein, nicht nur ein paar Monate. Sie waren jetzt weit weg, ein Traum, aus einer Zeit, als wir noch frisch und grün wie Gras im Frühling gewesen waren. Das waren wir jetzt nicht mehr. Doch unser Atem vermischte sich, und ich war erneut erstaunt über dieses Wir, das wir waren.

Eine Träne rollte angesichts der Erinnerungen meine Wange hinab, und ich war dankbar für die Dunkelheit und dass er sie nicht sehen konnte. In meiner Kehle steckte ein Kloß. »Küss mich, Jafir«, flüsterte ich. »Küss mich wie –«

Sein Mund auf meinem. Hart. Hungrig.

Verzweifelt. Als würde er versuchen, zu tilgen, wo wir waren und was aus uns geworden war, etwas, das so wild und animalisch wie die Pachegos war. Ich konnte seine Augen nicht sehen, das Kristallblau, das meine Seele nährte, aber ich war mir sicher, dass auch in ihnen Tränen standen.

Wir sanken zu Boden, auf die Decke, die wir ausgebreitet hatten, und sein Mund, seine Berührung wurden drängender, als könnten wir uns das Leben, das wir nicht hatten, nicht in diesen gestohlenen Minuten zurückholen – und doch waren sie alles, was wir hatten.

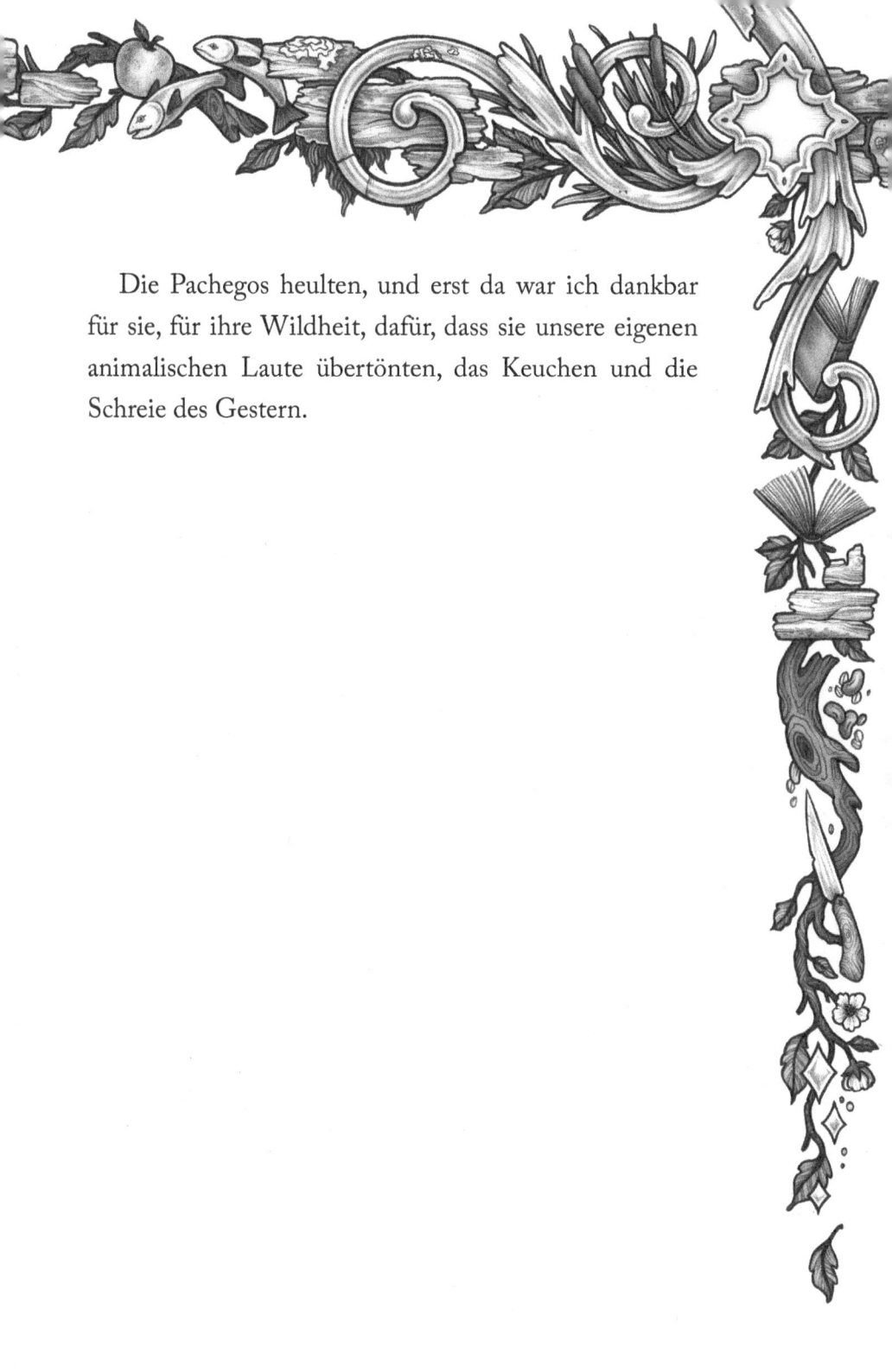

Die Pachegos heulten, und erst da war ich dankbar für sie, für ihre Wildheit, dafür, dass sie unsere eigenen animalischen Laute übertönten, das Keuchen und die Schreie des Gestern.

Kapitel 25

Morrighan

»Auf die knie«, befahl Fergus. »Bettle. Tu, was immer du tun musst. Aber bring den Wachposten dazu, das Tor zu öffnen. Dann schneid ihm die Kehle durch. Wir erledigen den Rest.«

Laurida begehrte nicht auf, aber ich sah den Schrecken in ihren Augen. Sie nahm das kleine, scharfe Messer von Fergus entgegen und verbarg es in ihren Röcken.

Fergus war wie besessen, seitdem er die Festung auf dem Hügel entdeckt hatte.

Wir hatten die sandige Einöde vor Wochen verlassen und stießen nun auf steile Hügel, auf denen immer dichtere Wälder wuchsen. Und dann waren wir in ein Tal abgestiegen, in dem ein gewaltiger Kreis aus Bäumen stand, mit Stämmen breiter als ein Haus und Ästen, die den Himmel berührten. Wir alle blickten staunend nach oben – und angstvoll. Die Bäume waren seltsam, etwas an ihrem Umfang und ihrer schieren Größe schien wie nicht von dieser Welt, aber Fergus ließ dennoch unter ihnen das Lager aufschlagen. Dann sahen wir durch die gewaltigen Äste eine Klippe über uns aufragen – und eine Mauer am Rand der Klippe. Es war nicht irgendeine Mauer. Es war keine Ruine der Altvorderen, sondern ein neuer Bau; das Land war frisch vernarbt, dort, wo man den Boden geräumt hatte, um die Mauer zu errichten.

»Das ist Tors Wache. Und ihr wollt nicht dorthin.«

Ein Klirren zerriss die Luft, und Fergus, Christo, Steffan und Reeve fuhren zusammen und zogen ihre Schwerter und Messer. Der Mann erschien aus dem Nichts, als er aus dem Schatten trat. Er war krumm und verhutzelt, ein Arm fehlte ab dem Ellbogen, und sein Gesicht wirkte entstellt, weil ihm ein Auge ausgestochen worden war. Er nannte sich Errdwor und war allein. Und da er keine Bedrohung war und nichts hatte, das zu stehlen sich lohnte, steckten sie ihre Waffen wieder weg.

Er erklärte, dies hinter ihm sei eine Festung, und eine grausame und böse Familie lebe hinter ihren Mauern. »Eine Witwe mit ihren Kindern. Hexer, die ganze Bande.

Es gibt Dinge hinter diesen Mauern – Dinge, die nur Göttern zu Willen sind. Ihr wollt euch nicht mit ihnen anlegen.«

Aber Fergus tat es. Ich sah es schon in seinen Augen, es war dasselbe Glitzern, wie wenn er von Hariks Reichtum sprach – Reichtum, der immer unerreichbar für ihn gewesen war. Aber diesmal war kein Fluss zu überqueren, nur ein Hügel zu erklimmen und eine Mauer zu durchbrechen. Und jetzt hatte er mehr Männer. Ich hasste es, dass ich ihn immer besser kannte, dass ich seine dunklen Machenschaften so leicht durchschaute, vor allem, wenn es nichts gab, was ich tun konnte, um ihn davon abzubringen.

»Und der Herr der Festung?«

»Schon lange tot.« Errdwor spuckte zu Boden, um seinen Hass auf den Mann zu unterstreichen. »Er ist verantwortlich für das und das.« Er deutete auf seinen Armstumpf und die leere Augenhöhle. »Nur noch die Witwe da. Und ihre widerwärtige Brut.«

Fergus fragte Errdwor nach jeder Einzelheit aus, von der Anzahl der Bewohner bis hin zum Ausmaß ihrer Lebensmittelvorräte und ihres Reichtums, und solange er Errdwor weiter zu essen gab, bekam er auch weiter Antworten. Ich sah zu, wie der verkrüppelte alte Mann sein Essen schlürfte und sich jeden verirrten Krümel von den Lippen leckte, als hätte er monatelang nichts bekommen. Das Essen war das Einzige, was wichtig war, und er hätte Fergus erzählt, dass die Festungsmauer aus purem Gold war, wenn das dafür gesorgt hätte, dass er noch mehr bekam.

Aber die Mauer war eindeutig nicht aus Gold, sondern massiv und schwarz und im Mondschein sogar noch Unheil verkündender. In ihren oberen Rand waren Lücken eingekerbt, als wären ihnen alle paar Schritte die Steine ausgegangen oder als hätten die Erbauer es wie Zähne eines Riesen aussehen lassen wollen, der gerade im Begriff stand, zuzubeißen. Besucher? Jafir und ich wechselten einen Blick. Wir wussten, dass nichts Gutes von dort kommen würde, und so war es.

Kurz bevor Errdwor so rasch, wie er gekommen war, zurück in die Nacht glitt, behauptete er, nur ein Mann stehe Wache und ein gutes Dutzend verberge sich hinter der Mauer. Am Morgen hatte Fergus bereits seinen Plan für einen Überfall geschmiedet. Er sagte, da wir sechzehn und bewaffnet seien, und mit dem Überraschungsmoment auf unserer Seite, hätten die anderen keine Chance. Anya und Elzy und die restlichen Frauen wurden unten bei den Kindern gelassen, aber jedes andere Clanmitglied versteckte sich im Wald rundherum – mich eingeschlossen. Fergus traute mir nicht genug, um mich aus den Augen zu lassen.

Während ich zusah, wie sie an ihre Plätze schlüpften wie berechnende Wölfe, fiel mir ihr Überfall in jenem Tal wieder ein: die Schreie, die Panik, das kalte, systematische Plündern unseres Hab und Guts – die Gnadenlosigkeit. Jetzt würde ich Teil dieses Überfalls sein.

Mein Magen krampfte sich zusammen, mir kam die Galle hoch. Jafirs kummervolle Worte kamen mir wieder in den Sinn. *Ich hatte keine Wahl. Ich bin mit ihnen geritten und habe versucht, sie von euch wegzulocken.*

Sie weglocken? War das möglich? Aber wir waren ja schon hier. Es gab kein Weglocken mehr. Fergus erteilte seine letzten Anweisungen. Wir mussten uns alle bereit machen, Tors Wache zu plündern, sobald Laurida uns mit ihrer Tränendrüsengeschichte Einlass verschafft hatte.

Sie zitterte, als sie sich umdrehte, um sich stockenden Schrittes dorthin aufzumachen.

»Laurida, warte«, sagte ich. Ich wandte mich Fergus zu. »Es geht ihr nicht gut, siehst du das nicht? Schick jemand anderen an ihrer Stelle hin.«

Fergus sperrte sich natürlich dagegen, wie er sich gegen all meine Bitten sperrte, aber er warf einen langen Blick in Lauridas Gesicht, sah ihre wächserne Haut, das Beben ihrer Hände. Er zögerte, während er vielleicht überlegte, wie viel Kraft sie hatte, um einem Menschen die Kehle durchzuschneiden, obwohl er es als so leicht beschrieben hatte – mit dem zusätzlichen Nutzen, dass das Opfer nicht Alarm schlagen konnte.

»Besser, wenn sie schwach aussieht, damit sie das Tor öffnen. Es geht ihr gut –«

Doch dann gaben ihre Knie nach, sie sackte auf dem Boden zusammen. Ich ließ mich neben sie sinken und hielt ihr einen Wasserschlauch an die Lippen. Sie stöhnte, und Fergus fluchte.

Jafir verließ seine Stellung, um an ihre Seite zu eilen. »Bringt sie zurück hinunter ins Lager«, befahl Fergus. Jafir nahm sie auf die Arme, und seine Aufmerksamkeit war zwischen Laurida und mir hin- und hergerissen, doch ich nickte und drängte ihn, zu gehen. Bevor Jafir sie wegtrug, zog Fergus sein kleines Messer aus ihrer Rocktasche und schob es mir in die Hand, nachdem wir hörten, dass Jafirs Pferd weglief. Er musste nicht sagen, warum – ich war dieser »jemand anders«.

»Kein Muskel an dir. Du bist ein schwaches, nutzloses Ding.« Abscheu verzerrte sein Gesicht. »Sie werden nicht zögern, das Tor für dich zu öffnen. Tu *genau* das, was ich ihr gesagt habe. Ich werde dich beobachten.«

»Ich werde dich auch beobachten.« Steffan war von seiner Stellung im Wald an die Seite seines Vaters getreten. »Denk an die Abmachung. Du musst uns beide zufriedenstellen.«

Steffans Augen sagten mehr als seine Worte und deuteten all die Arten an, auf die er zufriedengestellt zu werden erwartete.

»Und wenn du hinter dem Tor verschwindest und

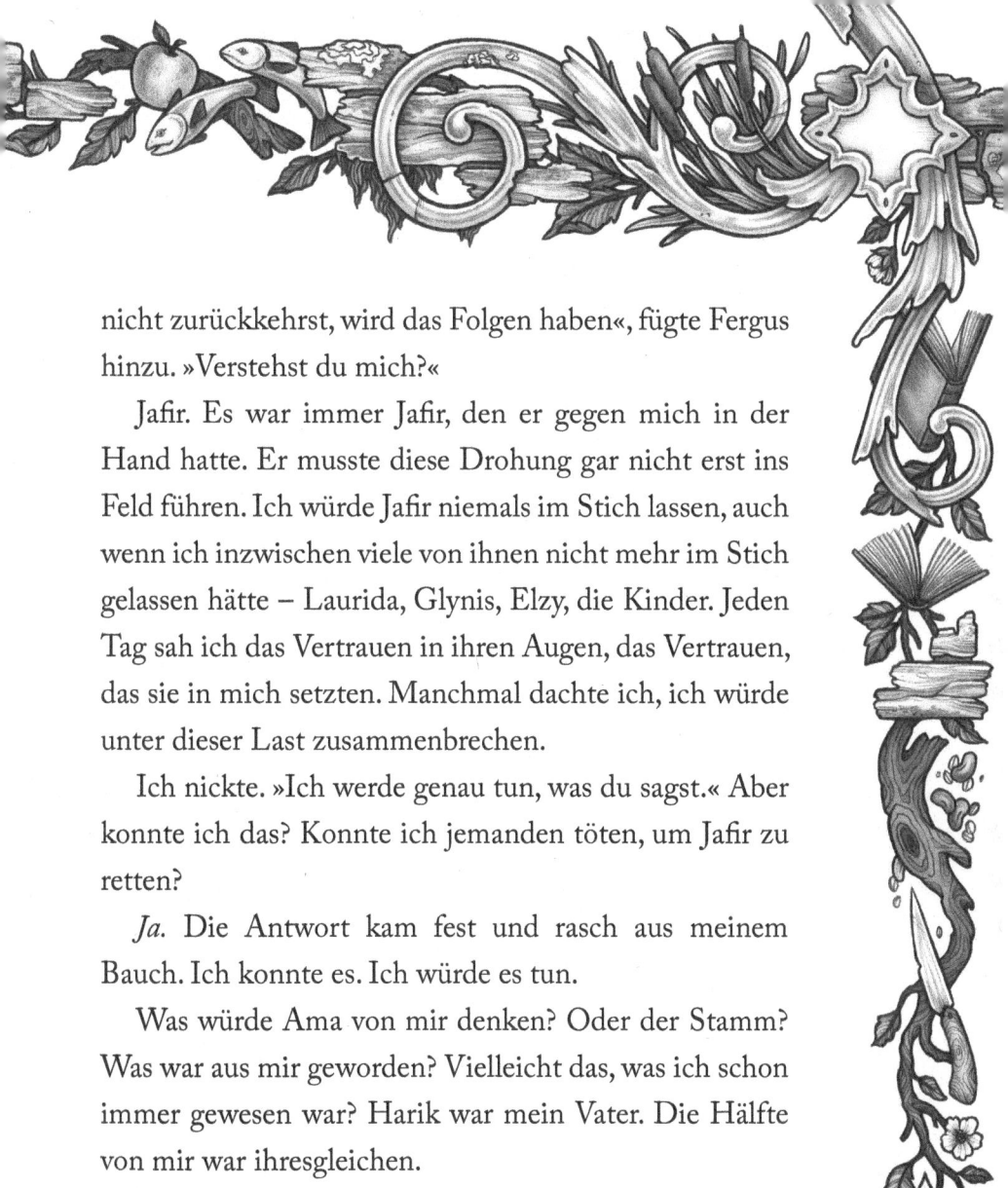

nicht zurückkehrst, wird das Folgen haben«, fügte Fergus hinzu. »Verstehst du mich?«

Jafir. Es war immer Jafir, den er gegen mich in der Hand hatte. Er musste diese Drohung gar nicht erst ins Feld führen. Ich würde Jafir niemals im Stich lassen, auch wenn ich inzwischen viele von ihnen nicht mehr im Stich gelassen hätte – Laurida, Glynis, Elzy, die Kinder. Jeden Tag sah ich das Vertrauen in ihren Augen, das Vertrauen, das sie in mich setzten. Manchmal dachte ich, ich würde unter dieser Last zusammenbrechen.

Ich nickte. »Ich werde genau tun, was du sagst.« Aber konnte ich das? Konnte ich jemanden töten, um Jafir zu retten?

Ja. Die Antwort kam fest und rasch aus meinem Bauch. Ich konnte es. Ich würde es tun.

Was würde Ama von mir denken? Oder der Stamm? Was war aus mir geworden? Vielleicht das, was ich schon immer gewesen war? Harik war mein Vater. Die Hälfte von mir war ihresgleichen.

»Geh«, knurrte Fergus hinter mir.

Ich verließ die Deckung des Waldes und folgte dem

steilen, unbewachsenen Pfad, der zum Tor der Festung führte. Mein Herz hämmerte in der Brust. Die schwarze Steinmauer war zwei Manneslängen hoch. Wie hatte ein Dutzend Menschen je ein so großes Hindernis aus schweren Steinen errichten können? Es sah aus, als wäre dies alles einer von Amas ausgeschmückten Erzählungen entsprungen.

Ich hob einen großen Stein auf und pochte damit gegen das Tor. Es hallte schwer und unheilvoll.

»Was willst du?«

Ich legte mein Ohr an das Tor, unsicher, woher die Stimme kam.

»Hier oben!«, rief sie.

Ich trat zurück, und als ich hinaufschaute, verschlug es mir den Atem. In einer der Scharten stand eine alte Frau, die einen braunen Umhang trug. Wie sie dort so schnell aufgetaucht war, wusste ich nicht. Ihr weißes Haar war von gelben Strähnen durchsetzt und wallte ihr in einem ordentlichen Zopf über die Schulter. Ihr Umhang stand auf und gab mit Bedacht den Blick frei auf einen breiten Gürtel, in dessen Leder viele kleine Messer steckten.

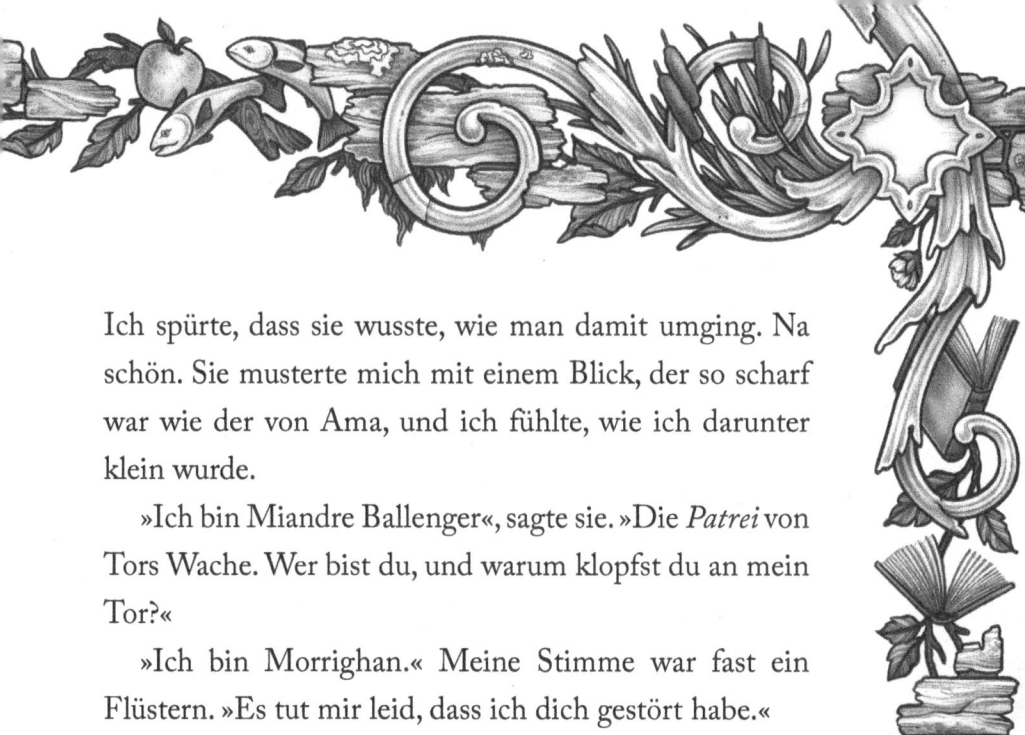

Ich spürte, dass sie wusste, wie man damit umging. Na schön. Sie musterte mich mit einem Blick, der so scharf war wie der von Ama, und ich fühlte, wie ich darunter klein wurde.

»Ich bin Miandre Ballenger«, sagte sie. »Die *Patrei* von Tors Wache. Wer bist du, und warum klopfst du an mein Tor?«

»Ich bin Morrighan.« Meine Stimme war fast ein Flüstern. »Es tut mir leid, dass ich dich gestört habe.«

Sie legte den Kopf auf die Seite, als wäre sie überrascht von meinen Worten. »Kenne ich dich?«, fragte sie. »Deine Stimme. Deine Augen. Sie kommen mir vertraut vor.«

»Nein«, antwortete ich. Ich erklärte, dass ich von der anderen Seite der Wildnis käme. Es sei weit weg, und ich hätte eben erst dieses Tal betreten. Unmöglich, dass sich unsere Wege je zuvor gekreuzt hätten.

Sie starrte mich an, als versuchte sie noch immer, ein Rätsel zu lösen.

Minuten verstrichen, und ich wusste, dass Fergus uns beobachtete. Wahrscheinlich trat er ungeduldig von einem Fuß auf den anderen und fragte sich, warum ich nicht schon das Tor passiert hatte. Ich rief laut, sodass er mich hören konnte: »Ich brauche deine Hilfe! Bitte lass mich hinein.« Aber beim nächsten Atemzug formte ich lautlos mit den Lippen: *Nein. Nein.* Ich warnte sie instinktiv. Vielleicht konnte ich doch niemanden so leicht töten, wie ich gedacht hatte.

Sie verengte die Augen zu schmalen Schlitzen. Er fasste meine stumme Botschaft und fragte leise: »Und was haben diese Feiglinge hinter dir zu verbergen?«

»Du hast sie gesehen?«

»Wir haben euch in der Minute gesehen, in der ihr das Tal betreten habt. Wir haben gesehen, wie ihr unten euer Lager aufgeschlagen habt. Wir sehen alles, was ihr tut. Es gibt wenig, was uns entgeht.«

Ich blickte hinab ins Tal und auf die Wipfel der Bäume, unter denen wir Halt gemacht hatten, und konnte nichts von unserer Gruppe oder unseren Wagen erkennen. Konnten ihre Augen besser als meine sein? Ich drehte mich verwirrt wieder zu ihr um. »Seid ihr Hexer?«

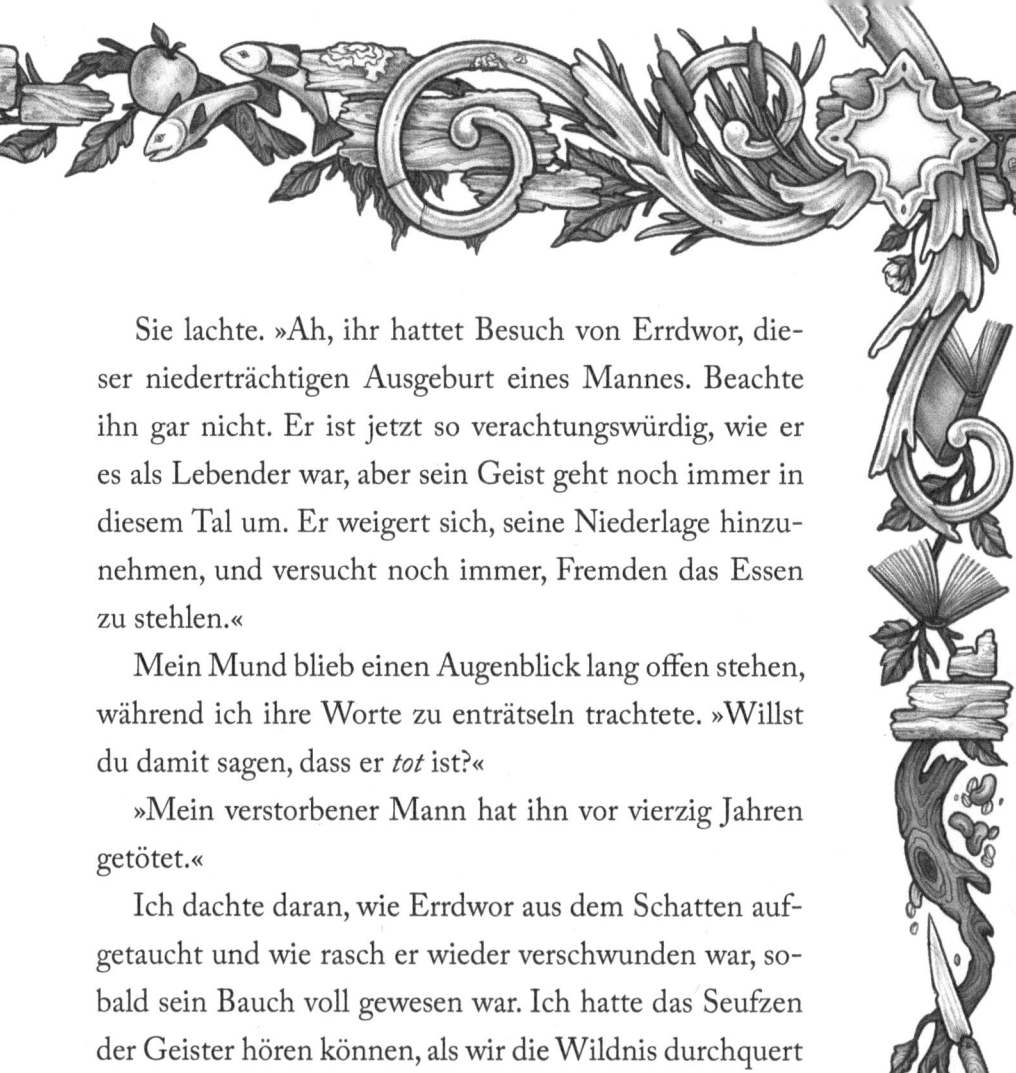

Sie lachte. »Ah, ihr hattet Besuch von Errdwor, dieser niederträchtigen Ausgeburt eines Mannes. Beachte ihn gar nicht. Er ist jetzt so verachtungswürdig, wie er es als Lebender war, aber sein Geist geht noch immer in diesem Tal um. Er weigert sich, seine Niederlage hinzunehmen, und versucht noch immer, Fremden das Essen zu stehlen.«

Mein Mund blieb einen Augenblick lang offen stehen, während ich ihre Worte zu enträtseln trachtete. »Willst du damit sagen, dass er *tot* ist?«

»Mein verstorbener Mann hat ihn vor vierzig Jahren getötet.«

Ich dachte daran, wie Errdwor aus dem Schatten aufgetaucht und wie rasch er wieder verschwunden war, sobald sein Bauch voll gewesen war. Ich hatte das Seufzen der Geister hören können, als wir die Wildnis durchquert hatten, aber dass ich auch die Toten sehen konnte? An welchem Ort befanden wir uns hier?

»Brauchst du eine Zuflucht, Mädchen?«, fragte die Frau weiter. Für sie war Errdwor nichts Neues. »Ich habe unter Plünderern gelebt. Ich kenne ihre Sitten leider nur zu gut. Wir werden dich hereinlassen, aber du wirst dieses Messer draußen lassen müssen.«

Ich starrte sie an, zunächst bestürzt, doch dann hob sich meine Brust in einem langen, schuldbewussten Atemzug. Wie viel konnte diese Frau sehen?

Sie lächelte. »Dein Rock – auf der einen Seite hängt er schwer herunter. Etwas zieht ihn hinunter. Ich habe es dir ja gesagt. Ich kenne die Sitten der Plünderer.«

»Ich kann nicht hineinkommen«, erwiderte ich kopfschüttelnd. Ich erzählte ihr von den anderen, die ich nicht zurücklassen konnte, und von meinem Versprechen, sie in ein neues Land zu führen, an einen Ort, den meine Großmutter in Geschichten beschrieben hatte.

»Glaubst du wirklich, dass du solch einen Ort finden wirst?«

»Ich weiß es nicht.« Es tat weh, diese Worte zu sagen, meinen Zweifel einzugestehen. »Aber ich kann jetzt nicht aufgeben.«

»Bist du sicher?«

Ich nickte.

»Na schön. Ich wünsche dir Glück.« Sie griff hinter

sich, förderte zwei schwere Säcke zutage und warf sie herunter. »Essen für eure Reise. Ich hoffe, du findest, wonach du suchst –«

»Wir wollen mehr als eure Essensreste. Öffne das Tor, alte Frau.« Ich fuhr herum. Das war Reeve. Er trug Pfeil und Bogen bei sich. Nach Jafir war er der Treffsicherste im Clan. Hinter ihm standen Glynis und Christo. Weitere Mitglieder des Clans tauchten aus dem Wald auf; das Wenige an Geduld, was sie gehabt hatten, war wohl aufgebraucht. »Beeil dich«, befahl Reeve.

Miandre zuckte nicht einmal mit der Wimper. »Ich zähle bis zwei, dann senkt ihr die Waffen und geht.«

Reeve stieß zynisch die Luft aus, als wäre die Alte verrückt, und legte einen Pfeil ein.

Miandre zählte. »Eins, zwei.«

Es gab ein leises Grollen, und binnen eines Augenblicks zeigte sich in jeder Öffnung der Mauer ein Bogenschütze. Über ihnen, auf dem höheren Abschnitt der Mauer, standen weitere, bereit zum Kampf. Dutzende. Eine Armee aus Bogenschützen. Und jeder zielte auf Reeve. Miandre nickte, und drei Pfeile flogen und trafen ihn in die Brust. Er fiel wortlos, lautlos. Tot. Der Clan erstarrte und rückte nicht weiter vor. Ungläubiges Entsetzen hing in der Luft.

»Ich bin eine Frau, die ihr Wort hält!«, rief Miandre endlich. »Wer von euch ist der Anführer?«

Fergus kam nach vorn und sah auf Reeves reglosen Körper herab. »Du hast einen großen Fehler gemacht, alte Frau.«

»Deine Beobachtungsgabe ist nicht allzu ausgeprägt, oder?«, gab Miandre zurück. »Es ist ziemlich offensichtlich, wer den Fehler gemacht hat. Jetzt gebe ich dem Rest von euch noch einmal Zeit, bis ich bis zwei gezählt habe, um die zwei Säcke aufzuheben, die ich euch geschenkt habe, und in euer Lager zurückzukehren. Ich erwarte, dass ihr alle vor Einbruch der Nacht dieses Tal verlassen habt.«

Sie hielt inne und suchte Fergus' Blick. Dann begann sie zu zählen. »Eins –«

Alle liefen eilig los. Glynis und Christo griffen sich die Säcke mit dem Essen. Fergus und Steffan packten mich, und wir alle rannten zurück in den Wald, um die Pferde zu holen und dann auf den Pfad zurückzukehren.

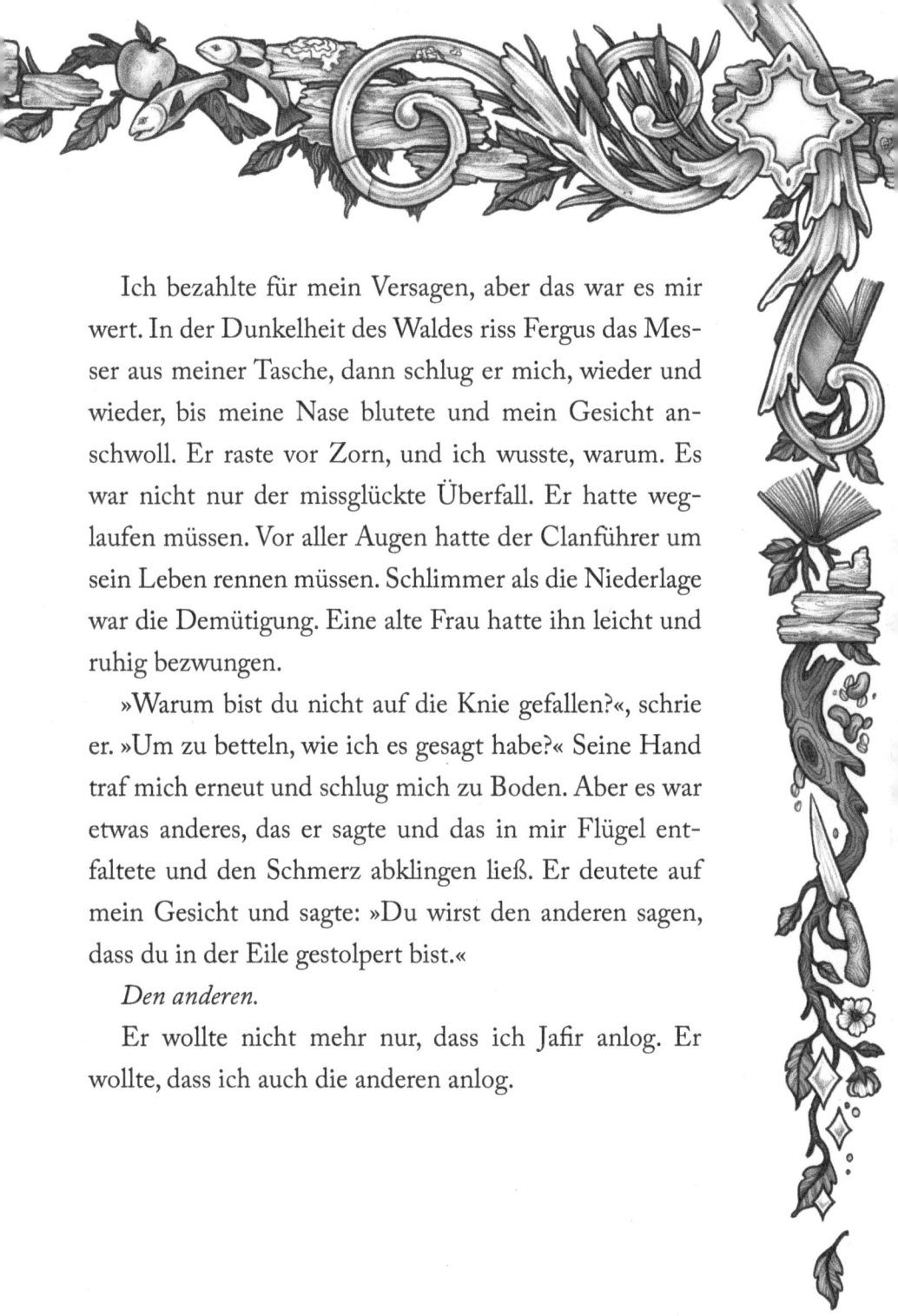

Ich bezahlte für mein Versagen, aber das war es mir wert. In der Dunkelheit des Waldes riss Fergus das Messer aus meiner Tasche, dann schlug er mich, wieder und wieder, bis meine Nase blutete und mein Gesicht anschwoll. Er raste vor Zorn, und ich wusste, warum. Es war nicht nur der missglückte Überfall. Er hatte weglaufen müssen. Vor aller Augen hatte der Clanführer um sein Leben rennen müssen. Schlimmer als die Niederlage war die Demütigung. Eine alte Frau hatte ihn leicht und ruhig bezwungen.

»Warum bist du nicht auf die Knie gefallen?«, schrie er. »Um zu betteln, wie ich es gesagt habe?« Seine Hand traf mich erneut und schlug mich zu Boden. Aber es war etwas anderes, das er sagte und das in mir Flügel entfaltete und den Schmerz abklingen ließ. Er deutete auf mein Gesicht und sagte: »Du wirst den anderen sagen, dass du in der Eile gestolpert bist.«

Den anderen.

Er wollte nicht mehr nur, dass ich Jafir anlog. Er wollte, dass ich auch die anderen anlog.

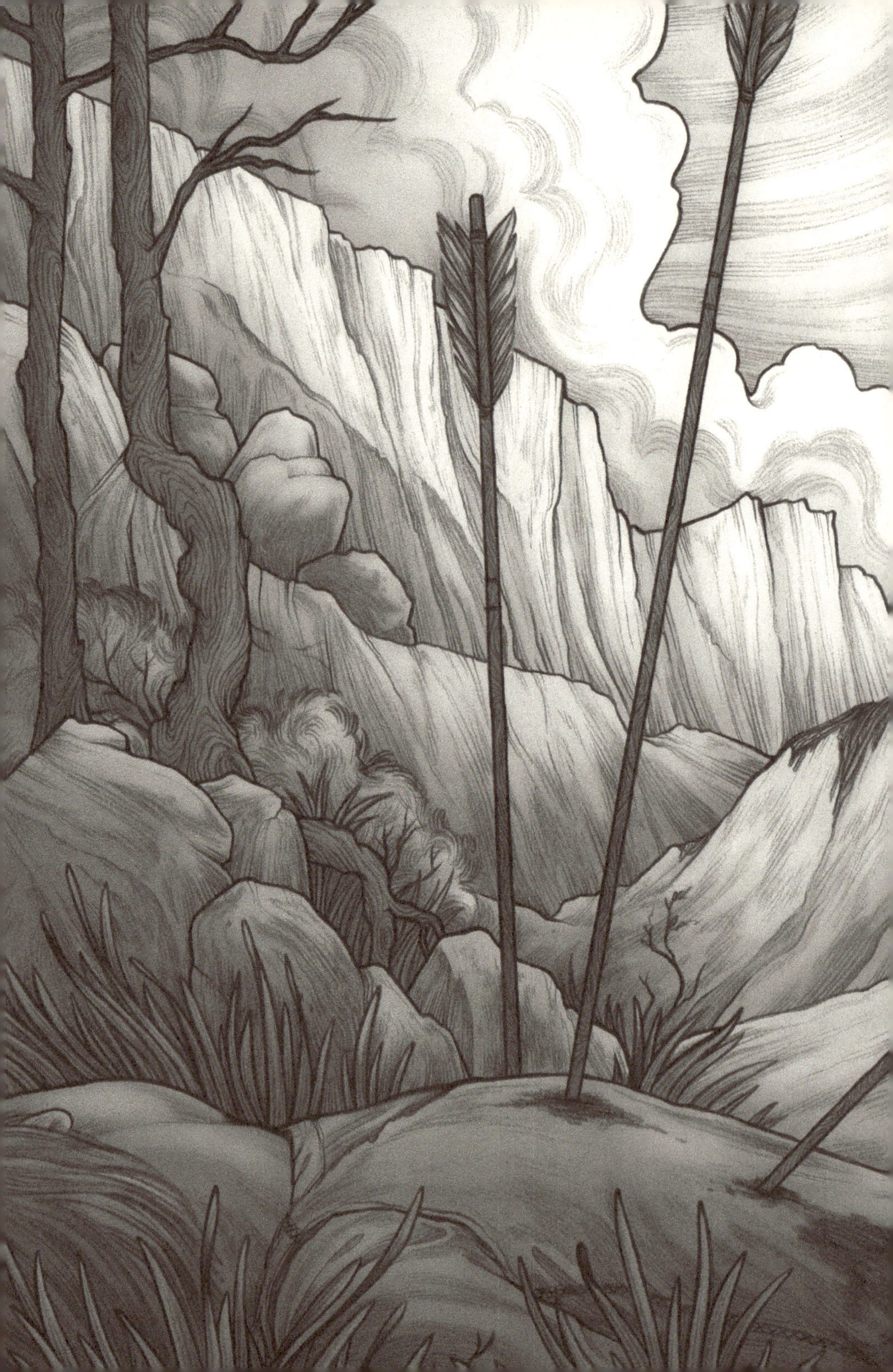

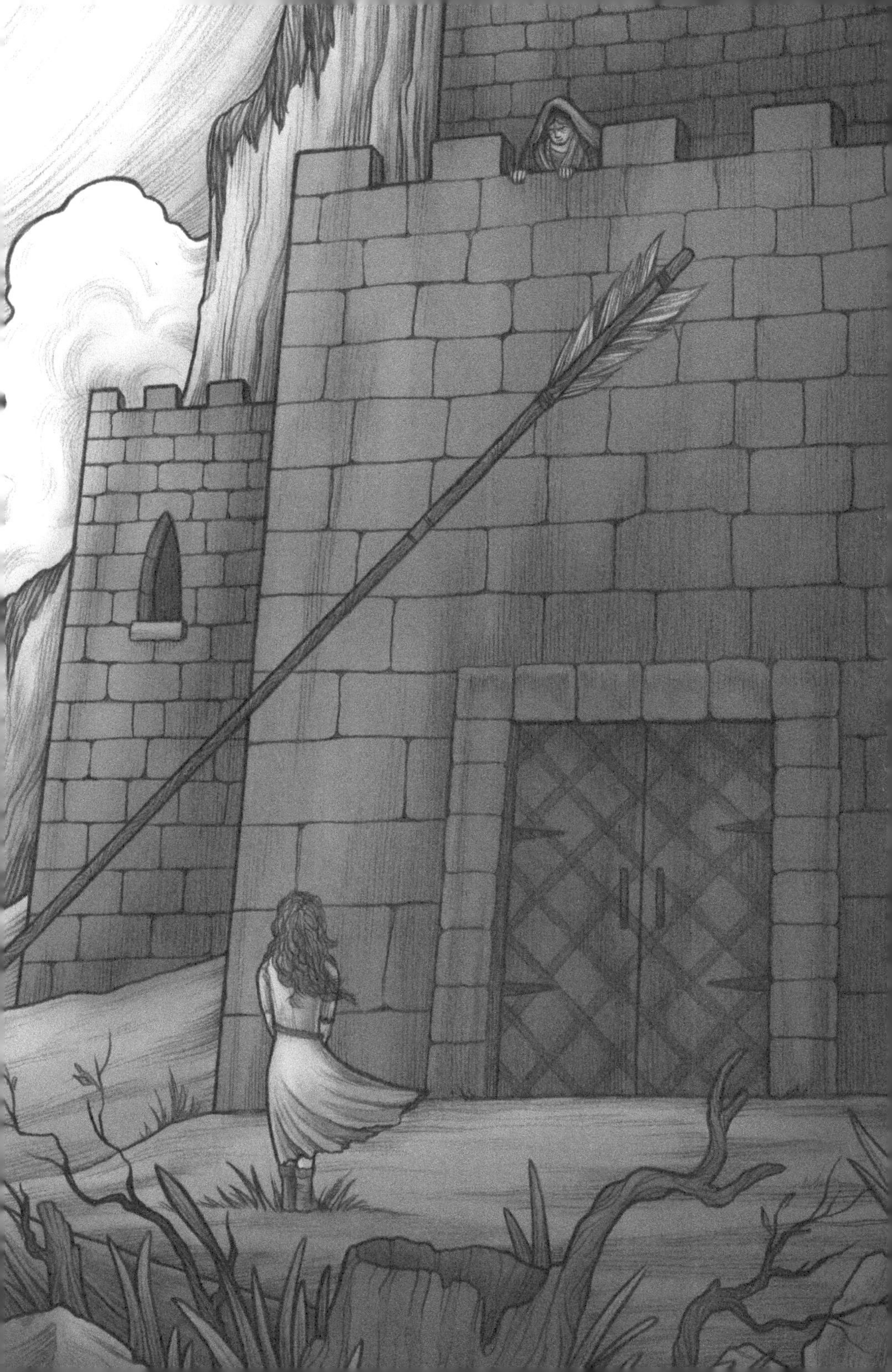

KAPITEL 26

Morrighan

DIE NÄCHSTEN TAGE waren erbarmungslos und weit jenseits dessen, was wir bereits durchgemacht hatten. Es war nicht der Weg, den wir einschlugen, sondern Fergus. Seine Schmach bei Tors Wache ergoss sich über uns alle. Seine Stimme wurde lauter, seine Worte wurden demütigend und grausam. Niemand wurde verschont, nicht einmal Laurida. Er überhäufte sie mit Vorwürfen, weil sie vor dem Überfall zusammengebrochen war. Es war ihre Schuld, dass das Unternehmen missglückt war. Das Tempo, das er uns aufzwang, war seine Art der Bestrafung.

Ich flehte ihn an, es zu drosseln, und sagte, dass Laurida ein paar Tage Ruhe brauche, um wieder zu Kräften zu kommen. Sie ritt auf Jafirs Pferd, aber das reichte nicht, und eines Tages fiel sie herunter, weil sie zu schwach war, sich festzuhalten. Ich war mir nicht sicher, ob ihr Geist versagte oder ihr Körper. Sie starb Minuten später, noch auf dem Pfad. Ich wagte es, Fergus einen langen, verurteilenden Blick zuzuwerfen. *Sie brauchte Ruhe.* Seine einzige Reaktion war, uns zu befehlen, sie zu beerdigen. Jafir weinte und flüsterte Worte an Lauridas Stirn, bevor er sie in ihr Grab legte. Und dann wanderte seine Hand an sein Messer. Jonas, Christo und zwei andere aus dem Clan taten es ihm gleich.

Noch nicht, flüsterte ich, während ich ihn am Arm packte. *Wir sind zu nah.*

Aber waren wir das? Log ich Jafir an? Ich fühlte mich verlorener denn je. Zeit und Entfernung waren wie Wasser geworden, das durch meine Finger rann, unmessbar, flüchtig. Sie hatten keine Bedeutung.

Ich wusste nicht, wo wir waren oder ob diese »Es war einmal«-Welt von Ama überhaupt noch existierte. Mein Geist begann, anderswohin zu schweifen in diesen zermürbenden Tagen, über die Meilen, durch die Zeit. Ich hatte das Gefühl, auf Amas Schoß zu sitzen, wieder Kind, ihre starken Arme um mich. Es erschien mir so echt. *Schsch, die Plünderer sind nah.* Sie flüsterte mir Geschichten ins Ohr, um mich zu beruhigen. *Es war einmal eine*

Prinzessin, mein Kind, die war nicht größer als du. Die ganze Welt lag ihr zu Füßen. Ein Befehl von ihr, und das Licht gehorchte. Ein Wink von ihr, und Sonne, Mond und Sterne fielen auf die Knie und erhoben sich wieder. Es war einmal ...

Ich hörte auch andere Stimmen. Die von Venda. Manchmal dachte ich, ich würde den Verstand verlieren, weil ich mich kaum an meine Tante erinnerte, und doch war ihre Stimme ganz klar und sprach wieder und wieder zu mir. Sie tröstete mich nicht, sondern war stattdessen ein Kloß in meinem Magen. Sie rief immer meinen Namen und weinte. Sie sprach von Dieben und Drachen und Tränen.

Während dieser endlosen Meilen dachte ich auch an Miandre, wie einfühlsam sie war, wie stark. Wie unerschütterlich und selbstsicher. *Ich kenne ihre Sitten.* Jetzt kannte ich sie auch. Ich versuchte, an sie zu denken, wenn der Zweifel mich übermannte.

Die Tage zogen sich endlos hin, und das Wetter wurde wärmer, obwohl unsere Lebensgeister erkalteten. An einem Spätnachmittag, als der Himmel von dünnen Wolken durchzogen war, erreichten wir ein langgestrecktes Tal, das von steilen Klippen umrahmt war. An ihrem Rand standen Ruinen der Altvorderen, einige von ihnen waren in grellbunten Haufen auf den Talboden gestürzt. Auf halbem Weg ließ Fergus die Karawane an einem Flüsschen anhalten, um die Pferde zu tränken und unsere Wasserschläuche aufzufüllen. Er blickte zu den turmhoch aufragenden Klippen empor, dann wieder hinunter auf das blasse, knöcheltiefe Gras. Er ging einige Schritte in die eine Richtung und dann wieder zurück, als würde er etwas im Kopf ausmessen. »Hier ist es«, sagte er. »Hier werden wir uns niederlassen.«

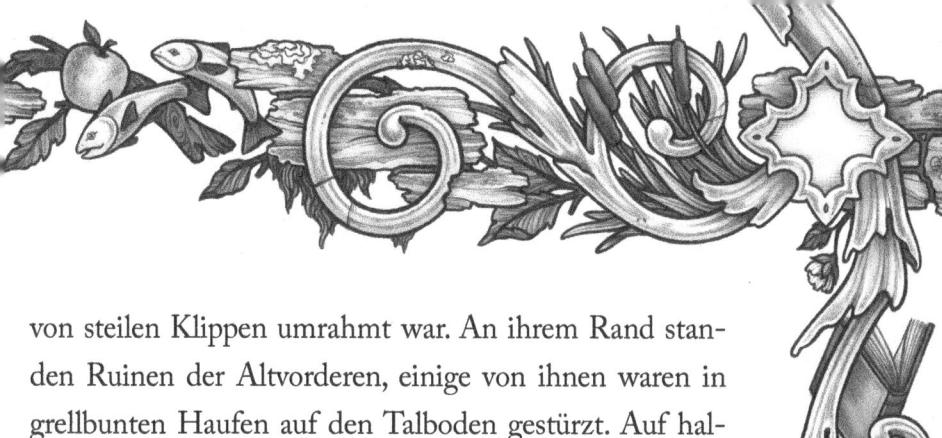

Piers wandte sich um. »Hier? Aber wir sind noch nicht am Meer. Das hier ist nicht –«

»Was schert mich ein Meer, von dem wir nicht einmal wissen, ob es da ist. Hier! Da ist Wasser. Guter Boden. Steine, um Mauern zu bauen. Meine Entscheidung steht.« Er machte drohend zwei Schritte auf Piers zu. »Deshalb bleiben wir hier! Die Reise ist zu Ende!«

Aber es gab keine Früchte. Keine Gärten. Allem Anschein nach kein Wild. Nur die Trümmer der Altvorderen, aus denen man Mauern bauen konnte.

Inzwischen hatten sich alle im Clan bei dem, was sie gerade taten, unterbrochen und umgedreht. Die Stille hing schwer in der Luft. Piers starrte Fergus mit offenem Mund an.

Aber Fergus machte weiter. Seine nächsten Worte hatte ich erwartet, sobald das Ende der Reise erreicht wäre. Mir zu geben, was wir ausgehandelt hatten, war für ihn gleichbedeutend damit, Macht abzugeben, und Macht war alles, was für ihn zählte, vor allem jetzt, da eine neue Welt in Reichweite war.

»Und du« – er deutete auf mich – »hast mich nicht zufriedengestellt, wie wir es ausgehandelt hatten. Du wirst Steffans Frau werden.« Er drehte sich zu Jafir um und zückte sein Messer. »Was heißt, dass du mit Fleisch bezahlen wirst, was du dem Clan für deinen Verrat schuldest.«

Sein Leben. Das war es, was Jafir ihnen schuldete. *Dafür, dass er Mitgefühl gezeigt hatte. Dass er sich verliebt hatte.*

Steffan riss mich besitzgierig an sich, als wäre ich ein Preis, den er sich verdient hätte, aber es war nie eine Frage für mich gewesen, was ich tun würde, wenn dieser

Augenblick gekommen wäre. Es ging nur um den richtigen Zeitpunkt und um Geduld. Ich hatte monatelang damit gerechnet und darüber gebrütet. In einer schnellen, geübten Drehung bohrte ich das Messer aus meiner Tasche – das beschädigte, nutzlose Kochmesser, das Laurida mir geschenkt hatte – tief in Steffans Kehle. Sein Blut spritzte in mein Gesicht, während er vergeblich nach Luft schnappte.

Es stellte sich heraus, dass ich also doch durchaus in der Lage war, jemanden zu töten. Es musste nur die richtige Person sein.

Als Steffan tot zu meinen Füßen niedersank, stürzte sich Fergus auf mich, aber Jafir war vorbereitet und brachte seinen Vater mit einer kalkulierten Bewegung zu Fall – einem raschen Stoß ins Herz. Fergus tastete nach dem Heft von Jafirs Messer, das in seiner Brust steckte, die Augen vor Erschrecken weit aufgerissen, doch er konnte die Waffe nicht herausziehen. Niemand trat vor, um ihm zu helfen. Sie sahen einfach nur zu. Ich erkannte den letzten Rest Bewusstsein in seinen Augen, bevor er tot neben seinem Sohn zu liegen kam.

Niemand betrauerte ihren Verlust. Niemand griff nach den Waffen, um Vergeltung zu üben, und Piers erklärte Jafir zum neuen Anführer des Clans.

Ich war achtzehn, als wir den richtigen Ort zum Bleiben erreichten. Einen Ort, an dem ein Sommermond, rosa und geschwollen, niedrig an einem sternenübersäten Himmel stand und die Sonne warm und gastfreundlich auf unseren Gesichtern aufging. Einen Ort, an dem faustgroße, rote Früchte an den Bäumen hingen und eine Linie aus dunklem Blau sich über den Horizont erstreckte, so weit das Auge blickte.

In der Ferne erhob sich eine goldene Brücke, größer als alles, was ich mir vorstellen konnte, über eine funkelnde Bucht. Dichtes grünes Laub verschlang die letzten Reste der Ruinen auf den Hängen und machte sie unglaublich schön. Hirsche streiften in Rudeln auf den Hügeln umher, und Vögel jeder Farbe erfüllten die Lüfte.

»Da«, hatte Jafir gesagt, als er endlich die grünen Hügel und die Obstbäume sah. »All das gehört dir, Morrighan. Du hast uns hierhergeführt.« Er griff nach oben, pflückte eine Handvoll von dem weiten blauen Himmel und legte sie mir in die Hand.

»Uns, Jafir«, erwiderte ich.

Ich hielt den Himmel an meine Wange, bevor ich auf die Knie fiel und weinte. Ich weinte um all die Tage, die Wochen, die Monate, die wir durchgestanden hatten – und um all jene, die die Reise nicht mit uns beendet hatten. Laurida, Tory und den kleinen Jules. Ich weinte um jene, die ich nie wiedersehen würde. Ama und meinen Stamm. Ich weinte um die Grausamkeiten. Ich weinte um die Unschuld, die wir verloren hatten.

Jafir kniete sich neben mich und wischte mir die Tränen vom Gesicht. »Es liegt hinter uns, Morrighan. Dies ist unser Anfang. Ein Weg für uns. Ein Weg für alle.«

Seine Lippen begegneten meinen, so andächtig und sanft wie beim ersten Kuss. Er schmeckte nach Salz und Kraft und Kummer. Er hatte sich verändert. Das hatten wir beide. Aber wir hatten uns gemeinsam verändert. Ich nickte, und unsere Hände verschränkten sich ineinander, und wir beteten zu einem Gott oder vier Göttern, wir wussten es nicht. Aber wir sagten Dank, darum bittend, dass dies wirklich das Ende war, darum bittend, dass es der Neubeginn war, den wir begehrt hatten.

Wir standen und sahen zu, wie der Clan vor uns ins Tal lief, das unsere Heimat werden würde. Ich lauschte ihren Rufen und ihrem Lachen und beobachtete, wie sie sich im Kreis drehten und mit zurückgeworfenen Köpfen tanzten.

Diese Geschichten waren wahr.

Du hattest recht, Ama, flüsterte ich bei mir. *Es gibt diese Orte.*

Jafir, der ebenfalls zusah, zog mich an sich, drückte seine Hand auf den kleinen Hügel, der in meinem Bauch heranwuchs, und lächelte.

Unsere Hoffnung.

»Wir wurden gesegnet von deinen Göttern«, sagte er. »Die Grausamkeiten der Welt liegen jetzt hinter uns. Unser Kind wird sie nie kennenlernen.«

Ich schloss die Augen und wünschte mir, ihm glauben zu können. Wünschte mir, das Blut zu vergessen, das unsere Hände vergossen hatten, wünschte mir, zu glauben, dass wir neu anfangen könnten, genau wie mein Stamm es vor so langer Zeit in jenem kleinen Tal getan hatte, wünschte mir, zu glauben, dass diesmal der Frieden von Dauer sein würde.

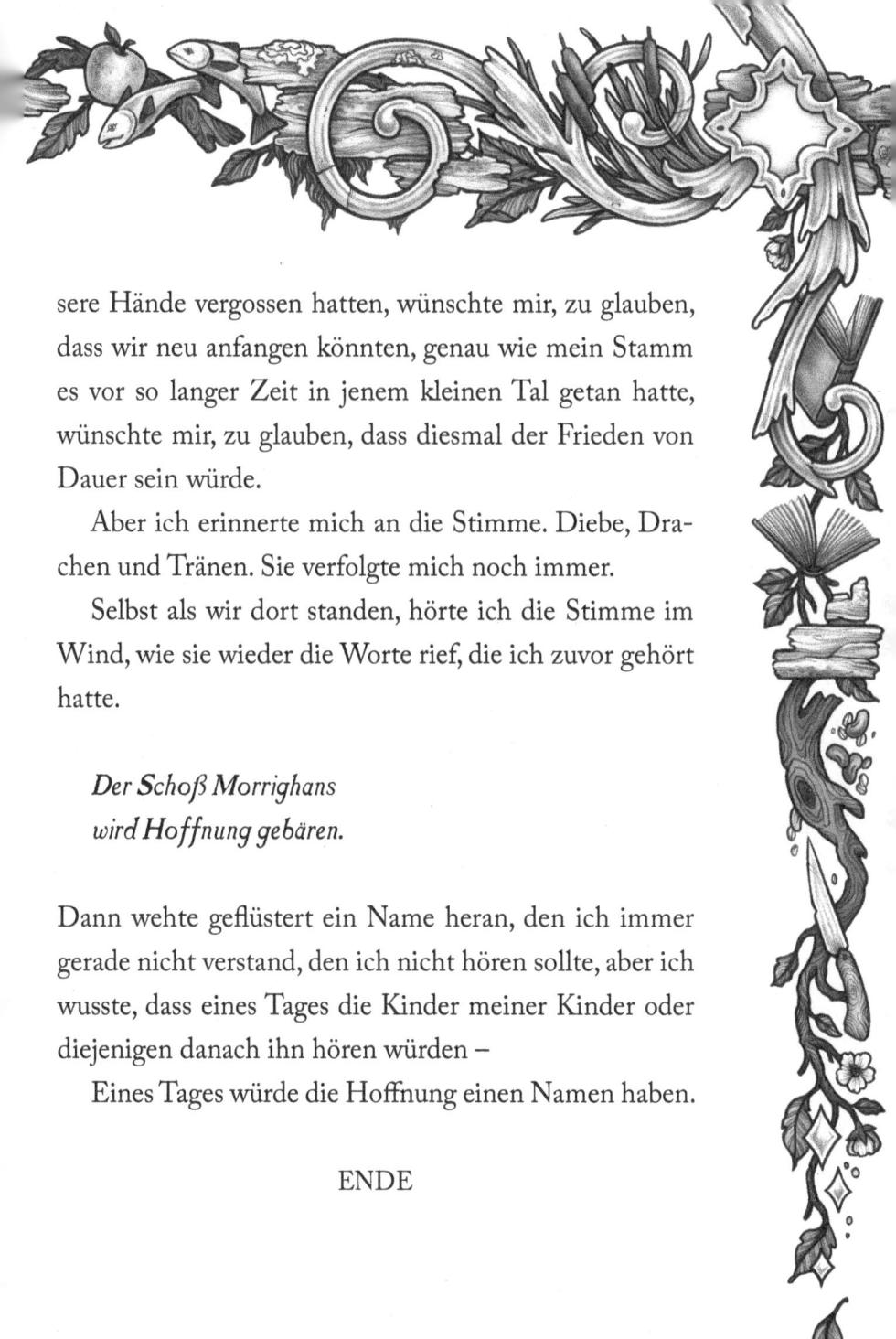

Aber ich erinnerte mich an die Stimme. Diebe, Drachen und Tränen. Sie verfolgte mich noch immer.

Selbst als wir dort standen, hörte ich die Stimme im Wind, wie sie wieder die Worte rief, die ich zuvor gehört hatte.

*Der Schoß Morrighans
wird Hoffnung gebären.*

Dann wehte geflüstert ein Name heran, den ich immer gerade nicht verstand, den ich nicht hören sollte, aber ich wusste, dass eines Tages die Kinder meiner Kinder oder diejenigen danach ihn hören würden –

Eines Tages würde die Hoffnung einen Namen haben.

ENDE

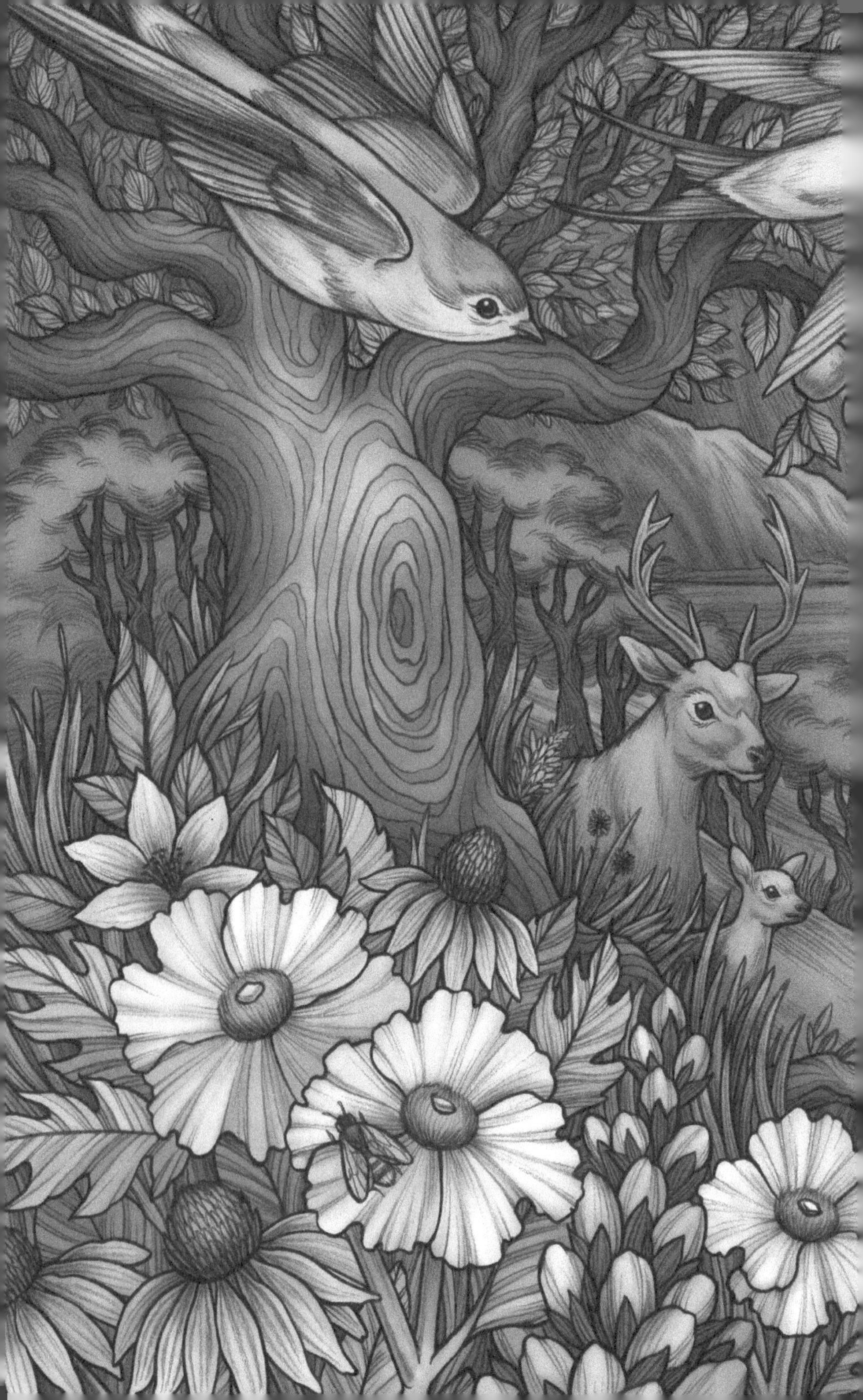

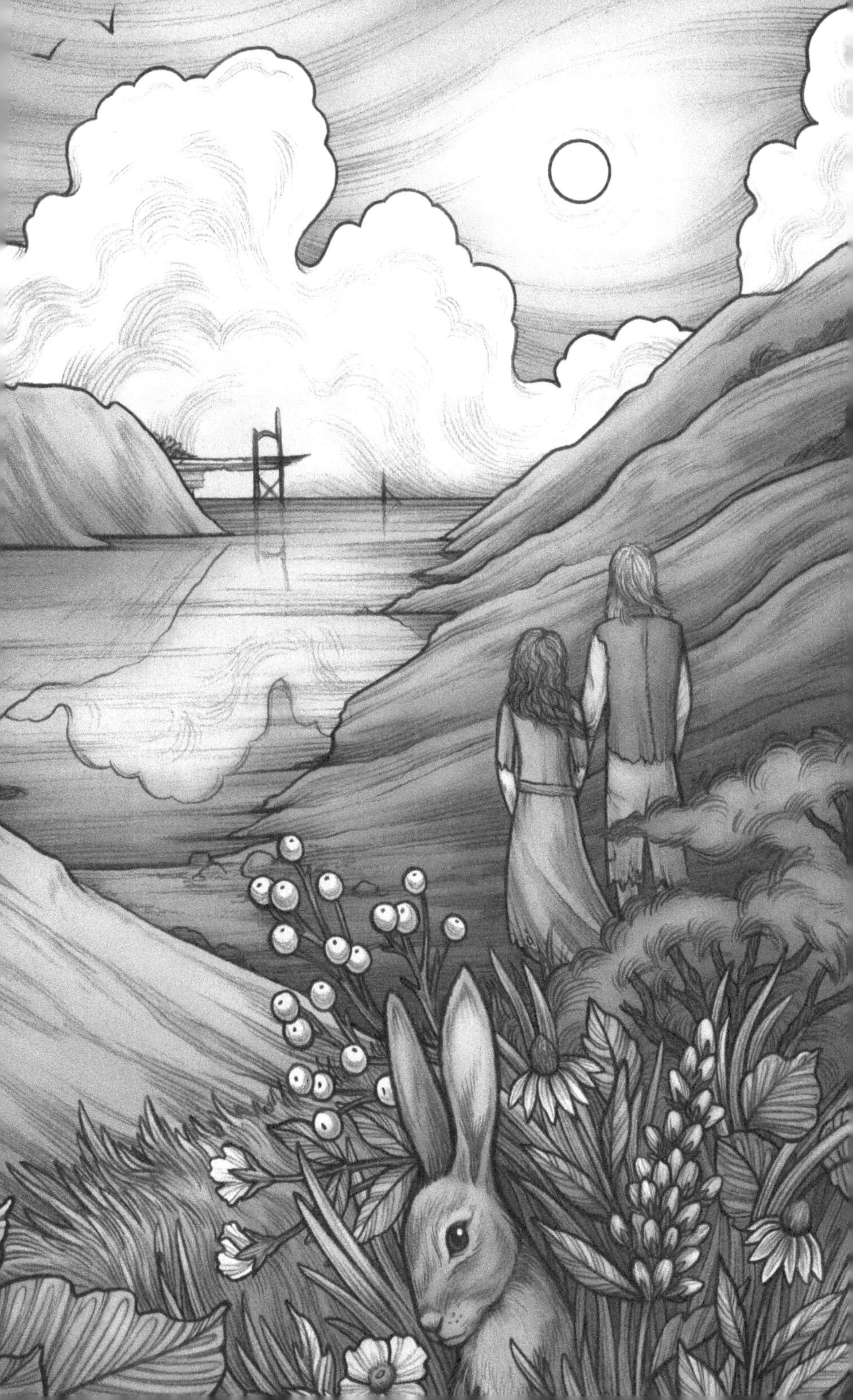

Nachwort der Autorin

2015 WURDE ICH GEBETEN, eine »kurze« Geschichte zu den *Chroniken der Verbliebenen* zu schreiben. Mir war sofort klar, dass ich von Morrighan erzählen wollte. Nicht von dem mächtigen Königreich, das aus den Büchern bekannt ist, sondern vom Mädchen Morrighan, das dem Reich den Namen gegeben hatte. Ich wollte von der vergessenen Zeit erzählen und Morrighans wahre Lebensgeschichte mitteilen, die kaum etwas mit den Geschichten zu tun hatten, die in der Zeit der großen Königreiche verbreitet wurden.

Schnell stellte sich heraus, dass es mehr über Morrighan – und auch Jafir – zu schreiben gab, als selbst mir bewusst gewesen war. Die beiden faszinierten mich immer mehr, je mehr ihre Geschichte in meinem Kopf Gestalt annahm. Damals war ich gerade damit beschäftigt, den letzten Band der Trilogie abzuschließen *(Der Glanz der Dunkelheit)*, und die Dilogie *(Dance of Thieves/Vow of*

Thieves) spukte bereits in meinem Kopf herum. Trotzdem dachte ich, dass ich schon die Zeit finden würde, eine »kurze« Geschichte zu schreiben. Als meine Lektorin nachfragte, gab ich zur Antwort, dass ich fast durch sei. So ging es ein paarmal hin und her. Tatsächlich hatte sich die Geschichte von Morrighan und Jafir in meinem Kopf festgesetzt. Ich war gefesselt und konnte die beiden nicht loslassen. Aus der kurzen Geschichte wurden zehn Seiten, dann 20, schließlich 60. Ich wusste, ich musste endlich fertig werden. Am Ende war der Text auf den Umfang einer Novella angewachsen.

Sie wurde als E-Book veröffentlicht, aber insgeheim träumte ich davon, dass daraus eines Tages ein gebundenes Buch werden würde, das neben die anderen Bücher der *Chroniken der Verbliebenen* gestellt werden konnte.

Viele Fans der Reihe dachten ganz ähnlich. Und im Herbst 2021 schlug meine Lektorin schließlich genau das vor: Sie wollte die Geschichte als illustrierte Ausgabe herausbringen – natürlich nur, wenn ich mir das auch vorstellen konnte. Ich sagte sofort zu. Denn es gab immer noch mehr, wovon ich erzählen wollte. Und von den

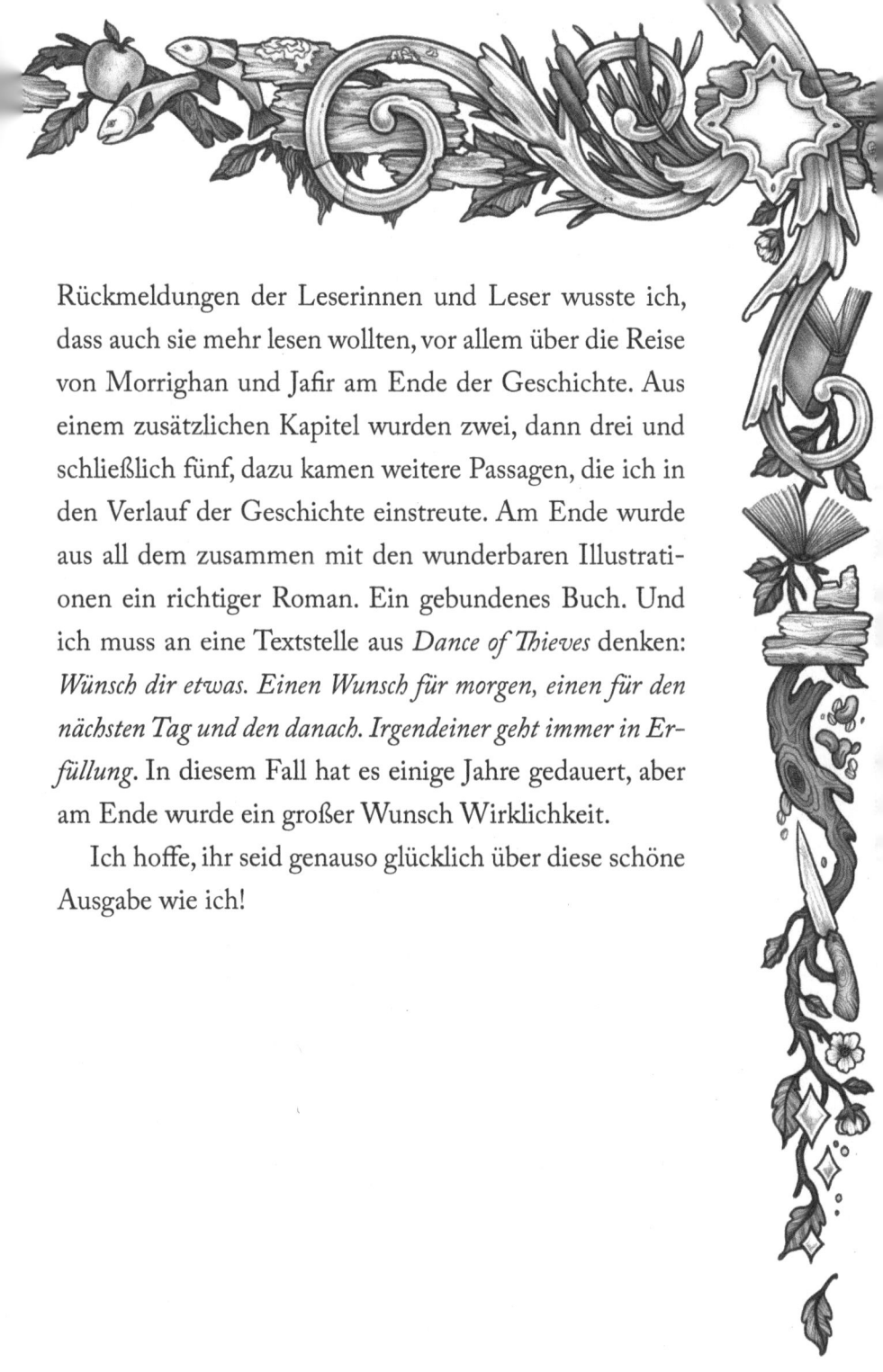

Rückmeldungen der Leserinnen und Leser wusste ich, dass auch sie mehr lesen wollten, vor allem über die Reise von Morrighan und Jafir am Ende der Geschichte. Aus einem zusätzlichen Kapitel wurden zwei, dann drei und schließlich fünf, dazu kamen weitere Passagen, die ich in den Verlauf der Geschichte einstreute. Am Ende wurde aus all dem zusammen mit den wunderbaren Illustrationen ein richtiger Roman. Ein gebundenes Buch. Und ich muss an eine Textstelle aus *Dance of Thieves* denken: *Wünsch dir etwas. Einen Wunsch für morgen, einen für den nächsten Tag und den danach. Irgendeiner geht immer in Erfüllung.* In diesem Fall hat es einige Jahre gedauert, aber am Ende wurde ein großer Wunsch Wirklichkeit.

Ich hoffe, ihr seid genauso glücklich über diese schöne Ausgabe wie ich!

Danksagung

Ich bin so vielen talentierten Menschen unglaublich dankbar, die diese wunderbare Ausgabe möglich gemacht haben. Zuerst und vor allem meiner umwerfenden Lektorin Kate Farrell, die das Projekt überhaupt erst angestoßen hat. Vielen Dank auch an Kristen Stedman, Mallory Grigg, Mark Podesta, Gaby Salpeter, Teresa Ferraiolo, Morgan Kane, Brittany Pearlman, Ana Deboo, Kat Kopit, Jie Yang, Valery Badio, David Briggs, Jodie Lowe, Alexei Esikoff und so vielen mehr bei Macmillan, die im Hintergrund daran gearbeitet haben, dieses schöne Buch Wirklichkeit werden zu lassen.

Apropos schön: Ich kann gar nicht aufhören, mich über das prächtige Cover und die Illustrationen im Innenteil zu freuen. Beides kommen von der überaus begabten Kate O'Hara. Das Cover würde ich mir am liebsten an die Wand hängen, und ich liebe es, wie die Innenillustrationen die Freude, die Sorgen und die Herausforderungen, denen sich Morrighan und Jafir stellen müssen, zum Leben erwecken. Danke!

Ein riesiges Dankeschön geht an meine Agentin Rosemary Stimola und ihr unglaubliches Team. Sie sind die Besten und ich bin so dankbar, dass sie diese Geschichte zu Leserinnen und Lesern in der ganzen Welt gebracht haben.

Danke an die Autorenkolleginnen, die mir mit Rat und Tat zur Seite standen, die mich ermutigt haben, ihre Sicht auf die Dinge mit mir geteilt haben oder mich zum Lachen brachten, wann immer ich es brauchte: Marlene Perez, Melissa Wyatt, Alyson Noël, Jill Rubalcaba, Tricia Levenseller, Brigid Kemmerer und Stephanie Garber. Danke auch an meine Testleserinnen Jessica und Karen, deren Feedback sehr hilfreich war.

Für immer und ewig gelten meine Liebe und mein Dank meiner Familie. Ihr seid mein Halt und meine Freude. Mit euch ist das Leben magisch.

Und ein riesiges und gerührtes Dankeschön geht an euch, die Leserinnen und Leser. Letztlich habt ihr all das möglich gemacht. Eure Unterstützung, eure Begeisterung, eure wunderbaren Beiträge, großartigen Posts, Reels, die von Herzen kommen, und Tiktok-Videos, die viral gegangen sind, haben ein weiteres Buch aus dem Kosmos der *Chroniken der Verbliebenen* lebendig werden lassen.

Wünscht euch etwas. Einen Wunsch für morgen,
einen für den nächsten Tag und den danach.
Irgendeiner geht immer in Erfüllung.

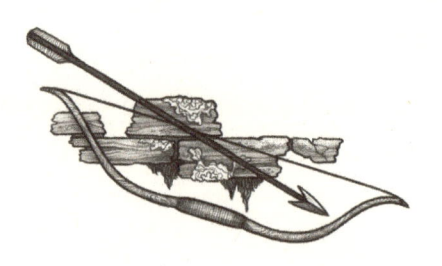